未成形的王座

❶ 帝王之刃〔上〕

The Emperor's Blades

CHRONICLE of the Unhewn Throne

BRIAN STAVELEY

布萊恩・史戴華利——著　戚建邦——譯

各界好評推薦

這是一個複雜且細節豐富的世界，充滿了精英特種兵、神祕僧侶、曲折難解的政治和古老祕辛。喜歡喬治．馬汀《冰與火之歌》和莎拉．道格拉斯（Sara Douglass）《徒步旅人》（*Wayfarer*）的讀者會喜歡這本書。

——《圖書館雜誌》（*Library Journal*），星級評論

作者讓他的主角面臨無數艱難考驗，並明智地讓他們即使展現了非凡能力，也並非完美無缺。

——《出版人週刊》（*Publishers Weekly*）

熟悉的元素在一位有前途的新星大廚手中變得生動。

——《軌跡雜誌》（*Locus*）

這個世界的建構是堅實、吸引人且相當自信的。故事一大亮點——凱卓部隊（《海豹部隊》的奇幻版）使用巨鳥前往任務地，結業試煉更是別具想象力。請為複雜且血腥的競賽做好準備。

——《科克斯書評》（*Kirkus Reviews*）

這本書充滿了歷史、傳說和無限的潛力，是一部精彩絕倫的史詩奇幻作品，其中混合了H．P．洛夫克拉夫特風格的奇特元素。

——io9網站

史戴華利創造了一個層次豐富的世界，融合了古老魔法、神祕宗教、政治陰謀和各種戰役。故事懸疑緊張，充滿張力。主角們面臨的現實考驗，通常伴隨強烈的襲擊，令讀者心驚膽顫。

——Shelf Awareness網站

史戴華利成功實現了讀者的追求：完成「未成形的王座」系列非常引人入勝的首部作品。歡迎大家體驗這個流派所帶來的絕佳享受。

——SFFWorld網站

未成形的王座

1 帝王之刃〔上〕

目次

獻給我的父母，他們會看我寫的故事。

序章

腐化。是腐化，坦尼斯凝望女兒的雙眼，心想是腐化奪走了他的孩子。

囚犯排成好幾列進入谷內，四周充滿慘叫、咒罵、哀求，和哭泣。血和尿的臭味在正午高溫下顯得格外濃烈。坦尼斯不理會周遭一切，專注於正跪地抱著自己膝蓋的女兒臉孔。費絲已經長大成人，三十歲零一個月。乍看之下，她或許很健康——灰眼明亮、肩膀纖瘦、四肢壯健——但瑟斯特利姆人已經好幾個世紀沒再生育過健康的孩子了。

「父親。」女子淚如泉湧地哀求道。

那些淚水——也是腐化的症狀。

當然腐化還有其他稱呼。這些孩子由於無知或純真，將此疾病稱為老化，但他們對此事以及其他許多事的看法都是錯的。年齡並不會造成衰老，坦尼斯自己就很老，已經好幾百歲了，但肌肉依然強健、神智敏銳，如有必要，他可以奔跑一天一夜，再加上第二天大部分的時間。大部分瑟斯特利姆人都比他老，活了數千數萬年，只要沒死於和內瓦利姆人漫長的戰爭之中，他們就能持續行走於大地上。光陰消逝，星辰在無聲的軌道上運轉，季節不斷交替，但這一切，無論由內由外，都不曾帶來任何傷害。啃食那些孩子、吞噬他們的腸胃腦袋、吸乾力量、侵蝕原有卑微智慧的並非歲月，而是腐化。他們腐化，然後死亡。

「父親。」費絲哀求，完全說不出其他言語。

「女兒。」坦尼斯回應。

「你不必……」她喘著氣說，看向身後壕溝的方向，那是朵蘭斯執行勤務的地方，鋼鐵在陽光下閃閃發光。「你不能……」

坦尼斯把頭側向一邊。他曾試圖瞭解這個女兒，試圖瞭解所有孩子。他不是醫者，不過身為士兵，他很久前就已學會治療碎骨、皮肉傷、骯髒傷口引起的皮膚化膿，或是待在戰場上太久而引發的劇烈咳嗽。但這種疾病……他完全無法理解腐化的源頭，自然也沒辦法治療。

「妳病入膏肓，女兒。腐化奪走妳了。」

他伸手撫摸費絲額上的皺紋，輕觸眼眶兩側的小細紋，撩起棕色髮絡中的一根銀絲。短短幾十年的風吹日曬已開始讓她柔順的橄欖色皮膚變粗。當她剛從母親兩腿之間蹦出來，以強大的肺活量放聲尖叫時，他曾期待她長大後不會感染腐化。他十分在意這個問題，而現在解答浮現。

「此刻它只有輕輕接觸妳，」他指出這一點。「但是它會越握越緊。」

「所以你非這麼做不可？」她情緒失控地喊道，不顧一切地轉頭看向剛剛挖好的壕溝。「一定要這麼做？」

坦尼斯搖頭。「不是我的決定，是議會投票表決。」

「為什麼？你們為什麼恨我們？」

「恨？」他回答。「那是你們的用字，孩子，不是我們的。」

「那並不只是一個字，那是在描述一種感覺，真實存在的東西。是這個世界的真相。」

坦尼斯點頭。他曾聽過這種論調。痛恨、勇氣、恐懼。只將腐化視為生理疾病的人並不真正瞭解腐化，它也會腐蝕人心，侵害思想與理性的基礎。

「我是你親生的孩子，」費絲繼續說，彷彿這句話順著前面的話一樣合理。「小時候是你餵養我的！」

「很多生物都是這樣：狼、鷹、馬。在年幼者可以獨立之前，一切都要仰賴長輩。」

「狼、鷹、馬都會保護孩子！」她喘息、哭泣，抓他後腿。「我親眼見過！牠們守護、照料、餵食、教養。牠們養育子嗣。」她朝父親的臉伸出顫抖、哀求的手掌。「為什麼不養育我們？」

「狼，養育子女成狼。」坦尼斯邊說邊甩開女兒的手。「鷹則養成鷹。妳——」他搖頭說。「我們養育妳，但妳壞了，受到污染，遭到侵害。妳可以自己看。」他說著比向洞緣那些彎腰駝背的身影——數以百計，就等在那裡。「就算我們不這麼做，你們也會很快自己死去。」

「但我們是人，是你們的孩子。」

坦尼斯疲憊地搖頭。與理性遭受腐化的人講道理是沒有用的。

「你們永遠不能成為我們。」他輕聲說道，拔出匕首。

看到那把匕首，費絲喉嚨深處發出窒息的聲音，並瑟縮了一下。坦尼斯好奇她會不會試圖逃跑。有些人會，但從來沒有人能逃出多遠。然而，他這個女兒沒有逃，相反地，她拳頭緊握到顫抖發白，接著顯然透過強大的意志力站起身來。站著，她就可以直視他的雙眼，儘管淚水把她的頭髮黏在臉頰，她卻不再哭泣。第一次，短短一瞬間，駭人的恐懼離開了她。她看起來幾乎完整無缺，身體健壯。

「你們就不能愛這樣的我們嗎？」她放慢語速問道，情緒總算穩定下來。「受到污染殘缺不全的我們，腐朽的我們，你就不能愛了嗎？」

「愛，」坦尼斯覆誦，體會這個奇怪的字眼，一邊在舌尖反覆品味，一邊將匕首向上插入她體內，穿過肌肉，越過肋骨，進入她劇烈跳動的心臟。「就像恨一樣——是屬於你們的字，女兒。不是我們的。」

01

當太陽垂掛在山峰之上，將花崗岩懸崖投射成一片寧靜又強烈的血紅色彩時，凱登找到了山羊支離破碎的屍體。

他已經在迂迴的山道上跟蹤這隻山羊好幾個小時，在鬆軟的土地上尋找足跡，遇上裸岩就用猜的，猜錯了就折返。這樣跟蹤很慢，也很無趣，是屬於年長僧侶很樂意交派給學徒執行的事。隨著太陽西下，東方的天際轉為嚴重瘀青的紫色時，他不禁開始懷疑自己是否得身穿粗布袍在山峰上過夜。根據安努月曆，春天在幾週前就該來臨了，但是僧侶並不在乎月曆，天氣也一樣寒冷嚴酷。骯髒的積雪堆在長長的陰影中，石頭裡滲出寒意，幾棵節瘤杜松樹上的針葉依然灰色多過綠色。

「來吧，你這老傢伙。」他喃喃自語，檢視另外一道足跡。「你和我一樣都不想露宿野外。」

這些山是由切割岩面、峽谷、沖刷山溝和碎石巨岩的迷宮所組成。凱登已經渡過三條融雪河谷，雪水在堅硬的岩壁上濺起泡沫，同時也濺濕了他的僧袍。太陽下山後，河面就會結冰。他想不透那隻山羊是怎麼通過激流的。

「如果你繼續讓我在這些山峰東奔西跑……」他開口，卻在看見獵物時戛然而止——在三十步外，那隻山羊卡在窄道上，只能看見後腿。

雖然看得不太清楚——牠似乎被困在巨岩和峽谷岩壁中間——但他立刻發現事情不太對勁。那頭山羊動也不動，肢體太僵硬了，而且後腿的角度和生硬的小腿看起來很不自然。

「來吧，羊兒。」他邊走近邊輕聲說道，希望這隻羊沒有傷得太嚴重。辛恩僧侶並不富裕，必須仰賴飼養動物提供奶和肉。如果凱登帶了受傷的動物回去，或更慘——死掉的動物，烏米爾就會嚴厲地懲罰他。

「來吧，老朋友。」他說，慢慢沿著峽谷而上。山羊看起來是被卡住了，但如果牠還能跑，他可不想越過整座骸骨山脈追牠。「下面的草比較好吃。我們一起回去吧。」

傍晚的陰影掩飾了地上的血跡，直到他差點一腳踩上一大灘深色血泊。某樣東西把這頭山羊開膛剖肚，在後腿到肚子中間劃開一道長長的傷口，砍穿肌肉，深入內臟。凱登眼睜睜看著最後一滴血滴下來，柔軟的腹部毛髮變成濕濕稠稠的一團，像尿一樣沿著僵硬的腿流下。

「該死的夏爾。」他咒罵一聲，跳上楔形巨石。崖貓獵殺山羊並非什麼不尋常的事，但這下他得把屍體扛回修道院了。「你就是非要亂跑不可，」他說。「你就是……」

在看見山羊的全貌後，他越說越小聲，背脊僵住。一股懼意迅速在他體內蔓延開來。他深吸一口氣冷靜情緒。辛恩僧侶的訓練沒有多少好處，但八年來他還是學會了馴服情緒。恐懼、忌妒、憤怒、熱情——他還是能感受到這一切，不過對他的影響不如從前那麼深刻。然而，即使身處他的冷靜堡壘中，他還是忍不住凝視著。

對方並不是只把山羊開膛剖肚而已，那傢伙——凱登想破腦袋也想不出那是什麼——砍斷了山羊的腦袋，以凶殘的攻擊斬斷強健的肌腱和肌肉，最後只剩下脖子上的斷口。崖貓偶爾會獵食羊群中比較衰老的獵物，但絕不是如此。這些傷都很殘暴且毫無必要，跟在野外常見的獵食行為不同。山羊不光是被殺死，牠慘遭虐殺。

凱登環顧四周，尋找屍體剩下的部位。春洪帶著石頭和樹枝沖刷而來，撞上狹窄河道中由雜草、污泥和枯枝形成的阻塞點，在陽光曝曬下褪色，擠成一團。阻塞峽谷的碎石頭實在太多了，他花了好一陣子才找到被丟在屍體旁幾步外的羊頭。大部分毛髮被扯落，頭骨裂開，大腦不見了，彷彿被用湯匙從頭骨的縫隙中舀光。

凱登第一個想法是拔腿就跑。血淋淋的毛皮還在滴血，在黯淡的光線中看起來比較像黑色而非紅色，而殘殺牠的凶手有可能還躲在岩石間，守護自己的獵物。這一帶的掠食者都不太可能攻擊凱登，以十七歲而言，他身材偏高，且由於半輩子都在勞動的關係，他精瘦結實。但話說回來，這一帶的掠食者也不會打爛山羊的頭骨，吃掉羊腦。

他轉向峽谷口。太陽已經落入草原之下，剩下一個小光點從西方草地探出。黑夜宛如油滲入碗中般湧入峽谷。就算立刻離開，以最快的速度奔跑，抵達修道院前的最後幾里還是得在全黑的情況下趕路。他自認在許久之前就克服了在山裡摸黑行走的恐懼，但依舊不喜歡在有未知掠食者跟蹤的情況下，沿著漆黑的崎嶇岩道趕路。

他從山羊殘骸前後退一步，輕輕搖頭。

「亨一定會想要我畫一張現場圖。」他喃喃說道，強迫自己回頭去看屠殺現場。

隨便哪個人拿起刷筆和羊皮紙都能畫圖，但辛恩僧侶對見習僧和侍僧要求更高，繪畫乃視覺的產物，而辛恩僧侶自有一套視覺之道，他們稱之為「沙曼恩」：刻劃之心。這只是一種修行，是達到最終「空無境界」漫長過程中的一級台階，但它還是有微小的用處。在八年的山中僧侶生涯裡，凱登學會了「看」，看見世界的本質：斑熊的足跡、叉葉花瓣的齒葉、遠方山峰的形狀等。他花了無數小時，週復一週，年復一年，去看，去觀察，去記憶。他可以鉅細靡遺地畫出上千種植物或動物，而且能在一次心跳的時間內把眼前景象刻劃在心裡。

他緩緩吸兩口氣，在腦中清出一塊空間，一塊空白的畫板，刻劃出所有特殊的畫面。他依然感到恐懼，但恐懼會阻礙他，於是他壓抑恐懼，專注在眼前的事情上。畫板準備好後，他開始上工。他只花了幾下呼吸的時間就把斷頭、深色血泊、殘破的動物屍體通通刻劃在腦中，線條清楚精確，比任何畫筆的線條更加清晰。與普通記憶不同，這個過程讓他保留一幅更為鮮明生動的畫面，和他腳下的石頭一樣歷久不衰，可供他任意回想檢視。他結束沙曼恩，輕輕呼出一口氣。

「恐懼是盲目的。」他喃喃複誦著古老的辛恩格言。「冷靜，觀察。」

這句話在血腥的屠殺現場中提供些許冰涼的慰藉。現在畫面已深植腦海，可以離開了。他看了身後一眼，在懸崖上搜尋掠食者的蹤跡，然後轉向窄道的出口。在夜晚的霧氣籠罩山峰時，他與黑暗賽跑，衝過危險的山道，腳下的涼鞋越過地上的斷枝和可能會扭斷腳踝的岩石。他的腳在追蹤山羊數小時後又凍又僵，現在隨著奔跑而恢復暖意，心跳也回復穩定的節奏。

「你不是逃離現場。」他告訴自己。「只是回家。」

儘管如此，當他跑出一里外，轉過一顆巨岩——僧侶稱之為禽爪岩——遠遠望見阿希克蘭修道院時，還是鬆了一小口氣。下方數千呎處，幾間石造建築位於狹窄的岩架上，彷彿與更深處的深淵相依相偎。幾扇窗戶透出溫暖光線，食堂廚房裡正升著火，冥思廳中掛上油燈，隱隱傳來辛恩僧侶在進行傍晚洗禮儀式時輕聲哼的曲調。安全。他心裡不禁冒出這個詞。凱登加快堅定的步伐，奔向那昏暗的燈火，逃離隱身在後方黑暗裡的未知怪物。

02

凱登跑過阿希克蘭修道院中央廣場外的岩架，在進入中庭時放慢腳步。看見慘遭虐殺的山羊時那股強烈又明顯的驚嚇感，已經在跑下山峰、感受到修道院的溫暖和人群時逐漸減弱。所以當他朝修道院主建築前進時，突然覺得自己剛剛跑那麼快有點愚蠢。殺死山羊的東西依然是團謎，這點毫無疑問，但山道本身就存在不少危險，特別是對蠢到在黑暗中狂奔的人更是如此。凱登放慢到步行的速度，開始整理心中的想法。

羊死掉就已經夠糟糕了，要是我回程還摔斷了腿，亨一定會把我打得皮開肉綻。

修道院步道上的碎石在他腳下嘎啦作響，除此之外就只有夜風吹拂時繞過粗糙樹枝、穿越冰冷石縫的慟哭聲。僧侶全都已經進屋，正彎腰吃飯或盤腿坐在冥思廳裡進行齋戒，追求虛無。凱登抵達食堂後——一座在長年風雨侵蝕下幾乎已經融入山壁中的狹長低矮建築——他停步片刻，在門外的木桶中舀了一掌水，趁著清水沖刷喉嚨時調整呼吸，放慢心跳。他可不能在心靈混亂的情況下去見烏米爾。辛恩僧侶著重身心寧靜、思緒澄明。凱登曾因衝動行事、喊叫，或是沒想清楚就採取行動而被師長鞭打。再說，他現在已經回家了，殺死山羊的傢伙不太可能跑進堅固的建築物裡覓食。

近看之下，阿希克蘭修道院毫不起眼，夜晚更是如此。三座木造屋頂的狹長石廳是寢室、食堂和冥思廳，分占三邊，隱約圍成四方形，花崗岩石牆的顏色在月光下宛如牛奶。修道院位於懸崖邊，最後一側朝西面對白雲、天空、一望無際的山丘和遠方草原的景色。山下的草地已經開始綻放春天的花朵，搖曳的藍查蘭德花、叢生的修女花，和隨處可見的白信仰結。然而，夜晚時分，在冰冷莫測的星光之下，是無法從這裡看見草原的。凱登凝望岩架外，只見一大片虛無在無邊無際的黑暗中，那感覺像是阿希克蘭修道院聳立在世界盡頭，依附在懸崖邊，監視著威脅要吞噬世界的虛無。喝完第二口水後，他轉過身去。夜晚越來越冷了，他停止奔跑，骸骨山脈的冷風如碎冰一般穿透汗濕的僧袍。

聽見肚子咕嚕咕嚕叫後，他轉往燈火處，食堂窗內傳來輕輕的交談聲。在太陽剛下山、還沒開始晚禱的時刻，大部分僧侶都在享受有醃羊肉、甘藍菜和硬黑麵包的簡陋晚餐。亨，凱登的烏米爾，會跟其他人一起待在食堂，幸運的話，凱登可以回報所見所聞，迅速畫下事發現場的景象，然後坐下來吃頓熱呼呼的晚餐。辛恩僧侶的飲食與他早年在黎明皇宮中的生活不可同日而語，然而父親就把他送到這裡來。不過僧侶有句諺語：飢餓也是一種滋味。

辛恩僧侶非常喜歡諺語，代代相傳，彷彿以此彌補他們教派缺乏的聖餐禮和正式儀式。空無之神並不在乎都市神廟那種奢華壯麗的慶典盛會。年輕的神喜歡音樂、禱告、把祭品放在精美祭壇上；空無之神卻只要求辛恩僧侶做一件事：獻祭。不是獻祭美酒或財富，而是獻上自己。「心靈是火，」僧侶說。「吹熄火苗。」

經過八年僧侶生涯，凱登還是不懂這句話的意思，當肚子不耐煩地咕嚕叫時，他更沒有心情去想那種事情。他推開沉重的大門，任由食堂內的輕聲細語透體而過。僧侶們散在食堂中，有些坐在粗糙的桌子旁低頭吃飯，有些站在食堂遠端劈啪作響的壁爐前。有幾個人坐著玩石棋，目光空洞地研究對手的防線，在棋盤上進攻。

這裡的人來自世界各地，長相各有不同。有身材高大、膚色白皙、從遙遠北方來的伊迪許人，那裡的海面有半年都在結冰；有精壯的哈南人，魏斯特以北的叢林部族，手掌和前臂都紋滿刺青；甚至還有幾個綠眼睛的曼加利人，棕色皮膚比凱登的膚色還要深一點。雖然外表相去甚遠，但所有於從前塵世中過著安逸生活的僧侶們，都在與之截然不同的高山嚴苛環境下，共同孕育出一種剛毅寧靜的特質。

辛恩是個很小的教派，阿希克蘭修道院只有不到兩百名僧侶。新進諸神——厄拉、黑奎特、奧雷拉，還有其他神——吸走了三大陸上的信徒，幾乎在所有城鎮裡都有神廟，占地廣大，飾以絲綢和黃金，有些能跟最富有的政府官員和貴族宅邸媲美。光是黑奎特就能在信徒需要勇氣時，號令數千名祭司和十倍的信徒前往祭壇朝聖。

比較小眾的神也有一定數量的信徒。世間流傳著許多關於拉桑伯殿堂和安南夏爾血腥僕役的故事，像是用頭顱雕成會滴骨髓的聖餐杯、睡夢中慘遭勒斃的嬰兒、性愛與死亡交織而成的邪惡高潮等傳說。有些人宣稱進入那些殿堂大門的人只有十分之一能回來。「被骸骨之王抓走了，」人們低聲說道。「被死神親手抓走了。」

古老眾神遠離塵世，對人類事物漠不關心，信徒相對較少。儘管如此，祂們還是有名有姓——英塔拉及其配偶、蝙蝠浩爾、普塔和阿絲塔倫。祂們散布在三大陸各地，有好幾千人崇拜。

只有空無之神無名無姓，沒有形象。辛恩僧侶認為因為祂是最古老的神，最神祕，力量也最強大。出了阿希克蘭修道院，世界上大部分的人都認為祂已經死了，或是從來不會存在。有人說祂在阿伊創造世界、天堂和繁星時死在阿伊手上。凱登覺得這種說法很合理，畢竟他在山道上上下下多年，從來沒見過這位神存在的跡象。

他環顧一圈，找尋其他侍僧的身影，在牆邊的一張桌子旁看見阿基爾。他和瑟克漢及胖子法朗·普魯姆坐在一張長凳上——唯一在年長僧侶命令下不停奔跑、搬東西、建造房舍的生活裡還能維持腰圍的侍僧。凱登對他們點頭，正要走過去，卻看見了坐在食堂另一側的亨。他壓下一聲嘆息。如果沒先回報就坐下來吃飯的話，烏米爾一定會嚴厲地懲罰他的。希望山羊慘死的事不用講太久，這樣凱登就能去找其他人，然後終於能吃到一碗燉菜。

要不注意到胡·亨很難。就很多方面而言，他看起來都像是住在安努的美酒殿堂，而不是隱居在距離帝國邊境上百里格的偏遠修道院裡。其他僧侶都會安靜嚴肅地執行職務，亨卻會在照料山羊時哼曲子，從淺灘扛大袋泥土上來時歌唱，在幫食堂切甘藍菜時不停說笑，甚至有辦法在把徒弟打得皮開肉綻時講笑話。現在他正用很複雜的手勢和某種鳥叫聲娛樂同桌的弟兄。不過一看到凱登走去，他臉上的笑意立刻蕩然無存。

「我找到那隻山羊了。」凱登直接切入主題。

亨伸出雙手，彷彿要在他的話進入耳朵前阻擋下來。

「我已經不是你的烏米爾了。」他說。

凱登眨眼。修道院長希歐·寧，每年都會重新分派侍僧，但通常不會突然這麼做。至少不會在吃飯吃到一半時這麼做。

「怎麼回事？」他突然心生警惕地問。

「該是你繼續進階的時候了。」

「現在？」

「現在就是現在。明日依然會是明日的『現在』。」

凱登吞下一句刻薄評論。就算亨不再是他的烏米爾，仍可以鞭打他。「誰是我的烏米爾？」

「倫普利．譚。」亨語氣平淡地回答，少了平日裡的那股笑意。

凱登凝望他。倫普利．譚從不收學徒。縱使身穿褪色棕袍、剃光頭、花很多時間盤腿打坐，目光完全奉獻給空無之神，譚看起來還是一點也不像僧侶。凱登也說不上原因，而其他侍僧也有這種感覺，並推論出上百種猜測，套了各式各樣不合情理的過去在他身上，有黑暗的，也有光榮的。有人說他臉上的疤是在大彎的競技場裡跟野獸搏鬥時留下的；有人猜他是殺人犯或小偷，因為後悔從前所犯的過錯而展開隱居生涯；也有人覺得他是被某個領主或貴族逐出家門的兄弟，藏身在阿希克蘭計畫復仇行動。凱登不太相信這些揣測，但他注意到一個共通點：暴力。暴力和危險。不管倫普利．譚來到阿希克蘭之前是什麼人，凱登都不怎麼希望他當自己的烏米爾。

「他在等你。」亨繼續說道，語氣中似乎帶有一絲同情的意味。「我答應他，等你一回來就讓你去找他。」

凱登轉頭看了他朋友那桌一眼。他們正吃著晚餐，享受每天唯一可以任意交談的時光。

「立刻。」亨打斷他的思緒。

從食堂到寢室的距離並不遠，走一百步穿越廣場，再向上走一段兩旁種滿矮小杜松的小路就到了。凱登一心只想遠離寒風，飛快地走了過去，推開沉重的木門。所有僧侶，包括修道院長希歐·寧，全都睡在面朝中央長走道的石室裡。這些石室都很小，剛好可以擠下一張小床、粗糙的草蓆，還有兩座書櫃。不過話說回來，辛恩僧侶大部分時間都待在室外、工作室，或是冥想。

進入室內，遠離刺骨寒風，凱登放慢腳步，為接下來的事做好心理準備。他不知道會遇上什麼情況，有些老師喜歡立刻開始測試學生，有些喜歡慢慢觀察，評斷年輕僧侶的才能和弱點，然後才確立指導方針。

「他只是另外一個新老師。」凱登告訴自己。「亨一年前也是新老師，你還不是習慣了。」

儘管如此，眼前的情況依然不太對勁，令他不安。先是山羊慘遭虐殺，接著當他應該要坐在餐桌前享用熱騰騰的食物並與阿基爾和其他侍僧爭論時，又被告知換了老師……

他緩緩將肺部吸飽氣，又吐光空氣。擔心是沒好處的。

「活在當下。」他告訴自己，覆誦一句標準的辛恩格言。「未來如夢。」然而，有一部分他的想法，那些拒絕安靜下來的聲音，提醒他不是所有夢境都是美夢。有時候，不管如何掙扎或翻身，醒不過來就是醒不過來。

03

倫普利．譚坐在他的小房間地板上，背對著門，面前的石板鋪著一大張空白羊皮紙。他左手拿著一支刷筆，但不論他在地上坐了多久，他到目前為止都還沒有蘸身旁碟子裡的墨水。

「進來。」男人頭也不回，用沒拿東西的手比劃手勢。

凱登跨越門檻，然後停步。與新烏米爾相處的前幾分鐘就會決定整段師徒關係的走向。大部分僧侶都想盡早在徒弟心中樹立形象，而凱登可不想為不小心踏錯位置或判斷失誤遭受嚴厲的懲罰。然而，譚似乎只想默不吭聲地盯著白紙，凱登只得要求自己保持耐心，靜靜陪伴這個奇怪的新老師。

不難看出其他侍僧為什麼會認為這個年長僧侶曾在競技場格鬥過。儘管已經五十幾歲了，譚的體格還是像顆大岩石一樣，肩厚脖子粗，肌肉結實有力。頭皮上有著一道道疤痕，在深色皮膚上顯得格外蒼白，彷彿是被野獸的利爪一再刨抓，把頭骨上的皮膚扯了下來。不管那些傷是怎麼來的，肯定是苦不堪言。凱登的思緒跳回山羊的屍體，這讓他渾身發抖。

「你找到亨要你找的那隻山羊了。」年長僧侶突然開口。這並非問句，這讓凱登遲疑片刻。

「找到了。」他最後說。

「帶回羊群去了嗎？」

「沒。」

「為什麼沒？」

「牠被殺了，死得很慘。」

譚壓低刷筆，順勢起身，轉身首度面對他的徒弟。他很高，幾乎和凱登一樣高，這個動作讓小石室的空間突然變得非常狹小。他的雙眼漆黑，宛如修剪過的指甲般堅硬，將凱登定在原位。從前在安努時，有些來自西伊利卓亞和更南方的人，被稱作馴獸師，只需要靠目光的力量便能以意志力控制熊和豹。現在凱登覺得自己就像那些動物，他強迫自己繼續直視新烏米爾的雙眼。

「崖貓？」年長僧侶問。

凱登搖頭。「有東西砍斷牠的頭——乾淨俐落。然後吃掉牠的腦。」

譚想了一想，指向地上的刷筆、墨水碗，還有羊皮紙。「畫出來。」

凱登鬆了口氣，坐下。不管譚還準備了多少驚喜等他，至少這個年長僧侶有個習慣和亨一樣，聽到任何不尋常的事情，都想看到畫面。好吧，這可簡單了。凱登吸兩口氣，沉浸思緒，喚出虐殺現場的沙曼恩。當時的景象鉅細靡遺地浮上心頭——濕淋淋的毛皮、垂在傷口外的肉塊、如破掉陶器般被丟在一旁的空頭顱。他將筆尖伸到碗裡蘸墨水，開始作畫。

他畫得很快，隨僧侶學習讓他有很多時間鍛鍊畫技。畫完之後，他放下刷筆，羊皮紙上的畫面就像一潭止水般反映出他內心的影像。

他身後的空間一片死寂，似石頭般巨大又沉重的死寂。凱登很想轉頭，但他收到的指示是坐下來畫圖，沒有別的，於是畫完圖後，他繼續坐著。

「你看到的就是這個？」譚終於問。

凱登點頭。

「你有想到要留下來進行沙曼恩。」

凱登心裡一喜。或許接受譚的訓練終究不是什麼壞事。

「還有別的嗎？」僧侶問。

「沒有了。」

事先沒有半點徵兆的鞭子狠狠抽落。凱登咬緊牙關，背上傳來火辣辣的劇痛，嘴裡嚐到鮮血的銅銹味。他想反手抵擋下一鞭，但強行壓住這個本能。現在譚是他的烏米爾，有權做出任何他認為合適的懲罰。凱登想不出他為什麼突然動手打自己，但知道如何應付鞭笞。

與辛恩僧侶共度的八年裡，他體悟到「痛」這個字實在太籠統了，根本不足以形容它要描述的各種感覺。他學到腳泡在冰水裡太久的痛楚和雙腳開始回暖時的痲癢，研究過度疲勞的肌肉痠痛和第二天早上揉大拇指時瞬間湧現的刺痛，明白匕首割傷的俐落傷口產生的劇痛，以及齋戒一週後陣陣來襲的頭痛。辛恩僧侶信仰痛楚，根據他們的說法：痛楚是在提醒我們與本身肉體的關係有多密切。提醒我們失敗的感覺。

「把圖畫完。」譚說。

凱登再度喚回沙曼恩，與面前的羊皮紙進行比對。他把所有細節都畫上去了。

「已經畫完了。」他不太情願地回道。

鞭子又甩下來，不過這一次他早有準備，以內心吸收痛楚，身體隨著鞭打輕輕晃動。

「把圖畫完。」譚又說一次。

凱登遲疑。向烏米爾提問常常是通往懲罰的捷徑，但既然他正在被打，問清楚點總不會錯。

「這是在測試我嗎？」他試探性地問。僧侶會想出各式各樣的試煉測試學徒，見習僧和侍僧會透過這些試煉證明自己的理解力和能力。

鞭子再度打在他肩膀上。前兩鞭打破了僧袍，這次凱登感覺鞭子擊中他裸露的皮膚。

「打你就是打你。」譚回道。「喜歡的話就當是測試，但叫什麼並不代表是什麼。」

凱登壓下一聲呻吟。不管譚有什麼怪癖，他都和其他辛恩僧侶一樣愛說些令人火大的格言。

「我就只記得這些。」凱登說。「整個沙曼恩都畫出來了。」

「這樣不夠。」譚說，不過這次沒打他。

「所有細節都在裡面。」凱登辯道。「山羊、羊頭、血泊，甚至還有卡在岩石裡的毛。我把一切都畫出來了。」

譚為此打了他兩下。

「隨便哪個蠢蛋都能看見表面的景象。」僧侶冷冷說道。「有在觀察世界的小孩都能告訴你面前有什麼。你必須注意到不在眼前的東西，必須看出面前沒有什麼。」

凱登努力想從中領悟道理。「殺死山羊的傢伙不在現場。」他慢慢說道。

又一鞭。

「當然不在。你把牠嚇跑了，或是牠自行離開。無論如何，野生動物都不會在聽見或聞到有人接近時待在獵物附近徘徊。」

「所以我要找應該在現場，但又不在的東西。」

「想的時候用腦子就好，真的有話要說再開口。」

話一說完，又補了三鞭。傷口鮮血淋漓，凱登感覺到血液順著背部流下，熱熱的、濕濕的、黏黏的。他有被打得更慘過，但每次都是因為犯了大錯才會遭受嚴厲懲罰，從來沒有在簡單的交談中被打成這樣。這種撕肉裂筋的痛楚越來越難忍受，他盡力把心思放在眼前的問題上。譚不會出於慈悲停止鞭打，這點顯而易見。

你必須注意不在現場的東西。

這是很典型的辛恩鬼扯，不過就和很多鬼扯一樣，最後可能有點道理。

凱登觀察沙曼恩，山羊所有部位都在，就連露在腹部外那團濕濕的藍白色腸子也在。腦子不見了，但他很清楚地畫下有破洞的頭顱，顯示出腦被挖空。還有什麼他應該要看見的？他一直在追蹤山羊，跟著牠進入峽谷，然後……

「足跡。」他恍然大悟。「殺羊凶手的足跡在哪裡？」

「這是個非常好的問題。有在現場嗎？」譚問道。

凱登努力回想。「我不確定。沙曼恩裡沒有……我當時心思都放在羊上。」

「看來你那雙黃金眼的視力也沒有比其他人好到哪裡去。」

凱登眨眼。從來沒有烏米爾會提起他的眼睛，他的眼睛太容易讓人聯想到他的父親和出身。辛恩主張人皆生而平等，見習僧是見習僧，侍僧是侍僧，但其他學成的僧侶在空無之神面前都是平等的。然而，凱登的眼睛十分獨特。譚用「黃金」來形容，事實上是他的虹膜會發光。小時候，凱登曾凝視他父親的雙眼——所有安努皇帝都擁有這種眼睛——對於虹膜中會變動、灼燒的色彩感到驚奇。有時候會像風勢鼎盛的大火般綻放強光，其他時候則呈現悶燒的暗紅光芒。他姊姊艾黛兒也有這種眼睛，不過比較偏綠芽嫩枝燃燒時會突然熄滅的火星。身為皇帝最年長的子嗣，艾黛兒的明眸很少會聚焦在弟弟身上，而當她這麼做時，通常也只是透露不耐煩的閃光。根據他們家族的說法，燃燒之眼承襲自光明女神英塔拉本人，數百甚至是數千年前曾以凡人的形態現世——沒人知道確切的年代——勾引凱登的某個祖先。那雙眼睛代表他就是「未成形的王座」及橫跨兩大陸的安努帝國真正的繼承人。

辛恩僧侶對於帝國的興趣當然不比英塔拉高到哪裡去。光明女神乃是古神之一，比梅許坎特和麥特古老，甚至比骸骨之神安南夏爾更古老。她決定了天上太陽的軌跡、白晝的溫度和月亮的聖光。不過，根據僧侶的說法，她只是個孩子，只是在一座大宅院，也就是空無之神無邊無盡的永恆虛無家園中，一個玩火的嬰兒。有一天，凱登將會返回安努繼承王位，但只要還住在阿希克蘭修道院一天，他就只是個普通僧侶，必須努力工作，服從命令。那雙金眼肯定無法在譚的暴力質問前拯救他。

「或許有足跡，」凱登不太確定地說。「我不敢肯定。」

譚一時之間沒有說話，凱登以為他又要開打了。

「辛恩僧侶都對你太好了。」譚做出結論，語氣平淡但堅定。「我不會犯那種錯。」

稍晚，當凱登躺在床鋪上，小口呼吸，試圖舒緩背上的劇痛時，他才突然想起他的新烏米爾說了「辛恩僧侶」。好像倫普利·譚不屬於他們一樣。

04

即使在充滿鹽味的海風吹拂下，那些屍體還是很臭。

阿達曼．芬恩的小隊兩天前日常巡邏時發現這艘船，船帆支離破碎、舷欄上灑有乾硬的血跡，船員慘遭分屍，留在甲板上腐爛。學員抵達時，炙熱的春季陽光已經開始發威，脹大屍體的肚子扯緊指節和頭顱上的皮膚。蒼蠅在水手的耳朵進進出出，擠過鬆動的嘴唇，在脫水的眼球上覓食。

「有想法嗎？」荷．林邊問邊用腳尖踢踢身邊的屍體。

瓦林聳肩。「我想我們可以排除騎兵衝鋒。」

「真有幫助。」她反唇相譏，噘起嘴唇，懷疑地瞇起淡褐色的雙眼。

「不管是誰幹的，他們都很高明。看這裡。」

他蹲下，扯開第四根肋骨下方穿刺傷上乾硬的衣服。林蹲在他身邊，舔舔小拇指，然後塞到傷口裡，直沒第二指節。

在街上遇到荷．林的陌生人，可能會將她誤認為即將成年、無憂無慮的商人之女。她活潑快樂，長時間待在太陽底下曬出古銅色肌膚，明亮的秀髮用皮帶紮成馬尾，但是，她擁有士兵的眼神。過去八年裡，她經歷了和瓦林一模一樣的訓練，所有身處這艘末日船艦甲板上的學員都受過一樣的訓練，而凱卓部隊很久以前就已經讓她習慣目睹屍體。

就算如此，瓦林也還是忍不住去欣賞她年輕貌美、充滿魅力的一面。按規矩，士兵會避免在群島上和其他士兵產生情感糾葛。虎克島上的男妓和妓女都很便宜，也沒人想和擅長數十種殺人方式的愛人吵架。但有時瓦林的目光仍會情不自禁地從手頭上的事飄到荷・林身上，注意她顫動的嘴唇、黑色戰鬥服下美麗的線條。他努力掩飾自己的目光，這樣很尷尬也很不專業，不過從她臉上偶爾閃過的奇特笑容看來，她大概已經不只一次發現他在偷看了。

她似乎不介意，甚至會以一種大膽、沒有敵意的目光回應他。他常常會幻想如果他們兩個在不同的環境下長大，在一個沒有被訓練占據全部生活的地方，會產生什麼樣的火花。對瓦林・修馬金尼恩而言，「不同的環境」就是指黎明皇宮，一個有其本身規矩和禁忌之地。身為皇室家族的一分子，他就和身為士兵時一樣不可能去愛她。

別想了，他氣惱地告訴自己。他應該要專注在訓練，而不是把早晨的時光浪費在幻想其他人生的白日夢上。

「手法專業。」林神色讚歎地說，顯然沒發現他分心了。她拔出自己的手指，在黑衣上抹去乾掉的血肉。「深到足以刺破腎臟，但又不至於讓武器卡住。」

瓦林點頭。「還有很多這種傷痕，業餘人士不可能做得出來。」

他花了點時間細看瘀青的挫傷，然後站直身子，向外遠眺一望無際的鐵海海面。在目睹了那麼多血色後，看一會兒純淨無瑕的蔚藍海面和遼闊的天空也不錯。

「打混夠了！」阿達曼・芬恩喊道。他大步穿越甲板，路過瓦林時順手打了他後腦勺一下，跨越躺在地上的屍體，彷彿它們是倒地的船桅或繩圈。「通通過來船尾！」身材高大的禿頭訓練官已經加入凱卓部隊超過二十年，每天日出前還是會游過海峽到虎克島，再游回來。他無法忍受學員在他上課期間站著發呆。

瓦林過去集合。他認識所有學員，凱卓部隊都是精英，規模非常小，因為載他們越過敵陣的巨鳥一次只能運送五至六名士兵。帝國在遇上要迅速又安靜執行的任務時就會仰賴凱卓部隊，其他任務通常交給安努軍團負責就行了，或是海軍艦隊，又或是陸戰部隊。

瓦林的訓練團共有二十六個人，其中七人隨芬恩飛來這艘棄船進行早上的訓練。他們是很奇特的組合：安妮克．富蘭察，瘦得像小男孩，皮膚雪白，安靜得像石頭一樣；笑容冷酷的包蘭丁，肩膀上有隻獵鷹；塔拉爾，高大嚴肅，雙眼明亮，膚色漆黑如炭；葛雯娜．夏普，莽撞至極，脾氣大到無可救藥；山米．姚爾，狗娘養的傲慢金髮男，來自皇帝底下最有權勢的貴族之家，擁有像神般的青銅皮膚，要起刀來和毒蛇一樣狠辣。除了指揮體系中有人認定有朝一日他們都會非常擅長殺人之外，他們沒有多少共通點——先決條件是他們沒先被殺掉。

所有訓練，所有課程，八年的語言學習、破壞工作、導航練習、武器格鬥、深夜站哨、永無止盡的肉體磨難、為了強化生理和心理雙方面的折磨，這一切都是為了一個目標：浩爾試煉。瓦林記得他抵達群島第一天所發生的事情，彷彿烙印在他心裡。新進學員下船後直接遭受密集的咒罵和羞辱攻擊，面對把這幾座遙遠偏僻的島嶼稱之為家的老鳥激動憤怒的表情。他們彷彿痛恨所有入侵者，就連想要追隨他們腳步的人也一樣。他才走出兩步，就有人甩他一巴掌，把他的腦袋壓進鹹濕的沙地裡，直到他差點窒息。

「給我搞清楚了。」也許是某個指揮官吼道。「因為某個無能的官僚決定把你們送來我們寶貴的奎林群島上，並不表示你就能成為凱卓部隊的一員。有些人在本週還沒結束前就會哀求我們大發慈悲，其他人會在訓練過程中崩潰。你們中有很多人會死，從鳥身上墜落，在春天的暴風雨中溺斃，在某個低賤的哈南陋巷中哭得可憐兮兮地敗給爛瘡。而那還是輕鬆的部分！是他媽有趣的部分。所有幸運或固執到能撐過訓練的人還得要面對浩爾試煉。」

浩爾試煉。就算這八年來不斷私下揣測，瓦林和其他學員還是和第一天抵達夸希島時一樣不知道試煉內容為何。浩爾試煉向來遙不可及，彷彿在地平線後的船艦般不見蹤影。沒人忘記過它，但有可能忽略它一陣子，畢竟如果不先在通往試煉的訓練中存活下來，就不可能參加試煉。這麼多年之後，試煉像是早該清償的債務一樣終於近在眼前。一個多月後，瓦林和其他人就會成為正式凱卓部隊的一員，或是死去。

「或許我們可以開始今天早上的無能展示。」芬恩開口道，將瓦林的思緒拉回當下。「就從荷・林的判斷開始。」他伸出大手指示她。這是很標準的訓練，凱卓部隊經常把學員拉到剛打完仗的戰場上，觀察戰場能讓他們對死亡習以為常，另一方面能強化他們策略上的理解程度。

「夜襲。」林回話，語氣清脆自信。「不然甲板上的水手就會看見攻擊他們的敵人。掠奪隊伍從右舷上船，舷欄上有留下抓鉤的痕跡，當——」

「把親愛的夏爾插到柱子上。」芬恩插嘴，伸手叫她閉嘴。「這種東西問第一年的新生就行了。有沒有哪位可以講點不是這麼明顯的事實？」他左顧右盼，目光終於停在瓦林身上。「最尊貴的王子殿下有何高見？」

瓦林討厭這個頭銜。首先，這頭銜根本不準確。他父親是皇帝，但他並沒有坐上王座的資格；其次，他的身分地位也無關緊要。奎林群島上沒有階級之分，沒有特殊福利或特權。如果有什麼值得一提的，大概就是瓦林要比別人更加努力一點。他很久以前就學會抱怨只會讓自己陷入更深的糞坑，而此時此刻，他沒必要浪費更多時間在糞坑裡，所以他深吸口氣，開口說道：

「船員甚至沒發現他們遇上麻煩——」

一句話還沒說完，芬恩已經發出不屑的哼聲，揮手打斷他。

「我給你十分鐘去查看這坨天殺的山羊屎，而你唯一的結論就是他們遭遇突襲？你究竟在混些什麼？偷戒指？搜屍體口袋？」

「我才剛開始——」

「你已經結束了。你怎麼說，姚爾？」芬恩指著高個子金髮年輕人問。「或許你可以為最尊貴的王子殿下鉅細靡遺的分析提出點補充？」

「有太多可說的了。」山米．姚爾對瓦林露出得意洋洋的笑容。

「那個舔口水的大混蛋。」林以只有瓦林聽得見的音量說道。

儘管所有學員忍受同樣的待遇，瞄準同樣的目標，但彼此之間還是存在嫌隙。大部分年輕士兵入伍都是為了要守護帝國、見識世界、騎上只有凱卓部隊能搭乘的巨鳥遨遊天際。對於來自席亞平原的農夫之子而言，凱卓部隊提供了美好到難以置信的機會。不過也有其他人為了不同的原因前來奎林群島：作戰機會、傷害他人、奪人性命——那些機會就像腐肉吸引禿鷹般吸引某些人。山米．姚爾外表英俊，但他是個殘暴陰險的戰士。和大部分學員不同，他似乎從來不曾把過去拋到腦後，總是以一副所有人都該對他卑躬屈膝的模樣走來走去。他很想把姚爾當作嬌生慣養的貴族之子，利用財富和家族關係混進學員群中的勢利蠢蛋，可惜真相有點令人難堪，姚爾是個高強危險的戰士，使刀的技巧比某些全職凱卓士兵還強。多年來他打贏過瓦林好幾十次，如果有什麼比獲勝更讓他開心的事情，大概就是羞辱被他打敗的人了。

「攻擊發生於三天前。」姚爾繼續說。「從氣溫、蒼蠅的數量，和屍體腐爛程度判斷。就像林說的，」他一臉狡詐地看她一眼。「是夜襲。不然拿武器的船員會更多。海盜攻擊時——」

「海盜？」訓練官突然問。

姚爾聳肩，轉向最近的屍體，漫不經心地踢開腦袋，露出一道從鎖骨延伸至胸口的疤痕。「傷口看起來像是那種垃圾慣用的武器所造成的。貨艙被洗劫一空。他們攻擊這艘船，搶走貨物，上了妓女，然後開門離開——很標準的手法。」

包蘭丁輕聲竊笑。林神色憤怒，瓦林伸手握住她手臂。

「算他們走運，船上沒有專家。」姚爾補充，他的語氣顯示如果他在船上，對方的遭遇就會完全不同。

瓦林可不這麼肯定。

「不是海盜幹的。」

芬恩揚起一邊濃密的眉毛。「帝國之光又開口了！在你英明睿智地看出這是『奇襲』之後，還是不肯戴著你那頂桂冠好好休息。行行好，為我們解惑。」

瓦林不理會他的嘲諷。凱卓訓練官惹毛學員的速度比沙蠅還快，這也是他們能夠擔任出色訓練官的特質之一。無法保持冷靜的學員，在弓箭四下飛竄的環境中不太可能成為好士兵。如果芬恩不擅長讓人失去冷靜的話，他就什麼也不是。

「這些船員不是一般水手加上少數護衛傭兵的組合。」瓦林開口道。「這些人都是專家。」姚爾嘲笑道：「專家。是呀，這就解釋了他們為什麼像魚餌一樣躺成一片。」

「我給過你機會說話了，姚爾。」芬恩說。「現在給我閉嘴，看看我們的金童有沒有辦法做點不會讓自己丟臉的事情。」

瓦林忍住笑，朝訓練官點頭，接著說：「船員看起來很正常。十二個人。是所有從安瑟拉到魏斯特類似單桅帆船上都會看到的普通船員。但是只有兩張床鋪有睡人。這表示隨時都有十個人在甲板上，他們有準備應付突襲。」他等待片刻，讓大家思考他的話。

「還有他們的武器。看起來不怎麼樣。」他從附近的屍體手中拿起一把標準甲板刀，舉在陽光下。「但這是利國鋼。什麼樣的商船會讓十個佩戴利國鋼刀的船員守在甲板上？」

「我敢說——」芬恩拖長語調說。「你打算在太陽下山前說到重點。」他聽起來很不耐煩，但瓦林看見他眼睛一亮。自己肯定有說到重點。

「我的重點在於如果這船上的人都是專家，那麼登船殺光他們的人肯定不會是普通海盜。」

「好啊、好啊。」訓練官環顧四周，確認所有學員都聽懂了。「盲馬也偶爾能找到圍場。」以猛禽的標準來看，這句嘲諷的評論算是很高的讚美了。瓦林點點頭以掩飾他的滿足感。山米．姚爾緊閉雙唇，神色陰沉。

「在甲板上混十分鐘，」芬恩瞪著他們說。「只有這個帝國吉祥物能告訴我這天殺的爛攤子裡唯一值得注意的事情。我套了兩隻烏把你們載來這裡，可不是為了讓你們花一早上拿拇指去戳別人屁股的。再去給我仔細查看。用用你們的眼睛，給我找點值得注意的東西。」

要是在八年前，光這些話就能讓瓦林羞愧到無地自容。不過在奎林群島上，這種毒舌責罵只是剛好而已。他朝芬恩點了點頭，接著轉向林。

「分頭行事？」他問。「妳待在上面，我再去下層看看？」

「你說了算，噢，帝國的聖光呀。」她笑嘻嘻地說。

「容我提醒妳，」瓦林瞇起雙眼道。「妳可沒有芬恩那麼壯。」

她把手掌放在耳邊。「你說什麼？聽起來像……你是在威脅我嗎？」

「而且妳只是個女人。」

這在奎林群島上算是毫無意義的嘲諷，因為這裡有超過三分之一的士兵是女人。帝國其他部隊絕對無法接受混合性別的戰鬥單位，但是凱卓部隊專門處理不尋常的情況——匿蹤、假扮他人、欺瞞，還有奇襲，這都和蠻力及速度一樣重要。但既然林要拿他的家世來做文章，瓦林就打算用最下流的手段應戰。

「我可不想把妳壓在膝蓋下打屁股。」他對她搖手指補充。

「你知道夏利爾教過我們如何捏爆睪丸，是吧？」林回道。「事實上很簡單，有點像是捏爆胡桃。」她伸出一手示範，突然扭動的手勢讓瓦林面露痛苦。

「妳何不待在上面。」他說著，後退一步。「我會確保我們不會錯過貨艙裡的細節。」

林瞇起眼睛品評。「再想一想，應該比較像栗子……」

瓦林在她說完之前拉開艙門跳了下去。

船艙低矮陰暗。上方甲板的木板縫隙中灑落幾道陽光，但大部分空間都處於漆黑的陰影中。這種戰鬥現場，下層甲板通常沒什麼好看的，只有幾個學員來過這裡。不過探查其他人不看的地方總有好處。

瓦林等待雙眼適應光線，然後往前移動，在海浪拍擊船身、地面輕輕搖晃時小心翼翼地越過地上的木桶和貨物。攻擊此船的人帶走了大部分貨物，如果船上真的有裝載任何貨物的話。根據封條所示，剩下的木桶裡裝的是席亞的紅酒，不過大部分紅酒都是透過較短程的陸運運往首都。不過有幾個木箱還在撞擊艙壁，瓦林用腰帶匕首撬開其中一個木箱：一綑綑棉花，同樣來自席亞。不錯的貨，但也不會是搶奪的目標。他正要撬開另一個木箱時，依稀聽見有人在呻吟。

他二話不說就拔出背上兩把短刀的其中一把。

聲音發自船頭，在最前排的甲板排水孔附近。芬恩小隊在瓦林和其他學員抵達前應該已經檢查過整艘船，確保所有人都死光或被綁起來了。不過話說回來，芬恩是猛禽裡比較衝動的訓練官，偏好揮劍，而不是小心翼翼地搜尋貨艙、檢查脈搏。他可能下來貨艙掃了一眼，確認過沒有人活著，但是光看一眼很容易把重傷之人誤認為是屍體。

這一刻，瓦林有考慮是不是要叫人下來。如果真有水手還活著，芬恩肯定會想馬上得知這個消息。但他不敢肯定剛剛有沒有聽錯，他可不想把整組人叫下來，結果只發現沒人看顧的牲口在船頭閒晃。瓦林迅速回頭看了一眼，無聲無息地向前移動，匕首舉在腰帶旁，短刀緊握在身前。這是標準的近距離格鬥姿勢。

對方縮在船身龍骨最前方彎曲處，癱在血泊裡。有一瞬間，瓦林以為他死了，自己聽見的是纜索絞盤的聲音，也可能是木板在烈日下曬變形的聲音。接著，那個水手睜開雙眼。

他的眼睛在微弱的光線下發光，目光中透露出困惑與痛楚。

瓦林往前踏出半步，然後停住。不要假設任何事情。所有凱卓士兵都要背下來的《韓德倫兵法》第一章就在講這個。對方看起來快死了，但瓦林仍謹慎面對。

「你聽得到我說話嗎？」他低聲問。「你傷得有多重？」

水手眼珠轉動，彷彿在尋找聲音的來源，最後停在瓦林身上。

「你……」他呻吟，聲音粗啞無力。

瓦林凝視他。他從未見過此人，在奎林群島上肯定沒有，因此對方那認出他的狂熱目光令他愣在原地。

「你神智不清。」他小心說道，一邊緩緩接近。除非此人是個專業騙徒，不然這絕不會是裝出來的。「你傷在哪裡？」

「你有那雙眼睛。」水手虛弱地回應。

瓦林渾身一僵。通常有人提到「那雙眼睛」時，都是在指他父親桑利頓，和他哥哥凱登。他們兩個都擁有赫赫有名的燃燒之眼，宛如火焰般的虹膜證明他們是英塔拉女神的後裔，是安努帝國的正統皇帝。就連他姊姊艾黛兒也有那種火光。不過身為女子，她絕不可能坐上王座。成長過程中，瓦林非常忌妒他們的眼睛，為此他曾拿燃燒的樹枝試圖點燃眼睛，差點弄瞎自己。不過老實說，瓦林的目光同樣令人不安——宛如燒炭般的深棕色虹膜中搭配漆黑的瞳孔。荷・林曾說過，凱登的眼睛或許是火，但瓦林的眼睛卻是火焰熄滅後的餘燼。

「我們是……為你而來。」水手堅持這個說法。

瓦林突然感到頭昏眼花，船似乎被海浪衝撞得更加厲害了。

「為什麼？」他問。「『我們』是誰？」

「艾道林，」男人說。「皇帝派我們來的。」

艾道林護衛軍。這解釋了他們專業的表現和利國鋼武器。皇帝的貼身侍衛擁有良好的訓練和裝備，除了凱卓部隊，他們是帝國中最精良的部隊。他們意志堅定，對安努王座絕對忠誠。該護衛軍的創始人加爾．詹納，規定他們不得娶妻、不得生子、不得擁有私產，藉以確保他們全心全意對皇帝和護衛軍效忠。

然而，那些都不能解釋他們為何會出現在此──搭乘快船跑來距離首都整整三週外的地方，全都奄奄一息或是死亡；也不能解釋誰有能力登上此船，殺光這些堪稱全世界最強的士兵。瓦林回頭看了貨艙黑漆漆的陰影一眼，引發這場屠殺的人看來早已離開現場。

士兵氣喘吁吁，因為費勁說話而痛苦不堪，但他還是咬緊牙關繼續說：「陰謀。有陰謀。我們是來……帶你……離開……保護你的。」

瓦林試著弄清楚這番話代表的意義。安努有很多陰險惡毒的政治暗潮，但是凱卓部隊挑選奎林群島作為訓練場和基地是有原因的，這裡距離任何地方都有數百里格遠。再說，奎林群島上有很多凱卓士兵，艾道林護衛軍是屬於故事等級的兵種，凱卓部隊卻是傳奇。計畫攻打奎林群島的人肯定是瘋了。

「在這裡等。」瓦林說，雖然他也不知道對方還能上哪兒去。「我必須告訴別人。芬恩。猛禽指揮部。」

「不。」士兵從上衣裡抽出一隻血淋淋的手掌伸向瓦林，聲音出奇有力。「這裡有人……或許是重要人物……參與其中……」

這話像一巴掌甩在瓦林臉上。「誰？」瓦林問。「誰參與其中？」

士兵無力搖頭。「不知道。」

他的頭垂向一側，亮紅色的鮮血從上衣底下噴出，濺在瓦林身上和附近的地板上。動脈傷，瓦林看出來了……只是，傷到這裡應該會在幾分鐘內死亡，而非好幾天。這人理應在凶手離船時就已死去。他跨步上前，小心翼翼地拉開士兵的上衣，看著那道長長的傷口，然後目光移向癱在艾道林士兵大腿上的血紅手掌。

「他不可能……」他對自己喃喃低語。但事實擺在眼前。

那個人一直掐著自己的動脈，把手指插入傷口裡，找到濕滑的血管並捏緊。這是有可能的，艾倫・芬奇在醫療訓練時講解過這種做法。但就連芬奇也認為在這種情況下，即使夠幸運也只能撐一天。艾道林士兵撐了將近三天，向他所信仰的神祈禱，一個把他搞得死去活來的神，只為等候某人到來。

瓦林伸出手指觸碰對方脖子。脈搏微弱不規律地跳動、趨緩，接著停止。他正要闔上對方雙眼時，芬恩震耳欲聾的吼叫聲把他嚇得站起身來。

「學員回甲板！有鳥來！」

瓦林推開艙門的同時，一陣刺耳的叫聲劃破晨間空氣而來。他很想告訴別人剛剛聽見的事情，但那個士兵的警告不停在耳中迴盪：這裡有人參與其中。那一刻，他甚至不確定自己可以告訴誰。所有人的目光都轉向天空，看著在空中滑翔的凱卓鳥，漆黑的翅膀遮蔽陽光。

即使在奎林群島待了八年，也學會在這種巨鳥上飛行、打鬥、上下鳥身整整八年，瓦林看到牠們還是不太自在。如果記載的資料沒錯的話，凱卓鳥存在於世的時間比人類更早，甚至比瑟斯特利姆人和內瓦利姆人還早，可以追溯到諸神和怪獸行走大地的年代。凱卓部隊找到牠們，表面上馴服了牠們，但在瓦林眼中，牠們那漆黑明亮的眼睛怎麼看都不像被馴服了。而現在，站在室外甲板上，看著這頭巨大的生物飛在空中，他覺得自己可以瞭解在剛除草田地裡的老鼠看見獵鷹升空時是什麼感覺。

「看起來像是跳蚤的鳥。」芬恩以手掌遮眼說道。「不過我真他媽不知道他幹嘛大老遠跑來這裡。」

平時的瓦林會對此感到好奇。雖然跳蚤會輪班訓練學員，但他可是極為致命的猛禽中最致命的一員。他大部分時間都飛往東北方，進入蠻荒的血腥城邦執行任務，或對抗厄古爾，又或是跑去南方應付經常穿越魏斯特入侵帝國的叢林部落。他在普通訓練課程中突然出現是很不尋常的事情，卻並非史無前例。這種突發事件可以強化訓練效果，不過在遇上艾道林士兵後，黑鳥在他眼中宛如惡兆，他開始環顧甲板，以全新的目光打量這些學員。如果那個人沒有說謊，奎林群島上存在著黑暗勢力，而若說瓦林有在凱卓部隊裡學到什麼，就是除非突發事件是你造成的，不然絕對不會是好事。

巨鳥毫無預警地收回七十呎寬的雙翼貼在身體兩側，然後宛如巨矛般從天而降，朝船衝來。瓦林和其他學員瞪大眼睛看。所有凱卓士兵都能在飛行中上下鳥，辦不到的話，鳥的用處就不大。但是在這種情況下？他從未見過任何人以這種速度降落。

「不可能……」林在他身邊輕語，一臉驚恐地搖頭。「絕對不可——」

巨鳥在一陣強風中來到他們頭上，捲起強大的漩渦，差點吹倒瓦林。他在遮眼前一秒瞥見巨鳥的利爪伸向甲板，一道身穿凱卓黑衣的身影掙脫安全皮帶，跳上甲板，順勢翻滾而起。強風尚未平息，巨鳥已經飛走，低空掠過海浪往北而去，跳蚤則站在眾人面前。

他看起來不太像士兵。阿達曼·芬恩身材高大宛如公牛，看起來飽經風霜的跳蚤卻十分矮小，深色的皮膚上有著幼時疾病遺留下來的麻子，一團灰髮像煙一樣飄在他頭上。不過這次下鳥就像是在提醒大家他和他的小隊能力有多強悍。沒有人會這樣下鳥，其他學員不能，其他訓練官不能，就連阿達曼·芬恩也不能——而且還是落在移動的船上！如果瓦林嘗試以那種方式落水，不把肋骨全部摔斷就不錯了。要落在搖晃的甲板上……想都別想。他一直以為其他凱卓士兵宣稱跳蚤執行過上千件成功的任務有點言過其實，但這樣下鳥……

「這樣下鳥也未免太浮誇了吧。」芬恩揚起一邊眉毛說道。

跳蚤扮個鬼臉。「抱歉，總部派我過來。」

「真他媽十萬火急。」

小個子點頭。他看向聚集在甲板上的學員，似乎有在瓦林身上停留片刻，又看向其他人，最後視線拉回到芬恩身上。「你和你的小隊要盡快升空。事實上，昨天就該升空了。你們要跟隨我往北飛。珊德拉的小隊已經在路上了。」

「三個小隊？」芬恩笑問。「聽起來很刺激。我們要去哪裡？」

「安努。」跳蚤回道。他不像芬恩那麼興奮。「皇帝死了。」

05

皇帝死了。

這句話像根刺般卡在瓦林腦裡，跳蚤在狂風中落地已是幾個小時前的事了，這句話依然冷酷無情地啃蝕著他。這聽起來是不可能的事，就像聽到海會枯石會爛一樣。桑利頓之死對帝國而言是場悲劇，他提供了數十年安穩的政局，但在飛回奎林群島途中，瓦林唯一能想到的就是從前那些無關緊要的回憶：他父親握著馬勒讓兒子騎上第一匹馬，父親於冗長乏味的國宴上自以為沒人在看時偷偷眨眼，父親用左手和兩個兒子打鬥，讓他們短暫產生能打贏的假象。奎林群島上會舉行隆重的儀式，與其他地方同樣會哀悼皇帝駕崩，但沒有人能與瓦林一起哀悼父親之死。

他甚至不確定父親是怎麼死的。跳蚤能說的，或是願意說的就只是「有人背叛他」。這是標準的凱卓狗屎。訓練官堅持要學員背下與帝國有關的一切，從錢納利的小麥價格到大祭司的陰莖長度，但一旦事情牽扯到正在執行的任務時，你花錢都買不到直截了當的答案。三不五時會有老鳥放點消息給學員，一個名字、一個地點、一點恐怖的細節，剛好足以吊人胃口，又不到能餵飽他們。「為了任務安全。」猛禽都這麼說，但是瓦林不明白在一座居民都受到控制的天殺島嶼上究竟需要什麼安全。他基本上已經接受了這種規則，但這次是他父親死了，被蒙在鼓裡就像是卡在皮膚裡那根殘酷的刺般折磨著他。所謂的「背叛」是指下毒、背後捅他一刀，還是在黎明皇宮裡發生「意外」？他覺得身為桑利頓之子應該具有某些意義，但在奎林群島上，瓦林並非皇帝之子，他是學員，就和其他學員一樣。他只能知道他們知道的事情。他曾期待跳蚤宣布完消息後會帶他一起走，讓他回安努處理葬禮事宜。可惜他還沒開口提問，阿達曼・芬恩的聲音已經劃破了他的困惑與恐懼。

「至於你，帝國之光，」訓練官大聲吼道，粗暴地戳了瓦林的肩膀一下。「別以為這表示你有假可放。每天都有人死，最好把這個念頭趕出你那顆頑固的腦袋。如果你想在浩爾試煉中存活下來，我建議你今晚花一個小時悼念你父親，然後繼續專心受訓。」

於是，當跳蚤、芬恩，以及十幾名凱卓飛往西北方越過遼闊大海前往安努時，瓦林和幾名學員一起綁在另一隻巨鳥腳上往南飛向奎林群島。在強風撲面和上方巨鳥振翅的情況下幾乎無法說話，瓦林很慶幸擁有這份獨處的假象。跳蚤轉眼間來了又走，毫不廢話地宣布消息，這讓瓦林覺得自己還沒能完全體會到這個消息所代表的意義。

皇帝死了。

他又低聲唸了一次，彷彿能夠感受到喉嚨裡的真相，透過舌頭品嚐它。艾道林護衛軍應該要保護他父親，但護衛軍並非無所不在，沒辦法阻止所有威脅。

最強的劍客，最頂尖的謀略家，舉世無雙的將領，他們全都看似天下無敵，直到運氣突然倒戈。不要心存僥倖——讓一個人多面對死亡幾次，他的運氣就會倒戈。韓德倫寫道。

當然，桑利頓不是死於天殺的運氣不好。跳蚤說「背叛」，就表示有人，很可能是一群人，陰謀叛國，謀殺皇帝。這又讓瓦林的思緒回到數小時前在貨艙裡發現的艾道林士兵。就算不是情報頭子或軍事天才，也能看出威脅瓦林性命的陰謀與謀害皇帝的事有關。事實上，政變似乎還在進行中，對方試圖有系統地剷除所有馬金尼恩家族的血脈。桑利頓肯定是在死前就發現此事，於是派那艘滿載艾道林士兵的船來拯救、保護他兒子，但船遇難了，桑利頓的情報也救不了他自己。有人想剷除馬金尼恩家族，更可怕的是，行動已經展開了。有人要來殺瓦林。不只是他，還有凱登，甚至連艾黛兒也可能身處險境。不過身為女子，她本來就不可能登上王座。這個簡單的事實，很困擾她童年的事實，有可能救她一命。他希望。

神聖的浩爾啊，瓦林嚴肅地想著。儘管對於有殺手潛伏在奎林群島意圖獵殺自己感到害怕，但凱登的情況比他還糟糕。凱登有燃燒之眼，瓦林沒有；凱登才是王位繼承人，是現任皇帝，而瓦林不是。凱登獨自待在偏僻的修道院裡，沒有接受訓練，沒有人守護，也沒有接獲警告。

上方，坐在鳥背精緻鞍具上的飛行兵萊斯突然來個大幅度轉彎。瓦林發現另一隻鳥爪上的葛雯娜正在看自己，紅髮宛如火焰般在她頭上飄逸。所有學員裡，葛雯娜看起來最不協調，她有著曬傷的白皮膚、臉上長雀斑、一頭鬈髮，以及標準黑衣也無法掩飾的好身材。葛雯娜外表像是釀酒師之女，而不是精英戰士，卻是奎林群島上脾氣最火爆的人。

她嘴角下垂，看不出是在表達不爽還是同情，想看懂她的表情很難。*她有沒有參與陰謀？*瓦林心想。一場推翻全世界最有權勢家族的巨大陰謀，會找還沒通過試煉的學員合作，感覺十分荒謬。此時葛雯娜的綠眼睛裡帶有一股說不出的強烈情緒，瓦林不知道她盯著自己看了多久，當他轉頭看她時，她比了比將他的安全皮帶固定在覆滿鱗片粗鳥爪上的釦環。他低頭一看，驚訝地發現自己竟然沒將保險扣至定位。如果巨鳥突然俯衝，他就可能被扯下鳥爪、拋出千步之外，在下方的海浪中摔死。

你這個天殺的白痴，他喃喃自語，扯緊皮帶，朝葛雯娜輕輕點頭。如果你把自己摔死，別人就根本沒必要暗殺你。他努力壓下心中的憂慮。不管對方計畫如何對付他，掛在安全皮帶上的他都無法應付。此刻除了休息，他什麼都不能做。於是他嘗試依靠索具支撐，放鬆疲憊的肌肉，找回往常飛越海洋時的平靜感。

今天是上衣黏在背上、握劍手心會不停冒汗的那種天氣，海面上十分濕熱，但萊斯讓巨鳥飛在遠離海面一千步以上的高空，陽光溫暖，巨鳥的大翅膀也為瓦林、葛雯娜，和另外兩名綁在鳥爪上維持平衡的學員提供大片遮蔭。他嘗試閉上雙眼，不過沒用，心中滿是父親的容顏，或是凱登的？他只能看見那雙黃金虹膜，火光四射，接著被眼眶湧出的鮮血澆熄。

他搖頭甩開那些影像，睜開雙眼，再度檢查他腰帶上的匕首、短刀和釦環，反覆執行標準的飛安檢查。接著，他察覺葛雯娜還在看他，於是停手，重新把注意力轉向下方緩緩移動的島嶼和海面上。

此刻他可以俯視奎林群島大部分島嶼，宛如細細的項鍊釦環散布在海面上。位於南方不遠處的夸希島是其中最大的島嶼，瓦林可以看見島上的沙灘、茂密的紅樹林、蒙塵的石灰岩壁，以及各式各樣猛禽指揮部的建築物——軍營、餐廳、訓練場、倉庫——清清楚楚，彷彿地圖上的線條。幾艘船停靠在碼頭，看起來是一艘雙桅商船和兩艘單桅船；而他正下方附近有艘船身光滑的快艇正乘風破浪，迎向港口。

夸希是他的家。不光只是他和其他二十五個學員同住八年的狹長營房，或是疲憊一整天後跑去吃飯的餐廳，這整座島——從岩石陸岬到紅樹林之間風勢強勁的水道——比黎明皇宮更讓他覺得熟悉，甚至安心。這座島是他的島——直到此刻。

在接到艾道林士兵的警告及得知父親死訊後，這些小島看起來都有點不太一樣了，它們變得很奇怪、很詭詐，似乎孕育無數危機。碼頭上的其中一艘船或許就載著殺光艾道林士兵的凶手。營房或餐廳裡的某人，曾在訓練場與他擦肩而過上千次的某人，或在倉庫裡和他一起做過苦工的某人，可能正在計畫謀害他。那些風大的岩石小徑裡有太多僻靜之處，太多可以讓人神不知鬼不覺地失蹤的轉折點，而凱卓的訓練課程裡有教過他們上千種製造不同「意外」的方法——不小心墜樓、在軍火上動手腳、四面八方到處都是尖銳的鋼鐵。短短一個早上，他的家園就變成了一個巨大陷阱。

巨鳥掠過碼頭西方的降落場，瓦林從鳥爪上一躍而下。一群同儕在降落場旁等待，神情有些尷尬地玩弄腰帶匕首，有些人則毫不掩飾地盯著他走過去。凱卓部隊裡消息一向傳得很快。

首先上前的是甘特・赫倫，搖著他的大腦袋大聲說：「真是太不幸了。」接著伸出宛如槌頭的大手。這個高大的學員至少比瓦林高一呎，肩膀也寬得足以匹配身高。他看起來像熊，手臂和胸口的棕色鬈毛蓋住了下方蒼白的皮膚，通常溫馴的程度也和熊一樣，不過此刻他表現得很有禮貌。「你父親御下甚嚴。」他繼續，又似乎不太確定該說什麼。

「這是帝國的損失。」塔拉爾補充道。塔拉爾是個吸魔師，和所有吸魔師一樣，他向來獨來獨往。儘管如此，幾年下來他還是和瓦林合作訓練過幾次，即使他具有那種奇特又腐敗的力量，瓦林也對他產生了一種謹慎的信任。除了黑衣外，塔拉爾還戴著兩排閃亮的手鐲、箍環、戒指，耳朵上也掛著耳環和飾釘。如果是別的男人，這樣打扮會被貼上虛榮輕浮的標籤，但在塔拉爾身上，金屬的閃光就和殺手的刀光一樣令人頭暈目眩。「他們知道究竟是怎麼回事嗎？」他低聲問道。

「不。」瓦林回答。「我不知道。背叛。他們只告訴我這個。」

甘特一隻拳頭的指節猛力擊向另一隻手掌。「芬恩和跳蚤會找出那些天殺的混蛋。他們會找出那些人，全部解決。」

瓦林心不在焉地點頭。那是非常誘人的畫面——凱卓部隊的成員把謀反的傢伙拖到陽光下，打到他們坦承犯行，並在安努諸神道上處決他們。這樣換不回父親，但公義能夠帶來滿足，而凶手伏法也能讓瓦林呼吸順暢點。如果有那麼簡單就好了，他嚴肅地想道。然而，內心有個冷硬現實的聲音告訴他沒那麼簡單。

「你最好認真注意那條天殺的釦環。」葛雯娜擠過來警告他。她的綠眼燃放怒火，伸出一根手指抵住瓦林胸口，指甲陷入他的胸骨中。「你剛剛差點墜海。」

「我知道。」瓦林回話，拒絕讓步。

「他剛剛得知父親遭人謀害。」甘特為他辯護。

「噢，可憐的小傢伙。」葛雯娜大聲回道。「或許我們該讓他躺在床上休息，用湯匙餵他喝溫牛奶一個禮拜。」

「葛雯娜，」塔拉爾開口，伸出手掌安撫她。「沒必要——」

「絕對有必要。」她厲聲反駁。「他犯錯是因為心神不寧。他有可能害死自己，也有可能害死別人。」

「夠了，葛雯娜。」甘特轟然喝道，聽起來像遠處發生雪崩一樣。她不理會其他兩名學員，瞪大綠眼睛看著瓦林。「再讓我發現你有類似舉動，我就要回報。我會直接去找拉蘭回報，你聽懂了嗎？」

瓦林冷冷對上她的目光。「我很感謝妳注意到我的釦環沒扣好，妳可能救了我一命，但我八年前乘船來此時就已經擺脫了母親，我不需要妳扮演她的角色。」

她噘起嘴唇，一副想繼續爭論的模樣。瓦林後退半步，改變重心，手掌自腰帶上移開。凱卓部隊的成員很容易動怒，即使是微不足道的爭吵，都可能引發拳腳衝突。他不知道葛雯娜為什麼會氣成這樣，但他見過她揮拳攻擊其他學員，而他不打算毫無防備。在主大陸上，很多笨蛋會看輕女人，但那是因為主大陸的女人沒有受過擊碎氣管或挖出眼珠的訓練。僵持片刻後，葛雯娜搖了搖頭，吼了句「天殺的無能」之類的話，往營房大步走去。

現場陷入一片死寂，直到甘特開口，聲音宛如一堆岩石滾落山丘。「我覺得她喜歡你。」

瓦林連笑帶咳。「讓我這麼說吧，如果試煉過後她被分派到我的小隊，我允許你們兩個趁我睡覺時把我掐死。」

「掐死她或許比較好。」荷·林插話。她乘另外一隻鳥回來，八成是在葛雯娜戲劇性地離開時到的。「正常觀念是這樣，你知道的，瓦。敵人死，而你活。這種事情，或許過去幾年你都沒有認真關注。」

「葛雯娜不是敵人。」塔拉爾反對。

「噢，不。」林說。「她是顆天殺的蜜桃。」

瓦林發現自己在笑。「只要她不把她的甩芯彈塞到我身上什麼令人不舒服的地方，然後點燃就好。」

「男人都想在四肢和尊嚴完好如初的情況下死去。」甘特同意。「刺死、毒死、溺死，這些都不錯……」他在驚覺自己說了什麼後，聲音越來越小。「不好意思，瓦。我是坨馬糞……」

瓦林揮手表示不必在意。「別擔心。你們不必因為我父親去世就不講這些。」

「你哥呢？」塔拉爾問。「他安全嗎？」

瓦林猛地轉頭看向吸魔師。這種情況下，這是很合理的問題，但是觸及了瓦林心中的憂慮。吸魔師是在打探情報嗎？

「他身處世界的盡頭，當然很安全。」甘特回應。「誰會殺害他？難道是其他僧侶？」

塔拉爾搖頭。「有人背叛桑利頓，如果他們殺得了一個皇帝，就能再殺一個。」

「就算快馬加鞭，任何人想抵達骸骨山脈都必須花將近一季的時間。」林插嘴，伸手放在瓦林肩膀上。「凱登，我該說皇帝，不會有事的。」

「除非對方幾個月前就已經上馬趕路。」瓦林回道。不知道父親身上發生什麼事，簡直快把他逼瘋。瓦林緊握拳頭，接著他意識到自己這麼做，於是努力放鬆。

「瓦，」林說。「你講得好像有什麼巨大陰謀一樣。」

「或許只是個心懷不滿又不要命的白痴做的。」甘特附和。

巨大陰謀。那個艾道林士兵的說法就是如此。

「我得去找拉蘭。」瓦林說。

林揚起一邊眉毛。「那坨屎？」

「他是學員主管。」

「別提醒我。」她嗤之以鼻。

「那表示他可以決定誰能離開奎林群島。還有何時，為了何事。」

「你想請假？」

「我可以在一週內抵達骸骨山脈。總要有人通知凱登。」

林難以置信地看著他，然後噘起嘴唇。「祝你好運。」

♛

儘管關於凱卓部隊的指揮部「猛禽」有眾多傳說和故事，它看起來並不起眼。首先，雖然叫猛禽，但這棟建築並沒有棲息在某座地勢險要的懸崖上，而是在距離碼頭數百步外的一塊平地上，它甚至不是一座堡壘。當你住在一個距離最近海岸千里之遙的島嶼上，又有全世界唯一的空中部隊防禦時，就不太需要堡壘，只需要幾級台階通往面向廣場的狹長低矮建築就好。這裡看起來像是某個鄉紳的馬廄，或是商人生意不錯的倉庫。然而事實是，這座不起眼的建築就是猛禽的男男女女下達決定，推翻帝王和顛覆帝國的地方。

瓦林毫無所覺地踏上階梯，伸出拳頭敲開大門，走過石廊，靴子踏響石板。走廊兩旁都是一模一樣的柚木門，沒有名牌，沒有標示引導第一次來的人。如果不知道該上哪兒去找你要找的人，你就不屬於這裡。瓦林停在學員主管賈卡伯·拉蘭的辦公室門口。照規矩應該要敲門，但瓦林現在沒心情管規矩。

拉蘭是島上少數缺乏凱卓部隊那種致命外表的人之一。這傢伙看起來一點也不像士兵，他目光銳利、禿頭冒汗，看起來比較像是地位低下的書記官而非戰士。除了所有凱卓腰間都會佩戴的短匕首外，瓦林猜他大概有十五年沒拿過武器了。他和其他人一樣穿著黑衣，但肥胖的身材讓他站立時肚子會難看地垂在腰帶下。*這大概就是他不站著的原因*，瓦林在立正等候時心想，強迫自己一聲不吭地等待對方將目光從面前的羊皮紙文件上移開。

拉蘭伸出一根肥手指。「你打斷我做重要的事，所以你得等等。」他語氣平淡地說，雙眼凝視著眼前的東西。

他在做的事情看起來一點也不重要——幾張沾油的文件放在一個餐盤旁邊，盤裡的雞肉已經吃掉一半——但拉蘭就是喜歡讓別人等。濫用權力帶來的快感似乎與把臉埋在食物裡不相上下。

瓦林深吸口氣。這是他第一千次努力想對此人產生同情，畢竟拉蘭並不是自願成為一無是處的廢物。這傢伙的確通過了浩爾試煉，出過幾次任務，或至少一次。他在某次夜間落地時摔斷了腿，之後就必須仰賴枴杖走路。對於花了八年受訓的人而言，這種情況十分不好受，此人也確實應付得不是很好。他似乎痛恨任何比他好運的人，而那讓擁有皇族姓氏和奢華童年的瓦林成為痛恨名單上的第一位。

瓦林數不清自己有多少次因為不小心違反微不足道的小規定而被罰去掃廁所、站第三班夜哨或刷馬廄了。如果上面沒有指派拉蘭擔任學員主管的話，要同情他或許不會這麼難。瓦林一開始無法理解怎麼會找個能力不足、缺乏紀律的廢物來管事，還是個沒有作戰經驗的傢伙。然而在島上度過幾年後，他開始瞭解，凱卓訓練並非只著重在戰鬥上，更重要的是必須應付其他人，並在困難的情況下保持冷靜。當然，沒人會真的把話說開，但瓦林懷疑拉蘭也是訓練的一部分。他又吸了口氣，繼續等候。

「啊。」那傢伙說，終於把目光從文件上移開。「瓦林，我對你的遭遇深感遺憾。」

他聽起來就像屠夫賣肉一樣遺憾，但瓦林還是點頭。「謝謝。」

「但我希望你不是來……」男人抿嘴繼續說。「哀求我們為了此事而放寬你的訓練標準的。」

凱卓就是凱卓，就算遇上人倫慘劇也一樣。

「不是哀求，長官。」瓦林回話，努力壓抑自己的脾氣。「我要提出一項請求。」

「噢，當然！我真是笨呀。偉大的瓦林．修馬金尼恩絕對不會哀求。你八成有奴隸幫你做那種事，嗯？」

「我的奴隸不比你多，長官。」

拉蘭瞇起雙眼。「你說什麼？不管你是什麼情況，我辦公室裡都絕不允許任何散漫的——」

「不是散漫，長官。只是一項請求。」

「什麼請求？」男人邊問邊揮手，好像一直在等瓦林把話說出口。「你打算提出要求，還是要繼續浪費你我的時間？」

瓦林遲疑片刻，然後切入主題。「我想要乘鳥北行，離開奎林群島，前往阿希克蘭。凱登不知道我們父親的死訊，他或許會有危險。」

一時之間，拉蘭只是盯著他，瞪大肥臉上的雙眼。接著他彎腰大笑，笑聲充滿嘲諷，笑到彷彿要在地上打滾。

「你要……」他趁喘息的時候說道。「一隻鳥。真是太好了，好得不得了。島上所有學員都在為了浩爾試煉做準備，想要成為真正的凱卓，而你要……直接跳過！你還真是皇帝之子！」

「我不是為了自己，長官。」瓦林咬牙道。「我是在擔心兄長。」

「噢，你當然是。而你是最適合做這件事情的人，嗯？皇帝有整團艾道林護衛軍，一輩子只為了『守護他』這個使命而生的人，你卻認為一個還沒通過試煉的學員就能解決一切？在安努掌權的那些人大概沒考慮過這一點，是不是？他們根本不知道你究竟有多厲害！」

瓦林並不期待真的能弄到鳥，但試試總沒有損失，至少可以為他真正的要求鋪路。「那我不去，請找個已經成軍的小隊，老鳥的小隊。跳蚤，或許——」

拉蘭揮手要他閉嘴。「跳蚤、芬恩，和其他六個小隊已經往北邊去了，想弄清楚他媽的究竟出了什麼事。再說，這又不是凱卓的工作。我剛剛就對你說過了，皇帝，一生光芒耀眼，還有艾道林護衛軍守護。你們，至少你們之中的可教之材，來奎林群島是為了學習怎麼殺人，不是保護人。這件事不是你該管的事，也不是我該管的。」

「但是，長官……」瓦林開口。

「不行。」拉蘭說。

「如果我去找妲文．夏利爾——」

「夏利爾不會見你。」

「或許你可以幫我說話——」

「我有比幫皇帝的驕縱兒子跑腿更重要的事情。」

「我懂了。」瓦林看著盤子裡的雞肉回道。「午餐比較重要。」

拉蘭奮力起身，猛地撐在辦公桌前，神色憤怒。「你給我退下，學員！」

自己太過分了，話一出口瓦林就知道，但就是沒辦法把話吞回去。

「你以為，」拉蘭繼續氣喘吁吁地說，瓦林懷疑他是不是要崩潰了。「你是皇帝之子，就有權力跑進來這裡下達命令，是嗎？」

「不是，長官。」瓦林想要轉變話題。

「你沒資格，沒資格評判，沒資格質疑。聽命行事，學員，那是你唯一該做的事。」

瓦林咬牙點頭。如果可以選擇，他會直接去找夏利爾。她是瓦許東北部所有外勤任務的指揮官，這表示她負責凱卓部隊在全世界最麻煩區域之一的任務；她同時也是奎林群島上最高強也最聰明的戰士之一。不幸的是，不管凱卓部隊容許多少特殊情況，領導階層還是和所有安努部隊一樣絕對不可違逆。如果瓦林跳過學員主管直接跑去夏利爾的圖表室，他就會在有機會背誦士兵信條之前就被趕去掃廁所。再說，已故艾道林士兵的話不斷在他耳中迴盪：這裡有人……或許是重要人物……參與其中。

「我很抱歉，長官。」他盡量用他最不激怒人的語氣表達。「我應該要聽命上級的指示。我踰矩了，為此，我自願本週每隔一天就輪值一次第三班夜哨。」

拉蘭靠回他的椅背，瞇眼看了瓦林很長一段時間，然後緩緩點頭。「沒錯。你確實踰矩了。你那顆頑固的腦袋最好給我搞清楚，這裡不是你說了算。這裡。不是。你。說。了。算。」他微笑。「一整個月都值第三班夜哨，我想，應該足以讓你學到教訓。」

06

「我們明天早上一定會後悔。」瓦林看著他的大酒杯說。

「我們以前也為了更爛的理由喝醉過。」林回道，揮手招來女侍莎莉雅。「你父親剛過世。沒人會期待你去海上折返游泳。」

你父親剛過世。即使過了一週，這句話依然像一拳重擊胃部般讓他痛苦。林不是刻意傷人，她和其他凱卓一樣，很久以前就接受過開打前講話要簡明扼要的訓練，一直說些不著邊際的話簡直如同穿蕾絲花邊上戰場。

「我想拉蘭會想看到我去游泳。」瓦林說，手肘靠在桌上，額頭抵著掌根。

林皺眉，將杯中的麥酒一飲而盡，再度皺眉。「拉蘭是個吃屎的混蛋。在這種時候派你去守第三班夜哨真的很差勁。」

「我自願的。那是唯一能在不把事情弄得更糟的情況下離開他辦公室的方法。」

「你一開始就不該進去。」

「我總得試試。」瓦林說。「帝國代表團至少要兩個月才能抵達凱登那裡。乘船幾週，再從大彎往北騎上兩倍的時間。他們應該要派出一支凱卓小隊。」

他的語氣比想像中更憤恨。在連值一週第三班夜哨、白天為試煉做準備、晚上顧好自己後背、默默為父親哀悼，還要不斷擔心凱登性命安危的日子後，他逮到第一個自由時間立刻就乘船前往虎克島，沿著巷子走一小段路，來到曼克酒館，在林走進店門之前乾掉五大杯麥酒。就像所有凱卓都會說的一樣：你為了逃避問題而去虎克島，結果多帶十幾個問題回來。

猛禽會仔細留意虎克島上的情況，但不會像控制其他島嶼那樣監控虎克島。事實上，有時候瓦林感覺根本沒人在管這個地方。這裡沒有鎮長或守衛，沒有商業議會，也沒有本地權貴。林說這裡是「天殺的海盜窩」，瓦林認為她說的和事實沒差太遠。只有最絕望的人才會淪落到這座島上，為了躲避堆積如山的債務、死刑令或其他形式的痛楚。他向來覺得如果還有別的地方可去，這些人會逃得更遠。

和大部分島上的建築一樣，曼克酒館懸空建在巴薩德灣之上，整棟建築都靠碼頭下方插在淤泥中的焦油木材支撐。酒館外表漆成鮮艷的紅色，藉此與兩旁的黃色和膽汁綠建築爭奇鬥艷。酒館內部低矮陰暗，微微下陷，是會讓人緊握錢包、壓低音量、靠牆而坐的那種地方。非常符合瓦林現在的心情。

「凱登不會有事的。」林說著，慢慢伸出手，放在瓦林手掌上。

「我沒理由這樣想。」他咆哮。「根據跳蚤的說法，我父親是遭人謀殺的。他有一隊又一隊的艾道林護衛軍，加上天殺的皇宮侍衛，結果他還是被殺了。凱登身處在一座天殺的修道院裡，誰能阻止壞蛋除掉他？」

「光是他住在那座修道院裡的事實就夠了。」林語氣平穩地回道。「他待在那裡遠比在帝國境內安全。搞不好當初送他去那裡就是為了這個。根本沒人知道修道院在哪。」

瓦林喝了一口麥酒，遲疑片刻。過去一週，他一直在掙扎要不要把那個慘遭殺害的艾道林士兵和對方所提及的陰謀告訴林。他絕不質疑她的忠誠——奎林群島上所有學員裡，就屬林和他最熟。她在無數訓練任務中掩護他，起碼幫他少斷了十幾根骨頭，他也幫她脫離過一些危急的情況。如果這裡有任何值得他信任的人，肯定是荷·林了。但根據韓德倫的說法，祕密一定要徹底守住，越少人知道就越安全。

「幹嘛？」她側頭問。

「沒有。」

「你可以騙我，但我知道有事情在困擾你。」

「大家都有困擾的事情。」

「好吧，你何不說給我聽聽？」

瓦林心不在焉地敲著杯側。林的眼神很溫暖，也很堅持，顯然十分關心他，令他忍不住要偏開目光。保守祕密是很好的做法，但謀害他的陰謀有可能成功，若是只有他知道這個祕密，而他又被殺害了，那祕密便會就此消失。另一方面，如果他願意誠實面對自己的想法，那就該把祕密告訴別人，這會讓他感覺更好過一點。於是他湊到桌上。

「記得那艘船……」他開始說。

故事一下就講完了，說完之後，林往後靠，喝了一大口酒，然後低聲吹個口哨。

「梅許坎特、安南夏爾，外加一桶醃大便。」她輕聲咒罵。「你相信他？」

瓦林聳肩。「很少有人會在臨死前撒謊。」

「但會是誰？」她問。

他透過齒縫緩緩吸氣。「無從得知。我反覆思索過所有人名十幾次了。誰都有可能。」

「拉蘭在指揮部的地位不低。他不喜歡你。」她指出這一點。

「拉蘭太懶散了，連抬起屁股離開座位都懶，更別說是擬定足以顛覆帝國的複雜陰謀。」

她又喝了一口麥酒，噘起嘴唇。「跳回殺害你父親的凶手身上。如果你能查出是誰殺了他，或許就能分析出在奎林群島上該堤防些什麼人。」

瓦林搖頭。「每當有訓練官給我一點喘息時間，我就會開始思索這件事。跳蚤離開前沒有透露多少，之後也沒人對我說過任何狗屎。」

「你父親有哪些敵人？」

瓦林兩手一攤。「有得挑了。他是聲望卓越的皇帝，但就連好皇帝也會得罪人。每當他判決徵稅問題、疆界爭議、繼承權爭奪戰，都會得罪半數相關人士。沒有貴族喜歡徵兵制度，他們都想讓平民出去打仗；沒有平民喜歡被迫勞動，就算有發薪餉也一樣；黑岸船運公會隨時有看不爽的事情，儘管他們基本上已經獨占了帝國運輸業。還有帝國邊境永不止歇的紛爭：安瑟拉人、厄古爾人、哈南人的境內都有血腥邪教正在興起，也都想要對抗所謂的『外來壓迫者』，不管我們的壓迫是不是為他們帶來法治、對外貿易、軍事防禦及技術發展。從我們派遣小隊的情況來看，最近似乎就連曼加利人也開始蠢蠢欲動。這世上有很多人樂見安努皇帝駕崩。狗屎，我們甚至可以把瑟斯特利姆人都算進來，搞不好他們三千年前根本沒有死光。」

「好吧，我懂你的意思。名單很長。」

「長到沒有盡頭。在跳蚤或芬恩或哪個人從安努回來之前，我根本不可能開始推論。現在我誰都不能相信。」

林腦袋側向一邊，問道：「那你為什麼相信我？」

瓦林遲疑，突然感覺到她的手掌放在自己手上的重量，還有她頭髮那股微鹹的淡淡清香。她瞪大那雙杏眼看著他，嘴唇微微張開。

瓦林深吸一口氣。「我不知道。」這當然是謊話，但他又能說什麼？他是個士兵，她也是個士兵。他若想讓關係更進一步，她很可能會讓他在島上淪為笑柄，或是一刀插進他肚子裡。「我需要另外一雙眼睛。」他說得不是很有說服力。

她眼中乍現難以捉摸的光彩，但消失的速度快到他懷疑自己眼花了。「那我們該怎麼做？」她問。

儘管憂心忡忡，瓦林還是忍不住微笑。有人和自己站在同一陣線的感覺很好。「我想要妳醒著的時候隨時看顧我的背後，然後在情況失控的時候幫我擋刀子。聽起來如何？」

「我加入的是凱卓部隊，不是艾道林護衛軍。」她回應。

「妳的意思是說，妳不願意為了救我而犧牲性命？」

他本來是在說笑，但這句話令荷・林清醒了一些。「你一定要小心。」她說。

「我該做的事，是離開這座天殺的島。」瓦林回道，心情隨她一起低落。「我明明能在一週內抵達阿希克蘭，偏偏受困於此，在曼克酒館裡喝麥酒。」

「只要再等一個月，我們就能通過試煉，成為全職凱卓。」林說。「再一個月，你就可以獨立執行任務，指揮你自己的小隊。你也說過，其他人要走陸路去找凱登起碼也要這麼久的時間。瓦，就等兩個月吧。」

瓦林搖頭。「現在已經太遲了。」

「什麼意思？」

瓦林長嘆一聲，靠回桌面上，在他的酒杯裡尋找適當的言語。「我們大半輩子都待在這裡，林。我們學習飛行、戰鬥、用幾十種不同的手法殺人，一切都是為了守護帝國。」他聳肩。「在帝國需要守護時，當皇帝需要守護時，我卻天殺的什麼事都不能做。」

她搖頭。「不是你的錯，瓦林。」

「我知道。」他說著，伸手去拿麥酒。

她出手阻擋他，強迫他看著自己。「不是你的錯。你沒辦法保護他。」

「我知道。」他重複，努力相信自己說的話。「我知道，但或許我能保護凱登。」

「兩個月。」她湊上前去，彷彿要用意志力把自己的耐心強加在他身上。「等就是了。」

瓦林掙脫她的手，拿起酒杯喝一大口，最後點頭。

在他有機會做出其他反應前，山米．姚爾推開酒館大門走了進來。這個年輕人一臉愉快又厭惡地打量低矮的酒館。他早在十年前就離開父親的鑲金殿堂了，但依然認為虎克島及其他島嶼上費心建設的建築配不上他，一副紆尊降貴的模樣穿過門楣。

「女侍，」他朝莎莉雅彈指。「紅酒。隨便哪種，沒有摻太多水的就好。這次我要乾淨的杯子，不然我就讓妳見識見識我不高興的樣子。」

莎莉雅卑躬屈膝，彎腰走向後廚，沿路不停奉承點頭。林在喉嚨中低吼一聲，姚爾彷彿聽見了般，轉向她和瓦林坐的那個角落。莎莉雅迅速帶著滿滿一杯紅酒回來，他看都不看她一眼就接過酒杯，笑嘻嘻地朝瓦林舉杯。

「恭喜！離王位又近一步了！」

瓦林慢慢把酒杯移到一旁，伸手去握住腰帶匕首的刀柄。林在桌下抓住他的手腕，抓得非常用力。

「現在不要。」她低聲道。

鮮血在瓦林耳中和眼睛後方陣陣鼓動。某方面來說這是受到麥酒影響，他模糊地意識到這點。最後阻止他拔刀的是林的手。

「現在不要。」她又說一次。「如果和他打架，試煉的時候你就會待在禁閉室裡。你想要那樣嗎？」

姚爾在幾步外欣賞這一幕，一邊饒富興味地啜飲他的紅酒。他跟瓦林和尚·林一樣，沒有帶劍出門，仰賴他的腰帶匕首和凱卓黑衣來嚇阻虎克島上比較有進取心的罪犯。瓦林在桌下握緊拳頭。姚爾使用匕首的技巧很好，非常出色，不過不能和他的劍技相提並論。若只用匕首較量，瓦林有可能取勝。他不能殺死那個混蛋，那樣會讓自己被判絞刑，不過砍斷他一、兩條腿……話說回來，就像林說的，他將會錯過參加試煉的機會。他刻意將手放回桌面。

姚爾笑容滿面。「別跟我說你不想坐上王座。」他意有所指地笑道。

「我哥擁有英塔拉之眼。」瓦林咬牙說道。「我哥會坐上王座。」

「真是兄弟情深。」姚爾將注意力轉到荷．林身上。「那妳呢？妳以為只要上了最尊貴的王子殿下夠多次，就可以搭乘他的鍍金老二通往財富與榮耀？」

如此嘲諷一點根據都沒有。瓦林是對林有好感，但他們兩個連親都沒有親過一下。就算他們在狀況不好的巡邏任務中分享一張毯子——所有凱卓士兵都這麼做過——也只是為了生存，在羊毛毯下緊貼彼此發抖，試圖在堅硬的地面和寒冷的空氣間盡可能保留暖意。事實上，瓦林竭盡所能避免這種情況，以免她發現自己對她有非分之想。然而，姚爾向來不在乎事實為何。

「不要因為身分不夠尊貴，就對自己這麼嚴厲。」林嗤之以鼻。

年輕人輕聲竊笑，彷彿覺得很好玩，但瓦林看得出來這話說到他的痛處了。奎林群島上這麼多人裡面，似乎只有姚爾忌妒瓦林的地位。

他哼了一聲，轉向吧檯。

「這杯紅酒摻太多水了。」他對莎莉雅說，接著鬆開手，讓杯子摔成碎片，在火光下閃閃發光。「用妳的薪水付帳。」

他冷冷瞪了祖倫一眼。祖倫是曼克雇來維持酒館秩序的壯漢，不算太聰明，但他也知道不要為了打碎一支酒杯就和凱卓動手。男人皺眉看著地板，但沒有在莎莉雅匆忙趕來善後時採取任何行動。姚爾露出一抹令人厭惡的笑，轉向門口離開。

瓦林慢慢鬆開手，林也跟著放開他的手腕。

「改天再說。」她語氣緊繃但堅決地說。「今天不要。」

瓦林點頭，舉起酒杯灌了一大口。「今天不要。」他同意。

幾步之外，莎莉雅一邊低聲哭泣，一邊把碎玻璃掃起來。

「莎莉雅。」他打手勢要她過來。

女孩搖晃起身，朝他走來。

「那杯紅酒多少錢？」

「八芙蘭。」她哽咽道。「我給他的是曼克自己在喝的酒。」

八芙蘭。大概是這個可憐的女孩一週的薪水，如果不算她在樓上躺著賺的那些錢的話。

「來。」瓦林拿出足以支付他的麥酒加上紅酒和破酒杯的錢。猛禽付給士兵的薪水不多，學員更少，但至少他比她有錢。再說，他現在已經沒心情喝酒了。

「我不能收。」她這麼說，但一臉渴望地看著那些錢。

「收下。」瓦林說。「總要有人收拾姚爾的爛攤子。」

「謝謝你，先生。」莎莉雅低頭拿起硬幣。「非常謝謝你。曼克酒館永遠歡迎你，先生。如果你需要……其他服務──」她眨了眨眼，膽子突然大起來。「──跟我說一聲就是了。」

「英雄救美。」林在女孩離開後抿嘴笑道。

「她日子不好過。」

「誰的日子好過？」

瓦林哼了一聲。「說得是。說起日子不好過，我要回營房去了。我們應該要在明天黎明前檢查營區外圍一遍，這些麥酒對我的腦袋沒有好處。」

林輕笑。接著她模仿阿達曼．芬恩沙啞的聲音說：「真正的凱卓會擁抱惡劣的狀況。真正的凱卓渴望受苦。」

瓦林懊悔地點頭。「空腹喝掉六杯麥酒，這算是訓練的一部分。」

走出曼克酒館時，他停下腳步，望向西方欣賞日落。在那個方向，相距一千里格外，渡過鐵海的狂風大浪，越過破碎灣的水蝕石灰岩峰，再穿越數十座有些小到甚至沒有名字的島嶼，安努閃閃發光的石瓦屋頂、大宮殿、散發惡臭的小屋，全都圍繞著英塔拉之矛，黎明皇宮中央的巨大光塔。水手可以在兩天的距離之外就看見英塔拉之矛——利用它指引方向前往帝國的核心。那座塔照理說絕對無法被攻陷，是瑟斯特利姆人最後的堡壘之一，然而，它還是沒能保護皇帝。

*我父親去世了。*瓦林暗自想道。這話第一次給他一種真實感。他轉向林想說些什麼，想感謝她在他身邊，分享麥酒和哀悼，在他受到怒氣驅使時阻止他。她瞪大明亮謹慎的雙眼凝視他，噘起嘴唇，彷彿也打算說話。突然，在他們兩人打破沉默之前，一聲巨響粉碎了寧靜的夜晚。

瓦林轉身，伸手去拔腰帶匕首，林則和他貼背而立，壓低身軀，擺出標準的凱卓防禦架式。他目光迅速掃過大街小巷和屋頂，打量形勢、評估威脅。歪七扭八的房屋以華麗的門面回應他的目光，紅色、綠色、藍色，窗戶和敞開的門宛如缺牙般露出縫隙。十餘碼外，一隻狗豎起耳朵，聆聽奇怪的聲響，暫時將骨頭拋到腦後。幾塊髒兮兮的窗簾在微風中擺動。一道巷口柵門的鉸鍊嘎嘎作響。除此之外，什麼動靜也沒有。那個聲音恐怕是從碼頭傳來的，某個喝醉的白痴忘記固定絞盤，讓貨物摔落甲板。*驚弓之鳥，*瓦林心想。講太多陰謀和謀殺的事讓他們兩個神經緊張。

接著，正當他打算站直時，曼克酒館發出一聲低沉恐怖的哀鳴。那隻狗在木材碎裂的聲響中驚慌走避，酒館的屋頂開始往內坍陷，宛如濕紙般倒塌，石板瓦片化身致命的雨滴墜落街道。整棟酒館朝海灣傾倒，在支撐柱上劇烈搖晃。酒館裡的人發出驚叫。

「大門！」林喊道，不過瓦林已經開始行動。他們兩個曾針對摧毀建築的課題下過工夫，非常清楚建築物倒塌時，受困其中的人會面臨什麼下場。他們會被壓扁，或是更慘，最終會連同沉入海灣的酒館一起落海溺斃。

整棟建築已經和巷道分離，在小巷隆起的土地與傾斜的出入口中間產生幾呎寬的縫隙。瓦林往下看，這裡距離海面二十五呎左右，不算很高，只不過斷掉的支撐柱看起來像是尖刺木樁，任何人掉下去都有可能被插死，或在酒館落海後被埋在海底。門框上冒出一隻手，在漆黑的門後拚命亂抓。瓦林咒罵一聲，衝向那道裂縫。

他一手抓住低矮的門楣穩住自己，另一手伸到門後，抓住對方的手腕。他使勁一扯，扯出一邊咳嗽一邊咒罵的祖倫。他光禿禿的腦袋上有道冒血的大傷口，腳踝也在撐地時扭傷，但是除了這些以外，這個男人似乎沒有大礙。

「待在這裡。」瓦林說。「我把別人拉出來，你幫他們站穩，叫他們跳過去林那邊。」他揚起下巴比向夥伴，林謹慎地等在幾步之外的堤岸上。

男人看了酒館內部一眼。塌陷的速度稍微減緩了些，但在傷者的慘叫聲中，瓦林還是能聽見柱子碎裂、橫梁過度承重的聲響。

「我才不幹。」祖倫齜牙咧嘴地啐道。他以沒有受傷的腿撐起自己，跳上對面的堤岸。

「你這個舔大便的懦夫……」林開口罵道，在對方落地後用力扯起他的耳朵。

「別管他了，林。」瓦林喊道。「這邊需要妳。」

荷．林吼了一聲，反手賞了祖倫一巴掌，目測縫隙的距離後起跳，落在瓦林對面的門框旁。

「你還是我？」她看著門內詢問。

「我比較壯。」瓦林說。「我把他們拖出來給妳。妳帶他們跳過去。」

林打量縫隙。「好。」她的視線與瓦林對上，頓了一下，才揮手叫他開始。「動作快。」

他點頭，進入酒館。

裡面的情況比他想像得更糟。曼克酒館還沒坍塌之前就已經夠昏暗了，擠彎的屋頂和陷落的牆壁幾乎把為數不多的窗口都堵住了。到處都是天花板、木頭、爛桌子、條板碎塊和牆上掉下來的泥灰塊。五、六個地方失火了，顯然是油燈摔在乾木頭上時引燃的，火舌朝斷裂的屋梁燒過去，照亮上千片酒杯碎片。瓦林稍作停頓，試著弄清楚方向好站穩天殺的腳步，地板卻像是吃滿風的帆船甲板一樣陡峭。很多人大叫、哀鳴、哭喊救命，但他在昏暗的光線下根本沒辦法第一時間就看見他們。

「該死的夏爾。」他咒罵，推開一塊木板，一邊揮開眼前的灰塵和碎片。

他差點被第一具屍體絆倒——一個瘦男人，胸口插了根木頭。瓦林單膝跪地，觸摸男人的頸部檢查脈搏，雖然他早已知道結果。起來時，他聽見附近有個女人在哭，是莎莉雅，那個女侍。她被困在一根木椽下，看起來神智清醒，沒有受傷，只是受到驚嚇。他朝她跨出一步，整棟酒館開始尖叫，又朝海灣滑了幾呎。

「瓦，該走了。」林在門口叫道。「酒館要落海了！」

他不理會警告，邁過最後幾步，來到受困女孩身邊。

「妳有受傷嗎？」他問，再次跪地，伸手沿著木椽摸索，想找出她被壓住的位置。

莎莉雅抬頭看他，黑眼中充滿恐懼，映出四面八方烤炙他的臉和她裙子的火舌。

「我的腳……」她喘著氣說。「……別丟下我。」

「瓦林，立刻撤退。」林大喊。「你沒時間了。」

「來了。」他喊了回去，一掌繞過女孩腋下開始拉扯。她痛得放聲慘叫，宛如受困野獸的吼叫，接著緊咬嘴唇，昏了過去。

「婊子養的。」瓦林暗罵。有個地方卡住她了，但在煙霧瀰漫的情況下，他看不見卡在哪裡。左手邊有根屋梁從天花板墜落，整棟酒館又傾斜了幾度。他伸手在莎莉雅身邊亂摸，尋找卡住她的東西。「慢慢來，」他對自己說。「慢慢來。」如果他在學員時期有學到任何東西，那就是不管情況多危急，都要從容不迫。「特別是在情況危急的時候，你這個笨蛋。」他喃喃說道。

他在手指掠過她腰間時發現問題了——她的連身裙被一根木塊勾住。他用力扯，但是扯不動。

「瓦林，你這個狗娘養的大笨蛋！」林的語氣浮現恐懼，恐懼和憤怒。「給我滾出來！」

「來了！」他吼回去，從刀鞘中拔出腰帶匕首，割斷被勾住的裙布。

女孩突然間滑開。他丟下匕首，抓住她的連身裙和頭髮，將她朝隱約可見的門口拖去，荷・林在那裡氣沖沖地比手畫腳。

「走。」他叫道。「跳過去！我把她丟給妳！」

荷・林吼了一聲，陷入無法決斷的痛苦中，之後點一點頭，便消失在門後。

當瓦林拖著昏迷不醒的女孩穿越門口時，他很震驚地發現門外的縫隙已經擴大到十幾呎。他跳得過去，但莎莉雅依然昏迷，軟癱在他肩膀上。

林立刻分析當前狀況，搖了搖頭，走到持續擴大的裂縫邊緣。

「把她丟過來。」她打著手勢道。

瓦林看著縫隙，張口結舌。雖然莎莉雅的體重不到他的三分之一，但這距離他絕不可能把她丟過去。他低頭看。銳利的木樁宛如陷阱中的尖刺豎立在底下。

「我沒辦法。」他叫道。

「非丟不可！他媽的馬上把她丟過來！我會抓住她的手腕。」

那是不可能的。林和他一樣清楚。*這就是她想要我這麼做的原因*，瓦林突然瞭解。莎莉雅是累贅，他一個人可以跳過去，但也很勉強。只要他不肯拋下昏迷的女孩，就會身陷裂縫這一端，受困在火勢猛烈、左搖右晃、會把他拖向死亡的建築中。情況一清二楚，但又能怎麼辦，拋下昏迷的女孩，留她在這裡等死？這是正確的選擇，任務中合理的選擇，但這又不是天殺的任務。他不能就這樣……

「我揹著她跳。」他大叫，準備把莎莉雅甩到背上。「我想我跳得過去。」

林雙眼充滿恐懼，接著轉為堅定。

瓦林還沒弄清楚出了什麼事，她已經拔出腰帶上的匕首，揚起手臂，拋出匕首。瓦林僵在原地，眼睜睜看著明亮的刀刃在陽光下不停轉動，然後沒入莎莉雅的頸部，火熱鮮艷的血液噴灑而出。女孩雙唇張開，或許是要哭喊或哀鳴，但被喉嚨裡的血堵住。

「她死了。」林叫道。「你現在救不了她，瓦林！他媽的已經死了。現在，跳過來！」

瓦林凝視莎莉雅，看著插在她脖子上的刀柄。她死了。腳下的酒館晃動哀嚎。他怒吼一聲，放下屍體，起跳。他的腳碰到持續碎裂的邊緣，接著林抓住他兩手手腕，把他拉到安全的地方。

他甩開她，轉身面對酒館。莎莉雅不見了，她已經落入裂縫中。火舌從門內竄出，裡面的人還在慘叫，受困於吞噬了焦油木的烈焰之中。門檻下伸出一隻血淋淋帶有焦痕的手，那手甩動片刻試圖找地方支撐，又落回門後。終於，整棟酒館劇烈晃動，脫離下方的支柱，被本身重量壓垮，向內坍陷，沉入海灣。

07

艾黛兒·修馬金尼恩努力強迫自己面無表情，等著身穿燦亮盔甲的士兵拉開那道厚重雪松大門，通往慘遭謀害的父親陵寢。

桑利頓時常告誡她：如果妳想為帝國盡忠，就必須學會喜怒不形於色。世人會看見妳容許他們看見的樣貌，根據妳透露的東西加以評判。

用「世人」來形容此刻注視著她的人再適合不過了——數以萬計的安努公民聚集在永眠之谷，見證一個偉人加入家族祖先的墓穴，在這座狹長無樹的溪谷中安息。不管內心有多悲傷，艾黛兒都不能在他們面前哭泣。身為全是年長男性的高階官員中唯一的年輕女子，她看起來已經很格格不入了。

她有雙重資格坐上這座高台——首先是憑藉她的皇族身分，其次是因為父親在遺囑中將她晉升為財務大臣。這是很重要的職位，幾乎和肯拿倫或密斯倫顧問一樣重要，也是她花了大半輩子努力爭取的職位。「我準備好了。」她告訴自己，回想之前看過上千頁的資料、幫父親接待過的無數代表團，以及徹夜研究的帳本。她比前任財務大臣更瞭解安努的經濟，但她依然十分肯定，對聚集在谷裡的人來說，她看起來尚不足以勝任這個職位。

對數千道此刻停留在她身上的目光而言，她看起來都像是個太久沒有丈夫和孩子的女人，有足夠的魅力讓人想與她結婚（就算沒有那些帝國頭銜），只是有點太瘦、人高、皮膚太白，偏偏這座城市偏好豐滿性感、身材嬌小、膚色黝黑的女性。艾黛兒很清楚她的直髮會突顯出臉部的稜角，讓她看起來有點嚴肅。她曾嘗試過其他風格，但嚴肅符合她目前的形象。當台下的群眾抬頭看著台上的她時，她要人們看見一個官員，而不是傻笑的女孩。

當然，站得夠近的人只會記得她那雙虹膜如燃燒煤炭般的眼睛。大家都說艾黛兒的眼睛比凱登更加明亮，但那並不代表什麼。儘管她比凱登年長兩歲，儘管父親刻意調教，儘管她熟悉安努帝國的政策與政治形勢，艾黛兒也永遠不能坐上王座。小時候，她曾天真地問母親為什麼。「那是男人的位子。」母親回答，讓這個話題還沒開始就已經結束。

直到此時，坐在這些男人之中等候運送父親的靈柩沿著溪谷而上，艾黛兒才終於感受到那句話的含義。縱使她和他們一樣穿著黑色的官員長袍，用黑腰帶繫緊腰身；縱使代表職務的金項圈在她的脖子上，就和其他大臣一樣；縱使她和這群位居皇帝之下、統治文明世界的人並肩而坐，她依然不是他們的一員。她可以感受到他們暗藏的疑慮，以及平靜表面下的憤恨似白雪一般冷酷無聲。

「這是個充滿歷史的地方。」巴克斯特・潘恩說道。他是大監察官兼海關大臣。雖然——或說正因為——他的職位比艾黛兒低一點，卻是所有人中最不加掩飾質疑她晉升正當性的人。「充滿歷史和傳統。」最後那個詞在他嘴裡聽起來像是指控，但看著永眠之谷中的景象，艾黛兒無法不認同這種說法。從偉人阿利爾的石獅一直到她父親的標誌——通往黑暗門廊上的一顆淺淺旭日浮雕，可以追溯整條馬金尼恩家族的血脈。

「傳統的問題，」朗．伊爾．同恩佳說。「在於要花太多天殺的時間。」他是肯拿倫，帝國的大元帥，顯然也是某種軍事天才。朝政議會對他推崇到讓他在等待凱登返回期間擔任安努帝國的攝政王。

「有士兵戰死沙場，你當然會埋葬他們。」她加強語氣回應他。伊爾．同恩佳是台上除了艾黛兒外第二年輕的人，約莫三十五歲。更重要的是，他似乎是唯一接受她接任財務大臣職位的人。他或許會願意與她同盟，但他的語氣讓她不爽。「將領當然會照顧殞落的戰士。」

他聳肩不理會她話中的挑釁。「有機會的話。我寧願解決殺死他們的人。」

艾黛兒深吸口氣。「會有時間做這件事的，很快。烏英尼恩活不過這個月——如果我能決定的話，他根本活不過這個禮拜。」

「我贊成即刻處決，但這種事情不須要審判嗎？那傢伙是英塔拉的大祭司，如果妳隨隨便便就把他抓去最高的樹上吊死，我想他的教眾會有話說。」

「我父親去了光明神殿。」艾黛兒算數著事實。「他和烏英尼恩四世私下會面。他在那場祕密會議中遇害。」她很想知道父親為什麼去找祭司，為什麼要脫離艾道林護衛軍的保護，但是暗殺行動的真相昭然若揭。「烏英尼恩將會接受審判，然後他會死。」

一陣低沉的鼓音打斷他們的交談。鼓音再度響起，接著又響，莊嚴肅穆，彷彿大地都與之共鳴。送葬隊伍還在峽谷的彎道後面，不過在逐漸接近中。

「山頓二世的葬禮獻祭了五百頭白牛。」比爾庫．海勒爾說道。這個阿斯倫顧問膚色粉紅、腦滿腸肥。他的長袍是用最頂級的布料所製，不過在他身上還是一點都不合身。然而，他那雙精明的小眼睛卻鮮少錯過任何細節，特別是在政治方面。「可惜我們不能為妳的父親舉行同樣盛大的葬禮。」

艾黛兒揮手拋開這項提議。「五百頭牛，一頭十陽幣，相當於五千陽幣。別的地方會更需要這筆錢。」

顧問的嘴角露出一絲笑意。「我很欽佩妳的算術能力，但我不確定妳是否瞭解盛大儀式會在人民心裡造成什麼效果。它能為妳父親帶來榮耀，並且擴及妳的家族。」

「我父親討厭那些。浮誇、炫耀。」

「當初下令那樣舉辦葬禮的人，」巴克斯特．潘恩狡獪地說。「正是妳的父親。」

艾黛兒張口欲辯，又隨即閉上嘴巴。她是來哀悼的，不是來和根本不想聽她說話的老頭針鋒相對的。

第一排安努步兵映入眼簾時，溪谷裡所有人都安靜下來。一排一排的士兵，持矛的角度整齊劃一，矛尖反射午後的陽光。每一排中央都有一名掌旗兵，舉著繪有安努旭日的白絲布旗。在兩側的鼓手敲打著木鼓上拉撐的大鼓皮。

除了軍旗不同之外，所有軍團的裝束都是相同的：一樣的鋼甲半盔，右手都握持一樣的長矛，腰間掛著一樣的短劍。能夠表明身分的只有飄盪在風中的三角軍旗：第二十七軍，人稱豺狼軍；第五十一軍，來自北安卡斯的岩石軍；來自裂口牆的長眼軍；第三十二軍，自稱黑夜私生子；甚至還有傳說中的第四軍團——死亡軍，來自魏斯特深處，永遠都在與叢林部落交戰。

接著出場的是各地區的民兵團，軍事價值不高，但是形形色色，多采多姿。拉爾特人佩戴長得不像話的闊劍，身穿肯定讓他們氣喘吁吁的閃亮鋼甲，軍旗上畫的是以長劍代替扇葉的風車。圖案下方繡著「風暴，我們的力量」。接著是八十個身穿黑色熟皮甲，手裡拿著乾草叉的男人。

「笨蛋。」潘恩嗤之以鼻。「一群傲慢的鄉下人，帶著農具出來丟人現眼。」

「兩百二十年前，」艾黛兒說。「馬爾坦・漢克就是拿那種農具建立起一個獨立的國度。他用乾草叉對抗安努帝國長達四十四年。」

「乾草叉是好武器。」伊爾・同恩佳懶散地應道。「攻擊距離遠，貫穿力道強。」

「漢克被平定了。」海勒爾說。「只是另外一支失敗的叛軍。」

「就算如此，他也絕對算不上是笨蛋。」她堅持，對於他們聽不出她的重點感到不悅。

下一支出現的隊伍令她感到一陣噁心。

「火焰之子。」她皺眉說道。「在烏英尼恩做出那種事情之後，他們根本不該出席。他們根本不該存在。」

「我同意妳的想法。」海勒爾邊說邊伸手掠過他稀疏的頭髮。「但我們又能怎麼辦呢？人民愛戴英塔拉。」他繼續說，朝伊爾・同恩佳點頭。「我們尊貴的攝政王，已經囚禁了他們的大祭司。要是解散他們的軍隊，肯定會引發暴動。」

「情況很複雜，艾黛兒。」潘恩補充，揚起手掌，彷彿在安撫她。「形勢很微妙。」

「我瞭解情況複雜。」她回嘴。「但是不能用複雜當作不採取行動的藉口。烏英尼恩的審判或許可以在接下來的一週內提供我們理由。解散他們民兵團的理由。」

大部分帝國的歷史學家都認為允許地方擁有小規模軍隊是明智的做法——那些軍隊能為地方

的尊嚴提供維持方式，但又不會威脅到帝國的團結。然而，同一批歷史學家對於山頓三世下令允許宗教團體建軍又有截然不同的看法。「考慮不周，也不明智。」阿爾瑟寫道。海森批評得更露骨，宣稱這項決定「完全缺乏常識或歷史觀」。「蠢到極點。」長老傑利克如此表示。拉爾特人絕對不會和席特人有一致的政治立場，但是兩個貴族領地都有公民崇拜黑奎特、梅許坎特、阿伊和英塔拉。山頓似乎從來沒想過這些公民有可能會基於宗教理由聯合起來，產生足以與王座抗衡的力量。神奇的地方在於，最壞的情況始終沒有發生，大部分宗教團體真的就是在維持簡單的公民部隊守護神廟和聖壇。

然而，烏英尼恩四世，英塔拉的大祭司，過去十年間一直在擴張軍隊。要說出個精確的數字並不容易，但艾黛兒估計至少有數萬名英塔拉士兵散布在兩個大陸上。更糟糕的是，英塔拉乃是馬金尼恩家族的守護女神——皇室家族之所以能利用燃燒之眼宣稱正統領導權，就是因為她的聖恩。英塔拉神殿及其大祭司逐漸擴張的勢力只有可能會削減帝國皇室的權威。任何懷疑烏英尼恩有理由謀殺皇帝的人，都無須思考這個問題太久。

這些士兵的服裝幾乎和安努軍團一樣精良，也和安努軍團一樣不喜歡炫耀裝備，而是穿戴實用的武器和護甲。第一隊的士兵持弓，後面的士兵宛如一片短矛森林，矛柄隨著行進的步伐在地上敲打節奏。他們也和安努軍一樣打著太陽旗號，不過圖案與帝國軍的不同，不是旭日，而是日正當中的大圓球。

一整條如河流般閱兵隊伍的最後才是桑利頓的靈柩。十二名艾道林護衛軍把靈柩扛在肩上——烏英尼恩拿刀插入皇帝後背時，當值守護他的就是這十二個人。隨著他們走近，艾黛兒看見每個護衛軍的手腕上都整齊包著繃帶。密希賈．烏特，葛倫強．蕭死後繼任艾道林「第一護盾」之人，親自砍斷他們持劍的手掌。「既然你們沒有一個拔劍守護皇帝，那還要劍做什麼？」他怒不可抑地吼道。

艾黛兒知道這十二個人，其中最年輕的護衛也在黎明皇宮服務了將近五年。看到他們就令她的內心充滿憤怒和悲傷。他們沒有克盡職守，她父親因而死亡。但是她父親命令他們留在外面，自行進入神殿。要保護拒絕被保護的人確實十分困難。

如果這些艾道林護衛軍有感覺到斷手處傳來的痛楚，他們也將其隱藏在為皇帝抬棺的壓力之下。所有人的臉孔都像石頭刻出來一般毫無表情，儘管額頭冒汗，這些士兵還是踏著整齊劃一的步伐前進。

當靈柩抵達陵寢入口時，部隊突然立定不動。士兵立正，鼓聲止歇，艾黛兒和其他人從高台木階上走下來。

在陵寢前的致詞又臭又長，而且毫無意義。職責、榮耀、權力、遠景，這些言語好似冬日寒冷的雨滴穿透著艾黛兒。這些話在所有帝國葬禮上都會被搬出來，但是它們和她所認識的父親完全搭不上邊。演說結束後，一個高大的克拉希坎人敲響他的大鑼，接著，她就跟隨靈柩一起進入漆黑的陵寢。

墓室充滿岩石和潮濕的氣味。壁架上有點燃的火把，但她的眼睛還是花了一段時間適應。調適完畢後，她忍不住在眾多情緒中露出笑容。陵寢外表看起來莊嚴華麗，裡面卻十分狹小，不比黑暗的天然洞穴大上多少，中央有座隆起的石台。牆上沒有浮雕，沒有掛飾，沒有陪葬寶物。

「我本來以為會更——」朗·伊爾·同恩佳開口說道，揮手搜尋適當的詞語。「我不知道……更多東西。」

艾黛兒壓下回嘴的衝動。其他高階官員已經與她一起進入陵寢，致上最後的敬意。看起來像個大老粗的伊爾·同恩佳，此刻是帝國的最高領導人，在其他人面前和他吵嘴絕對不是好主意，特別是當他似乎願意接受她的職務任命時。

「我父親不會那樣做。」艾黛兒簡短回應。「他會在人民面前舉行必要的儀式，但是墓室中，用石頭就夠了。他不會想把對活人有用的東西浪費在死人身上。」

艾道林士兵將靈柩放至定位，站直身子，用斷手向皇帝敬禮，然後沉默地走出石室。大臣們各說了一些話，也依序離開了，最後只剩下艾黛兒和伊爾·同恩佳。把要說的話說出口，讓我和父親最後一次獨處，她想。但伊爾·同恩佳沒有離開，也沒有對遺體說話。

他轉向艾黛兒。「我喜歡妳父親。」他隨意地朝靈柩點了點頭。「他是個好士兵。懂得運籌帷幄。」

他那種隨口說說的態度激怒了她。「他不只是士兵。」

肯拿倫聳肩。伊爾·同恩佳晉升為肯拿倫不過兩年多，攝政王當然也才剛剛上任，但他似乎沒有任何剛到首都之人那種典型的敬畏。他對她似乎也沒有什麼敬畏感。大部分的人都會在艾黛兒的火眼之前退縮，他則根本沒注意到。這個男人一副在酒館中蹺腿說話，而她是酒館女侍的模樣。這麼想起來，他今天的打扮也有點像是要去酒館喝酒。

他衣著乾乾淨淨，但是與大臣嚴肅的長袍或士兵整齊的制服不同，伊爾·同恩佳打扮得一點也不像來參加葬禮。他身穿有金釦環的藍斗篷，裡面是藍色上衣，整體看來十分奢華。他右肩上披著一條金飾帶，上頭鑲有閃亮的寶石，可能是鑽石。要不是艾黛兒知道此人曾經指揮過數十場勝仗，其中好幾場還是以寡擊眾的話，她很可能會認定這人是某個戴著面具找尋舞台時誤入墓室的演員。

肯拿倫的官服十分昂貴，不過這套服裝本身顯然只是用來展現體格的藉口。裁縫匠技巧高超，縮緊適當的位置展現肌肉，尤其是當伊爾．同恩佳走動時更為明顯。他只比艾黛兒高一點點，身材卻強壯得像是諸神道旁的石像。她努力忽略他，將注意力集中在父親的遺體上。

「如果冒犯了妳，我願意道歉。」他微微鞠躬回道。「我敢說妳父親在各方面都很偉大——賦稅、修路、犧牲，以及其他皇帝必須處理的瑣事。儘管如此，他還是很喜歡好馬和好劍。」

他最後那句話說得像是極高的讚美一樣。

「如果帝國可以靠馬背上的劍來治理就好了。」艾黛兒努力讓語氣保持冷靜。

「有人這麼幹過。那個厄古爾人……叫什麼名字？芬納。他有個帝國，據說他從不下馬。」

「『方納』浴血殺戮二十年。但他死後不過數週，所有部族就回歸到從前的敵對狀態，他的『帝國』就此瓦解。」

伊爾．同恩佳皺眉。「他不是有兒子嗎？」

「三個。年長的兩個與他們父親一起被丟到火葬堆裡，至於最小的那個，據說被人閹了賣給來自骸骨山脈東邊的奴隸商人。他被人鎖著死在安瑟拉。」

「不是什麼好帝國。」伊爾．同恩佳聳肩同意道。方納的下場似乎沒有對他造成任何影響。

「我得記住這點，至少在妳弟弟回來之前。」他直視她的雙眼。「我不想接攝政王這玩意兒，妳是知道的。」

攝政王這玩意兒。彷彿這個全帝國最重要的職位對他而言只是個惱人的俗務，讓他不能去喝酒嫖妓，或是什麼其他不用領兵打仗時做的事情。

「那你為什麼要接？」

他這種漫不經心的態度刺傷了她，部分原因在於她很清楚安努絕對不會讓女人擔任攝政王，但還是暗自期待至少在凱登歸返之前的這段時日，朝政議會能任命她擔此重任。不管伊爾・同恩佳打過多少勝仗，他看起來還是不適合從政。

「他們當初究竟為什麼選你？」

肯拿倫看起來並沒有被這個問題冒犯到，他說：「這個嘛，他們總得選個人出來。」

「他們可以選別人。」

「老實說，我想他們有試過。」他眨眼道。「他們一直投票、一直投票、一直投票。妳知道他們會把人鎖在那座天殺的大廳裡，直到決定出個名字為止。」他不太高興地吐出一口長氣。「而且還沒麥酒喝。我告訴妳。要是有麥酒喝還不會那麼難熬。」

這個抱怨密會期間沒有麥酒喝的男人，就是朝政議會選出來的攝政王？

「總之，我想他們也沒多想選我。」肯拿倫不管她臉色多難看，繼續說道。「我猜他們選我是因為我對治理這個好帝國沒有任何計畫。」他略帶歉意地皺眉。「並不是指我會逃避責任。我還是會處理必須處理的事情，但我知道自己能力有限。我是個士兵，士兵不在戰場上時就不該管太多閒事。」

艾黛兒緩緩點頭。這個決定沒什麼不尋常的地方。那些朝臣向來都在爭權奪利：財務、政治、農務和貿易。沒有攝政王會真的打算奪權，但是在凱登回來之前的幾個月裡，他們會有很多機會可以謀取好處。另一方面，伊爾·同恩佳容易親近，又是戰爭英雄，或許最重要的是他對政治形勢漠不關心。

「好吧。」她說。「迎接凱登的代表團在我父親去世後立刻就動身出發了。如果前往大彎的航程剛好遇上順風的話，他們幾個月內就會回來。」

「幾個月。」伊爾·同恩佳呻吟。「至少不是幾年。凱登人怎麼樣？」

「我對弟弟不太瞭解。他大半輩子都待在阿希克蘭。」

「學習統治這一切？」伊爾·同恩佳問，隨手比劃，大概是在比陵寢外面的龐大帝國。

「希望如此。我認識的那個男孩喜歡在皇宮裡跑來跑去，拿根木棍當作長劍。希望他能和我父親一樣出類拔萃。」

伊爾·同恩佳點頭，看著桑利頓的遺體，然後又轉向艾黛兒。「那麼，」他攤開雙手。「烏英尼恩，妳打算親自操刀？」

艾黛兒揚起一邊眉毛。「你說什麼？」

「祭司謀殺了妳的父親。等審判結束，那人就會被判刑。我想知道的是，妳會不會親自動手殺了他？」

她搖頭。「我沒想過這個問題。我們有劊子手——」

「妳有殺過人嗎？」他打斷她。

「我沒機會殺人。」

他點點頭，伸手比向靈柩。「好吧，悲傷的人是妳，我無意告訴妳該如何應付悲傷。妳父親現在和安南夏爾在一起了，而安南夏爾也不會交還他。不過，等時候到了妳或許就會發現，親手處決那個混蛋對妳有幫助。」他又凝視她的雙眼片刻，彷彿要確保她瞭解自己的意思，然後才轉身離開。

直到此刻，當她終於獨處時，艾黛兒才允許自己轉身面對父親的靈柩。桑利頓‧修馬金尼恩的遺體已由安南夏爾的修女清洗擦乾，盛裝打扮。他的口鼻裡塞有芳香藥草來掩飾腐敗的氣味。就連英塔拉的聖恩都無法抵抗骸骨之王。皇帝身穿他最好的長袍，強壯的手掌十指相扣交疊在胸口。他膚色慘白，但看起來幾乎與她印象中的父親一模一樣。如果他臨死前有慘叫或是掙扎，修女們也已經撫平他的五官，讓他死後的表情如同生前一樣堅忍不拔。

他的雙眼，燃燒的雙眼現在闔上了。我從未見過他睡覺的模樣，她突然發現。她當然有見過，在孩提時刻，但就算有，那些記憶也早已模糊不清。她對他的所有印象都與那雙燃燒之眼有關。少了燃燒之眼，他似乎變得比較渺小，比較安靜。

艾黛兒握起他的手，淚水沿著臉頰流下。一週前公開遺囑時，她期待能聽見一些最後一次表達愛或慰藉的遺言，可惜桑利頓向來不喜歡流露情感。他唯一留給她的遺物就是一本嚴頓的《阿特曼尼史》。「願她更加理解我們的歷史。」那是本好書，但依然只是本書。他真正的禮物是任命她為財務大臣，是他相信她有能力擔此重任。

「謝謝你，父親。」她低聲道。「你會以我為傲的。如果瓦林和凱登能夠勝任他們的命運，我也可以。」

接著，她體內燃起一股怒火，她拔出父親腰帶上的匕首。

「等烏英尼恩的死期到時，我會親自動手。」

08

「我認為譚想殺了我。」凱登說著，從他剛剛吊上寢室屋頂的一箱瓦片前起身，擦拭額頭上的汗水。

在底下的法朗．普魯姆氣喘吁吁地將下一箱瓦片放至定位，套上繩索。反覆勞動讓凱登的背和手都疼痛不已，但與倫普利．譚嚴苛的訓練相比，在冬季冰損過後重鋪屋瓦感覺就像在放假。至少當他暫停工作，伸展痠痛的肌肉時不會慘遭鞭打。

「別抱怨了。」阿基爾說，蹲下去抓好瓦片，悶哼一聲扛起整個箱子。凱登真不知道自己的朋友怎麼能在那團黑色亂髮垂在眼前的情況下工作。根據傳統，他應該要和其他僧侶一樣剃光頭，但是傳統並非硬性規定，而阿基爾非常擅長在兩者之間取得平衡。「換新烏米爾的前幾個月向來都最難熬。記得羅伯特要我從渡鴉環搬那些石頭去建造新羊棚的那次嗎？」他想起那段記憶就忍不住呻吟。

「我覺得這樣不算太糟。」帕特在阿基爾把瓦片放在他腳邊時說。男孩站在屋頂最高處，像是座以嚴峻的雪峰為背景的小石像鬼。他不到八歲，還是見習僧，沒體驗過真正殘暴的烏米爾。

「你當然不會覺得太糟。」阿基爾回道，伸指責備他。「我們在這裡搬運瓦片，你就只要坐在那裡就好了！」

「我在鋪瓦。」帕特瞪大棕眼忿忿不平地抗議。他拿起一塊鬆脫的瓦片表示自己有在做事。

「噢，鋪瓦。」阿基爾兩眼一翻說道。「真是累呀。我向你道歉。」

「這只是工作。」凱登在握住粗繩索開始往上拉時說。「自從我跟了譚之後，每天都被打。我身上已經沒有完好的皮膚可以再給他打了。」

「只是工作？」阿基爾大聲問道，難以置信地看著他。「只是工作？工作就是折磨，我的朋友。可能會致命的折磨。」

儘管傷口會痛，凱登還是忍不住微笑。搬運石頭和瓦片說不定真的讓阿基爾生不如死。這個年輕侍僧待在阿希克蘭的時間和凱登差不多長，不過辛恩僧侶的道德規範和生活方式影響他的速度沒有其他年長僧侶預期得快。院長希歐．寧及某些烏米爾仍對此人抱持希望，但是就許多方面而言，他還是和多年前從安努香水區來此的那個九歲小賊沒有兩樣。

凱登剛到阿希克蘭幾個月那時，布勒林．潘諾，人稱腳痛僧，蹣跚地步入主院，但除了棕袍邊角破爛，從大彎徒步趕回來並沒有讓他看起來太過狼狽。然而，跟在他身後的三個男孩，即將成為見習僧的三個男孩，全都形容憔悴，神色不定。他們腳上長滿水泡，走路一拐一拐，被背上的帆布袋行李壓得彎腰駝背。而三人之中，只有阿基爾在意地環顧四周，一雙銳利棕眼打量冰冷的石牆建築，讓凱登聯想到伊度．烏利亞特，他父親的財務大臣。當那道目光移到他身上時，新來的男孩卻渾身僵硬，彷彿被看不見的匕首刺了一下。

「他是誰？」阿基爾語帶懷疑地問潘諾，母音拖得很長，口音很重，在帝國宮廷悅耳動聽的貴族口音環繞下長大的凱登幾乎聽不懂他在說什麼。

「他名叫凱登。」潘諾說。「也是見習僧。」

阿基爾搖頭。「我認得那雙眼睛。他是個王子或領主還是什麼的。沒人告訴我這裡有王子或領主。」他語氣惡劣地吐出這些頭銜，彷彿它們是什麼詛咒。

潘諾安撫地摸摸他肩膀。「因為這裡沒有王子或領主，只有辛恩僧侶。凱登或許來自馬金尼恩家族，有一天會回到家族中，但此時此地，他和你一樣是見習僧。」

阿基爾審視著潘諾，彷彿在思考他的話是真是假。「意思是他不能命令我做事？」

這話激怒了凱登。他很想說自己就連來修道院前都不會命令別人做事，但是潘諾在他有機會回嘴前就先開口。

「他在這裡學習服從，而非下令。」他轉向凱登，彷彿是要示範一樣。「凱登，請去白池幫我們新來的弟兄打點冰涼的清水上來。他們從天亮一路走到現在，一定很渴了。」這道不公正的命令讓凱登皺眉，阿基爾看見他皺眉，於是露出骯髒的笑容。兩人友誼的起頭並不平和。

然而，八年之後，皇帝之子和香水區小賊之間建立起一段奇特的患難情誼。正如布勒林·潘諾所承諾，辛恩僧侶不在乎所有出生背景的不同，隨著時間過去，阿基爾慢慢忘記他從未見過的父母死於凱登父親所制定的法律，也不會去想有一天，當他們回到從前的生活後，自己可能會因為一紙蓋有凱登印信的公文而慘遭處死之類的事情。

「總之，」阿基爾繼續說，一邊伸展脖子，一邊按摩手臂。「你所謂的慘劇只是一坨醃豬糞。我可沒看到譚在整你。」

「這是集體勞動的好處。」凱登說著，將下一箱瓦片交給他朋友。「只要我被抓來做修道院的工作，譚就會讓我逃過一些訓練。」

「好吧。」阿基爾把箱子推給帕特，在屋頂上坐下，發出一聲滿足的嘆息。「看來我們該把工作拖得越久越好。」

凱登低頭看著院子。午後的陽光照亮石造建築和發育不良的矮樹，角落有些骯髒的積雪，氣溫還算溫暖。碎石道上有幾名僧侶路過，全都低頭在想事情，還有兩隻走散的山羊在冥思廳的陰影中啃著貧瘠的春草，不過指派他們鋪屋瓦的希歐．寧不在附近。

「那是最後一箱了。」法朗在下面喊道。「要我上去嗎？」

「我們來就行。」阿基爾喊回去。「已經快鋪完了。」

「快鋪完了？」凱登一臉疑惑地看著剩下的箱子，又回頭去看底下的院子。辛恩僧侶對偷懶的懲罰非常嚴厲，不過阿基爾似乎一直沒有學會這個教訓，而帕特已經開始沾染上這個大他一點年輕人的惡習。

「不要一直看背後。」阿基爾躺在漆黑的瓦片上說。「沒人會跑來這上面找我們。」

「你這麼有信心，都不怕挨鞭子嗎？」

「當然！」年輕人回答。他十指交扣放在腦後，閉上雙眼。「這是我在香水區最早學到的事情之一——沒有人會抬頭看。」

帕特從屋頂頂端跳下來，將剩下的瓦片拋到腦後。「這是盜賊的智慧嗎？」他問。「是嗎，阿基爾？」

凱登哼了一聲。「帕特，我說過了，所謂『盜賊的智慧』只是阿基爾給他的鬼話冠上好聽的名字。順便一提，他的智慧通常都是錯的。」

阿基爾眼睛半開半闔地覷了凱登一眼。「就是盜賊的智慧，帕特。凱登沒聽過是因為他小時候都在皇宮裡過著嬌生慣養的日子。這裡有人願意費心教育你就該心存感激了。」他趁凱登還沒開口抗議前繼續說。「再說了，譚一直不讓凱登閒著，搞得我們都沒機會問他那頭走失的山羊是怎麼回事。」

阿基爾的話讓山羊遭虐殺的現場沙曼恩自動浮上心頭，一股毛骨悚然的寒意也隨之而來。被其他人的言語左右自己的思想就大意了，於是他拋開那個畫面和情緒。午後陽光溫暖，微風帶來杜松刺鼻的香氣，暫時休息一下再去找他的烏米爾也不賴。俯瞰修道院一眼後，他在朋友身邊的瓦片上躺下。

「你想知道什麼？」他問。

「你告訴我呀。」阿基爾回道，側過身子，以手肘支撐。「我知道那頭山羊慘遭殺害。我知道你沒找到足跡——」

「還有羊腦。」帕特插嘴。「有東西吃掉羊腦。」

凱登點頭。這段日子他一直在腦中重複當時的景象，但又沒辦法想出更多細節。「差不多就是這樣。」

「是吸魔師。」帕特說。他堅決地伸出小手掌擠到兩人中間比劃。「可能是吸魔師幹的。」

阿基爾懶洋洋地揮手否定這個荒謬的念頭。「帕特，吸魔師為什麼會在冬季將盡的此刻跑來骸骨山脈閒晃？」

「或許他在躲人，或許鄰居發現了他的身分必須趁夜逃跑，或許他對某人施展了法術。」男孩興奮地說個不停。「非常邪惡的法術，然後——」

阿基爾輕笑。「然後他跑來這裡殺幾頭山羊？」

「他們會做那種事。」男孩堅持。「吃腦喝血之類的。」

凱登搖頭。「他們不會做那種事，帕特。他們和我們一樣是人，只是……有點不同。」

「他們很邪惡！」小男孩大聲道。「所以他們才會被吊死或砍頭。」

「他們是邪惡。」凱登認同。「我們也必須吊死他們或砍頭。但不是因為他們會喝血。」

「他們有可能會喝血。」阿基爾看熱鬧般，頂了頂帕特的肋骨繼續加油添醋。

凱登再度搖頭。「我們必須吊死吸魔師是因為他們的力量太強大。任何人都不該有能力以個人的私心扭曲現實。」數百年前，阿特曼尼陷入瘋狂，差點摧毀世界。每當凱登懷疑吸魔師是否活該遭人仇視咒罵時，他只要回想所學過的歷史就好了。「只有神才該擁有那種力量。」

「力量太強大！」阿基爾叫著。「力量太強大！這話居然是出自即將成為天殺的安努皇帝之人的嘴裡。」

凱登哼了一聲。「根據譚的說法，我的智力就連當個普通僧侶都不夠格。」

「你不用成為僧侶。你要統治半個已知世界。」

「或許吧。」凱登語氣懷疑地回道。黎明皇宮和王座感覺像模糊的童年記憶般遙不可及。在他看來，他父親還能再統治三十年，而自己則會繼續挑水、補瓦……還有，噢，對，被烏米爾打上三十年。「只要一切是大計畫中的一部分，我並不介意一直工作和挨打。但是譚……在他眼中，我就和昆蟲沒兩樣。」

「你該高興。」阿基爾躺回瓦片上，凝望著飛快移動的白雲。「我辛苦工作一輩子都是為了降低其他人對我的期望。期望低就是成功的關鍵——」他轉向帕特，但凱登打斷他。

「那不是盜賊的智慧。」他對男孩說，接著又轉向阿基爾。「你知道譚這一週都在叫我幹嘛嗎？計算。計算阿希克蘭所有建築用了多少顆石頭。」

「你就抱怨這個？」阿基爾用手指戳了戳他問。「我十歲的時候就在做更難的工作了。」

凱登翻了個白眼。「你向來早熟。」

「別用這麼華麗的字眼，不是所有人都請得起曼加利家教。」

「你不是說人一輩子只要向屠夫、水手和妓女學東西就好了？」

阿基爾聳肩。「屠夫和水手可有可無。」

帕特努力想要聽懂他們在講什麼，腦袋隨著說話的人轉來轉去。

「妓女是什麼？」他問。接著又想起之前的話題。「如果山羊不是吸魔師殺的，那會是誰做的呢？」

凱登再度看見當時的景象，裂開的頭骨，挖得一乾二淨。

「我說過了，我不知道。」他望向院子的另外一邊，越過石造建築和花崗石岩架，太陽正沉向無邊際的大草原盡頭。「天快黑了，如果我不在晚餐前梳洗乾淨去找譚，我就會開始羨慕那隻山羊了。」

昂伯池算不上是真正的池塘，只是離修道院半里外一塊岩石圍繞的河道，讓白河水勢減緩，靜默地聚集水流，再以一塊突岩形成令人眼花撩亂的瀑布，落入數百呎下的深谷，懶洋洋地蜿蜒流入遠方的大草原。凱登小時候洗澡都是由僕役在銅浴缸中放好熱騰騰的洗澡水，當發現阿希克蘭的僧侶想洗東西都得到室外的昂伯池去時，他感到十分震驚。然而，幾年下來，凱登已經習慣了。池水在夏天也冷得不像話，任何堅強到膽敢冬天下水的人，都得拿特別放在池邊的生鏽長柄斧，先在結冰面上敲出個洞才行。儘管如此，在山區陽光照耀下搬運一整天瓦片後，泡泡池水應該會很舒服。

他在進入池水前先閒晃了一會兒，能有一點自己的時間感覺很好，遠離譚的教訓、帕特的問題、阿基爾的慫恿。他彎腰舀起一掌清水，站直任由冰水順著喉嚨滑落，同時看著通往山下大草原那條令人暈頭轉向的山道。

上次走那條山道已是八年前，當時他伸長細瘦的脖子想看他的新家，坐落在高峰上，高到刻入雲層的新家。他當時很害怕，害怕這片寒風刺骨的岩石地，也害怕讓別人看出他在害怕。

「為什麼？」他離開安努前問過他父親。「為什麼你不能教我怎麼統治帝國？」桑利頓嚴峻的神情轉為柔和。「有一天我會教你，凱登。我會教你，就像我父親教我那樣，教你分辨公義和殘暴、勇敢和愚蠢、朋友和馬屁精的不同。等你回來後，我會教你下達困難的決定，能讓你從男孩變成男人的決定。但有些課題你並須先學會，非常重要的課題，而那些我無法教你。必須向辛恩僧侶學。」

「為什麼?」凱登語帶懇求地詢問父親。「他們沒有統治過帝國，他們連個國家都沒有，什麼都沒有統治!」

父親露出神祕的笑容，彷彿兒子開了個很聰明的玩笑。接著笑容消失，他拉起兒子的手腕，來個強而有力的軍人之握。凱登盡量模仿他，但是他的指頭太短，握不太住父親結實的手臂。

「十年。」男人說著，表情從父親轉換成皇帝。「在人的一生中，十年並不算久。」

八年過去了，凱登靠向背後的岩石想著。八年過去了，他學到的東西很少，而且毫無用處。他可以用河岸淺灘挖出的黏土製作壺、杯，甕、花瓶，和大杯子，他還可以像石頭般坐著不動，或連續往山上跑好幾個小時。他能憑記憶完美畫出任何植物、動物和鳥類——至少在沒有被人打得皮開肉綻的情況下可以，他挖苦地更正。他已經開始喜歡上阿希克蘭，但還是沒辦法永遠待在這裡，而八年來他所達到的成就似乎很可悲，完全沒學到對統治帝國有幫助的知識。現在譚要他數石頭。希望瓦林沒有像我這樣浪費時間，我敢說他至少能通過他的試煉，他心想。

一想起試煉，背上被柳條鞭抽出來的傷口就開始發疼。最好現在就把傷口洗乾淨，傷口發炎就不好了，他看著冰冷的池水想。他把僧袍撩到頭上，在布料擦過血淋淋的傷口時皺起眉頭，然後把袍子丟到旁邊。池水不夠深，也不夠寬敞，沒辦法潛水，但池水上游有塊狹窄的岩架，從那裡跳水，水位會直達胸口，這樣下水比較容易——有點像一下子猛地撕開傷痂。凱登吸了三口氣，調整心跳，做好心理準備，接著跳下水。

一如往常，冰冷的寒意像匕首般刺入體內。不過他從十歲起就在這座池子裡洗澡，早就學會要如何才能維持體溫。他強迫自己冷靜地深吸口氣，憋住，透過顫抖的四肢慢慢釋出些微暖意。這是辛恩僧侶的技巧。修道院長希歐·寧有辦法在冰天雪地中靜坐數個小時，肩膀裸露在寒風裡，雪花會在接觸他皮膚時化為絲絲蒸氣。凱登還達不到那種境界，但他能在伸手擦拭傷口上的血塊時忍住不把舌頭咬成兩截。用心洗刷整整一分鐘後，他轉向河岸。然而，在他準備起身時，有人開口打破了寂靜。

「待在水裡。」

凱登身體僵硬地倒抽了一口涼氣。倫普利·譚。他轉身，尋找他的烏米爾，發現對方在幾步外一塊突起的花崗岩陰影下盤腿而坐，背脊挺直。譚看起來像是從山壁中雕刻而成的雕像，而非有血有肉的活人。他肯定從頭到尾都坐在哪裡觀察他、批判他。

「難怪你不會畫圖。」譚說。「你是瞎子。」

凱登咬緊牙關，努力壓抑在體內亂竄的寒意，默不作聲。

譚沒有動。事實上，他看起來一副永遠都不會動的樣子，但他以一種會在棋盤上令對手手忙腳亂的眼神仔細打量凱登。

「你為什麼沒看見我？」他終於問道。

「你和岩石融為一體。」

「融為一體。」譚輕笑，笑聲中完全缺乏享的那種愉悅感。「我和岩石融為一體。真不知道是什麼意思。」他抬頭看向陰暗的天空，彷彿答案透過遠方遊隼的飛行路徑潦草地寫在天上。「人會在茶裡倒水，麵包師傅會把麵粉混入雞蛋。但是血肉之軀與岩石交融？」他搖頭，彷彿無法理解這個概念。

凱登泡在冰水裡的軀體開始發抖。搬運瓦片一下午所累積出來的熱能現在只剩回憶，隨著冰冷水流一起流下岩架。

「你知道你為什麼會在這裡嗎？」僧侶在一段近乎永恆的沉默過後問道。

「學習紀律。」凱登回答，努力不讓舌頭被不斷打顫的牙齒咬到。「服從。」

譚聳肩。「這兩者都很重要，但農夫和泥水匠都可以教導你紀律和服從。辛恩僧侶能教你的東西更多。」

「專注。」凱登說。

「專注？空無之神要你專注？祂何須在乎一間陋室裡的侍僧能不能記住樹葉的形狀？」譚攤開雙手彷彿在等凱登回應，卻又直接說下去。「你的專注是在褻瀆你的神。你的存在，你本身，都是在褻瀆你的神。」

「但是訓練——」

「——是工具。鐵鎚並不代表房屋，匕首並不代表死亡。你把手段和目的搞混了。」

「空無境界。」凱登說，使盡全力控制顫抖的肢體。

「空無境界。」譚同意。他重複這些奇怪的音節，彷彿在咀嚼其中滋味。「你知道這是什麼意思嗎？」

「空……空……」凱登結結巴巴地說。「……無。」

僧侶研究的一切，烏米爾要學徒接受的訓練，無止無盡的畫圖、跑步、挖掘和齋戒，從頭到尾都是為了這一個目標：空無境界。兩年前，由於一時心情沮喪，凱登竟然笨到質疑這個虛無的價值。亨立刻哈哈大笑，接著帶著親切笑容把他徒弟的飯碗和水杯換成兩顆石頭。每天在食堂排隊時，打飯的僧侶都把湯舀到那塊沒有凹槽的花崗岩上。偶爾會有羊肉或紅蘿蔔奇蹟般地平躺在上面，但是更常發生的情況是他眼睜睜地看著湯汁沿著石頭滑落，流回湯鍋裡。當僧侶們在杯子裡倒滿冰水時，凱登只能把石頭沾濕用舔的，任由粗糙的石英摩擦舌頭。

兩週過後，亨笑著拿出凱登的碗和杯子，歸還它們之前，他舉起凱登用來喝水的那顆石頭。「你的內心就像這顆石頭，飽滿、實在，塞不進其他東西。你在裡面塞滿想法和情緒，宣稱那些都是值得驕傲的東西！」他嘲笑這種荒謬的想法。「你一定很懷念之前那個空碗！」

接下來幾年裡，凱登勤奮不懈地研究這種技巧，學著如何清空內心的空間。他還不能駕馭自如，當然，大部分僧侶都要到三、四十歲才能領悟空無境界，但他已經小有成就了。記憶及回想，沙曼恩，在這個課題上扮演關鍵角色，它們就是辛恩僧侶挖空自我的十字鎬和撬桿。亨告訴凱登，塞滿的心靈會抗拒新的意念，往往會將自己的觀念強加在周遭世界裡，而不是以世界來充實自己。比方說，無法記住畫眉鳥翅膀的形狀，表示你的內心始終專注在微不足道的自我上。

心靈並非唯一的阻礙。身體也會充斥著疼、癢、痛，以及毫無意義的歡愉。當僧侶清空心靈，掃除思緒和情緒，身體的聲音立刻就會跑來填補空洞。為了平息那個聲音，辛恩僧侶會裸體站在烈日下、赤腳跑在雪地裡、以盤腿姿勢動也不動連坐好幾天，任由肌肉抽筋、腹部絞痛。只要身體還會侵擾心靈，就不可能領悟空無境界。於是，一個接一個，辛恩僧侶面對身體的需求，擊敗它們，拋開它們。

這種鍛鍊並不容易。今年稍早，凱登幫忙從峽谷底搬運一名侍僧的屍體。那個男孩只有十一歲，趁夜逃跑時墜谷而亡。這種悲劇鮮少發生，烏米爾得要瞭解徒弟的極限，訓練該侍僧的僧侶也受到嚴厲的懲罰。儘管如此，一個男孩在進入修道院頭五年裡免不了會有腳底割傷、手掌凍瘡、骨頭斷上幾根的情況。

追求空無境界的旅程永遠不會結束，當然，就連最年長的僧侶也承認曾遇到困難。心靈如同放在雨中的陶罐，僧侶可以每天清空裡面的雨水，撫平從前的希望和擔憂，身體虛弱的力量和長年累積的痛楚還是會不斷拍擊罐底，從旁滲入，再度填滿整個陶罐。辛恩僧侶的一生就是要戒慎恐懼。

僧侶並不殘暴，算不上，但他們不能容忍各式各樣奇特的情緒。愛和恨、悲傷和喜悅，那些都是把人綑綁在自我幻象的繩索，而在辛恩僧侶的字典裡，自我就是一種詛咒，它會擴及全身，遮蔽心靈，模糊世界的景象。當僧侶努力成就空無時，自我總是會偷偷滲入其中，成為深井底部的涼水。

凱登的四肢重如鉛塊。昂伯池裡的冰冷融雪麻痺了他的手指和腳趾，讓他打從心裡凍起來，必須費盡力氣才能把空氣吸入沉重的肺裡。他從沒在早春時的昂伯池裡待這麼久過，但是譚還是沒有大發慈悲的跡象。

「空無。」僧侶沉思。「你可以這樣說，但我們的語言很難表達這種外來的觀念。你知道這個詞從何而來嗎？」

凱登無助地搖頭。此時此刻，他一點也不在乎辛恩僧侶這種近乎著魔的奇特概念源自何處。

兩年之前，一個年輕僧侶，法隆．裘剛，在跑去渡鴉環的路上摔斷腿，最後被凍死。而水讓體溫下降的速度遠比空氣要快。

「瑟斯特利姆。」譚終於說道。「這是瑟斯特利姆語裡的詞語。」

如果是在其他情況下，凱登都會豎起耳朵，用心聽講。瑟斯特利姆人是童話故事——一個消失許久的邪惡種族，在世界尚年輕時行走世間，於人類降世前統治世界，殘暴無情地試圖消滅人類。凱登從未聽過有人在討論空無境界時提起他們。他不知道辛恩僧侶為什麼會想掌握滅亡許久的邪惡種族技能，隨著體內的暖意逐漸消失，他也根本沒辦法在乎這種事情。瑟斯特利姆人已經消失數千年了，前提是他們真的曾經存在過，而如果譚不讓他離開水池，他很快就會追隨他們的腳步。

「對瑟斯特利姆人而言，」年長僧侶繼續說。「空無境界並非須要掌握的艱澀技巧。他們就居住在虛無中。他們難以理解情緒，就像我們難以理解虛無。」

「你為什麼要我學它？」凱登虛弱地問。呼吸已經很困難了，根本說不了話。

「學它，」譚說。「你太在乎學習這件事了。研究。進展。成長。」他啐道。「自我。或許你不想著去學，便能注意到周遭的世界，而你就會發現我坐在陰影裡。」

凱登沒有吭聲。反正他也不確定自己還能在不咬掉舌尖的情況下開口說話。他在講重點了，我就快能離開這座天殺的水池了，他暗自想道。他完全不確定手臂有沒有辦法撐著自己離開水池，譚當然會幫忙拉他出去，但年長僧侶此刻看起來並沒有起身的意思。

「你冷嗎？」他問，彷彿突然想到這件事。

凱登連忙點頭。

譚以一種事不關己的好奇態度看著他，就像是僧侶在研究受傷的動物一樣。「哪裡冷？」

「腳……腳……」凱登結巴道。「……手。」

譚皺眉。「但是你冷嗎？」

他的語調出現些微變化，凱登聽不出他的意思。世界似乎越來越黑了。太陽這麼快就下山了？他努力回想自己入池時已經多晚了，但是除了動彈不得的手腳外，他什麼都想不到。他強迫自己吸口氣。有個問題。譚問了他一個問題。

「你冷嗎？」僧侶又問一次。

凱登無助地看著他。他已經感覺不到自己的腳了。寒冷的感覺不知怎麼消失的。寒冷消失了，他停止顫抖。池水……完全沒有感覺，就像空氣，就像空間。或許他只要閉上眼一會兒……

「你冷嗎？」譚又問。

凱登疲憊地搖頭。寒冷消失了，他任由自己閉上雙眼，虛無溫柔地擁抱他。

接著有人出現在他身後，勾起腋窩把他拉出水池。他想要抗議，說自己累到不想動，只想睡覺，但對方一直拉扯，直到他蜷伏在地上。強壯的手掌把他裹入大概是長袍或毯子的東西裡，他的皮膚已經麻木得感覺不出材質。他臉上挨了一巴掌，逐漸甦醒過來。他睜開雙眼，又想要抗議，被譚狠狠甩了第二個巴掌。

「痛。」凱登含糊不清地說。

譚停止動作。「哪裡痛？」

「臉頰。」

「你痛嗎?」

凱登努力專注在問題上,但是這問題毫無道理可言。痛楚宛如畫在虛無上的紅線。

「臉頰。」

「你呢?」譚逼問。

凱登張開嘴巴,但是好一陣子說不出話。「我不……」他終於開口。這傢伙想怎樣?他感覺到痛,眼前一片漆黑。就這樣了。「我沒有……」他開口,然後慢慢閉嘴。

他的烏米爾停止逼問,漆黑的雙眼明亮有神。「很好,」他終於說。「算是個開始。」

09

黑暗之王浩爾，所有行為見不得光之人的守護神，祂的神殿看起來一點也不像神殿，而是一棵供信徒禱告用的大橡樹，長滿樹瘤的黑樹枝覆蓋足足四分之一畝地，好似罹患關節炎的手指伸向天際。所有大大小小樹枝上——因為太密集了，瓦林第一次看到時還以為是黑樹葉——懸掛著許許多蝙蝠，數萬隻蝙蝠收緊翅膀，安靜地等待黑夜。當黑暗降臨時，牠們會一起升空，無聲無息地衝天盤旋，留下枯骨般的樹枝。即使在夏天，樹枝上也沒有樹葉，蝙蝠就是它的樹葉。當牠們在黎明前返回棲息地時，從利齒上滴落的血滴會浸濕樹根，滋養聖樹。與它的兄弟不同，聖樹不需要陽光。

瓦林在受訓期間見過其他聖樹，聖樹數量不多，散布在伊利卓亞大陸各地。這棵坐落在俯瞰猛禽指揮部矮丘上的聖樹，遠比其餘他曾見過的聖樹都高大。山丘下，在穀倉、工棚、訓練場之間，凱卓也有為其他幾名新神建造小神廟：勇氣之神黑奎特，痛楚之王梅許坎特，甚至還有一座專門崇拜卡維拉的小石殿，希望恐懼女神可以不要騷擾祂的信徒。不過，凱卓主要的崇拜行為還是在這棵古老聖樹底下進行。勇氣和痛楚都很不錯，但是當士兵們隱身在巨鳥身下時，掩護他們的乃是黑暗，是黑暗在他們殺人時遮掩他們，是黑暗在他們撤退時宛如斗篷般隱藏他們，讓他們可以融入夜色中。

每次出任務前後，士兵都會獻上供品。樹根前沒有錢幣或寶石，沒有蠟燭或昂貴的絲綢，因為凱卓知道聖樹是如何存活下來的。瓦林幾年來一直看著他們爬上蜿蜒的狹窄山道，看著他們蹲下拔劍，看著他們以鋼刃劃過溫熱的皮膚，將血滴在飢渴的樹根上。至於浩爾曉不曉得，在不在乎，大家也只能猜測而已。古神都很高深莫測。

瓦林剛到奎林群島時，覺得聖樹和樹下染血的地面令他不安，這還只是含蓄的說法。瓦林的家族，馬金尼恩家族，自稱是英塔拉的後代，而他童年居住的黎明皇宮光線和通風都相當良好。但是現在，這棵黑暗陰鬱的大樹很符合他的心情。曼克酒館坍塌落海已經是一週前的事，他依然無法擺脫莎莉雅滿臉鮮血的畫面。每次入睡後，他都會發現自己再度身陷燃燒的酒館，聽見她苦苦哀求自己不要丟下她。醒來後，他會以為身上還有她的血。

他當時對荷．林大發雷霆，又覺得自己這樣生氣很蠢。她在艱困的情況下做出正確的決定。正如韓德倫所說：你的理想會死，不然就是你會死。如果瓦林扛著昏迷不醒的莎莉雅跳過那道裂縫，他就會被插在下方尖銳的木樁上。但下那個決定的人應該是我，他心想，雙手握成拳頭。除了基本訓練外，所有凱卓士兵都會各自接受一項專長訓練：狙擊、爆破、飛行、吸魔法術。指揮部的人很早就認定瓦林或許有能力指揮小隊，如果他通過試煉，就會指揮自己的隊員，而隊長必須做決定。

鮮血自上方灑落。他不在乎。曼克酒館事件過後，他一直沒和林說話，也不知道該說什麼。此刻在聖橡樹陰暗的樹蔭下，他有時間思考，可以審視自己的感覺，不至於說出或做出任何無法挽回的言語或事情，但當他望向營區時，山道上有道纖瘦的身影正朝他走來。

荷・林在樹枝籠罩範圍外停步，神色厭惡地抬頭瞥了那些靜止不動的蝙蝠一眼。瓦林毫不懷疑當時候到了，她也會和其他人一樣向這個神致敬，雖然她從未克服對此地的厭惡。這也是瓦林選擇待在這裡的原因之一，他以為陰暗的樹枝和蝙蝠轉身發出的細微聲響能夠阻擋她接近。看來自己沒那麼好運。

林噘起嘴唇，向來溫暖的目光在看他時蒙上一層陰影。她肯定是訓練課程結束後立刻過來的，黑衣沾了泥巴，左臉頰上還有一道滲血的小傷。即使模樣狼狽又髒兮兮的，她看起來還是神態自若，甚至堪稱美麗。這也是那些天殺的問題之一，瓦林心裡不是滋味地想。要是對方是萊斯、甘特，甚至塔拉爾，他絕不會像現在這樣想不出該說什麼。

「你還要生氣多久？」林終於揚眉問道。

瓦林咬牙道：「殺她是不對的。」

「瓦林，」林說。「對和錯對我們而言都太過奢侈了。」

「分辨對錯是必要的。」

「對其他人來說或許如此，但對我們不是。」

「我們才特別需要。」瓦林堅持。「如果我們不能分辨對錯，就不比顱誓祭司好到哪裡去，只是為了殺戮而殺戮，為了取悅安南夏爾。」

「我們不是顱誓祭司，但也不是黑奎特的騎士。」林回道。「我們不會駕馭白馬，像白痴一樣揮舞重劍，向敵人提出高貴的挑戰。還是你沒注意到，我們是凱卓，瓦林。我們殺人。如果可以照我們的意思，我們會下毒，從背後刺殺，或趁他們沒注意時射殺。只要有可能，我們就會趁夜下手。這樣或許不榮譽，但卻有必要。我們受訓就是為了這個。」

「不殺女侍。」他頑固地說。「不殺平民。」

「如果有必要。如果妨礙到任務進行。女侍，殺；平民，殺。」

「我們不是在執行天殺的任務，我們在幫他們活著離開那裡。」

「或許你是這樣沒錯，但我卻是在想辦法讓你活下去。」她啐道，雙眼綻放怒火。「那個女的是累贅，她會害死你。我非動手不可。」

「搞不好有別的辦法。」他已經反覆想過一百遍了。或許他可以從某扇窗戶擠出去，又或許他可以跳到隔壁建築上。不過現在說什麼都無濟於事，曼克酒館沒了，莎莉雅也隨之而逝。

「當然可能有別的辦法，你也可能會死，一切都是機率，瓦林。你跟我一樣很清楚這點。」林長嘆一聲，突然一臉萎靡，彷彿那股怒火轉眼間熄滅，讓她軟弱無力，站立不穩。「我一直以為那會發生在戰場上。」她過了好一會兒說道。「至少是在打鬥中。」

她的話讓瓦林猶豫了，感到措手不及。「以為什麼會發生在戰場上？」

林直視他的雙眼。「莎莉雅是我的第一次，第一次殺人。」

在奎林群島，大部分男女都會像平民慶祝婚禮或生日般慶祝他們第一次殺人。就像通過浩爾試煉或飛過第一趟任務，殺人也是成長的必經之路，是一個必要的階段。不管受過多少訓練，學過多少課程，在殺人之前，都算不上是真正的凱卓。但你不會想到第一次殺的人竟然會是昏迷不醒的女侍，你不會希望如此。

瓦林緩緩吐出一口長氣。他沉浸在自己的憤怒和罪惡裡，不會想過莎莉雅的死也會對他朋友造成影響。儘管女孩死去時是他抱著，但拋出匕首的人卻是林。她扛起了這個重擔，不是為自己，而是為了保護他。心裡某個遺忘的角落浮現他父親的言語，堅定不移，毫不妥協：你和凱登有一天都會成為領袖，當那天到來時，記住這一點──領袖最重要的不是下達命令。連笨蛋都能下達命令。領袖會聽取建言，改變心意。他會承認錯誤。瓦林咬緊牙關。

「謝謝妳。」他說。語氣比預期中粗暴，但畢竟是說了。

林揚起一邊眉毛，神色警覺，彷彿認定有詐。

「妳做得對。」瓦林強迫自己說。「我錯了。」

「噢，看在安南夏爾的份上，瓦林！」林抱怨道。「我真不敢相信你這麼高傲。真不知道我為什麼──」她突然頓住。「我跑來不是要聽你說我做得對，我跑來是因為我在擔心。」

「擔心？」

「曼克酒館，」她指向海灣另外一端的虎克島說。「不是自己掉下去的。」

瓦林皺眉。他也一直有這種想法，但是無法肯定這份不安是出自偏執妄想還是有所依據。

「房子會塌，尤其是老房子。」他說。「特別是在虎克島上的老房子。」

「艾道林護衛軍警告你有陰謀，一週後，一棟數十年來屹立不搖的酒館就這麼剛好在你踏出門外時自己塌了？」

瓦林聳肩，試圖拋開心中的惶恐。「眼睛瞇得夠用力，所有東西都會變可疑。」

「懷疑能讓你活下去。」林堅持道。

「懷疑會把人逼瘋。」瓦林反駁她的說法。「如果有人要我死，會有比弄塌一整棟酒館更講究的手段。」

「有嗎？」林揚眉問道。「我覺得已經很講究了。一場意外——虎克島上一間坍塌的破爛建築，害死十幾個人。沒什麼不尋常的地方。看起來一點也不像是暗殺帝國皇族的行動。對浩爾而言，這種做法肯定比割斷你的喉嚨講究。」

瓦林皺眉。她說得對。又是她對，他知道她對。但話說回來，奎林群島上經常發生意外。一週前，蘭姆．黑蘭還在夸恩訓練時被一顆大石頭砸斷腿。如果瓦林從現在開始每次轉彎都要留意身後，那他就不必睡覺，也永遠不能相信任何人了。

「這件事根本無法確認。」他說著，望向海灣。虎克島上各種凌亂建築及小屋在狹窄海面的另外一端清晰可見。「就算我花整整一週檢查廢墟，還是不可能看出端倪。」

「或許是你不擅長檢查廢墟。」林語氣謹慎。「你過去八年都在接受領導小隊的訓練，我則鑽研弓箭技藝。然而，我們有六個兄弟姊妹擅長搞垮橋梁和炸毀建築。」

「爆破兵。」瓦林點頭。

「他們應該可以告訴你曼克酒館有沒有被人動過手腳。」

瓦林考慮這個主意。「這樣會洩露祕密，別人會知道我起疑了。」

「有那麼糟嗎？或許能讓想殺你的人多想一想。」

「我不要他們多想。」瓦林翻了個白眼道。「我只要他們想一次。可能的話，喝醉再想。」

「重點是這樣做不太可能讓情況變得更糟。」

聽起來似乎沒錯。瓦林凝望下方整整齊齊的建築，那是倉庫、餐廳、寢室和指揮部。接下來是哪一棟會坍在他頭上？那個叛徒，或那群叛徒，身處哪一棟建築裡？他可以慢慢等，隨時都回頭注意身後，等著對方再次出手。「看來我的處境真的很糟。」他承認。「妳想找誰？」

「讓你猜兩次。」林笑著說。「但你應該猜一次就夠了。」

「葛雯娜。」他長嘆一聲。「願浩爾幫助我們。」

林似乎也不看好這種做法，但在她有機會回話前，一道陰影無聲無息地掠過他們頭頂。瓦林抬頭，發現一隻凱卓鳥展開翅膀疾掠而下，準備讓乘客降落在下方的降落場。

「有鳥。」林說。她順著那隻鳥來時的方向，望向西北方的低矮峭壁。「看起來是從……」

「從安努來的。」瓦林說。「芬恩回來了。」

♛

凱卓餐廳是一棟一層樓高的低矮建築，裡面放滿了長凳和長桌。它與曼克酒館或虎克島上的任何酒館都截然不同。首先，餐廳裡不提供麥酒。如果你想要比紅茶更烈的飲料，就必須渡過海灣；其次，這裡沒有妓女或任何平民，只有凱卓士兵，這和夸希島上所有地方都一樣。餐廳裡，即將出任務的男女正打包硬麵餅和乾燥水果，或是完成任務後跑來吃碗熱騰騰的燉肉。廚房裡的奴隸日以繼夜地工作，因為士兵隨時都需要食物。大家通常都專心吃東西，偶爾才會有人輕聲交談。然而，當瓦林和林踏進這裡時，整間餐廳吵得和酒館差不多，還是生意不錯的酒館。

夸希島上幾乎有一半的人都跑進餐廳裡，每張餐桌都擠滿了人，瓦林懷疑自己是不是最後一個注意到有鳥從北方歸來的人。人們一群一群聚在一起，這裡有兩個小隊，那裡有幾個學員，所有人都同時在說話。

瓦林在推來擠去的過程中和林分開了，但他眼中只容得下位於餐廳另外一側的那個男人。阿達曼．芬恩坐在廚房門附近，看起來對講話不感興趣，比較想幹掉眼前的牛肉，但瓦林看到他會在吃東西的空檔回答坐在他旁邊的老鳥提問。那群人都是硬漢，斧頭葛德、普蘭辰．亦、來自拉爾特的威倫。即使瓦林已經等不及了，還是在要擠到那群核心人物之前猶疑了一下。

「等等，瓦。」有人抓住他衣袖說。「除非你想頭破血流，不然別去打斷他們交談。」

瓦林轉身，看見萊斯笑容輕鬆地比著他來時的方向。飛行兵比瓦林矮一個手掌，也比較瘦，但總是一副輕鬆恣意的模樣，說話的反應又快，讓他能輕易參與任何對話，這讓他的存在無形中變得高大不少。奎林群島上的學員多半都有點高傲，你必須自視甚高，才可能在自認全帝國最致命的男女中取得一席之地。不過和瓦林一樣只是學員的萊斯卻將自信提升到全新層面。他會把鳥操到速度比某些老鳥飛行兵還快，駕馭凱卓鳥做出讓瓦林從地面上看都會反胃的動作，結束之後絕不會忘記吹噓一番。他激怒了半數訓練官，又讓另外一半覺得很有趣，因為他們堅持他會在試煉之前摔死。然而，他雖然喜歡蠻幹，本人倒是生性開朗很好相處，比不少學員好相處多了。瓦林就跟他交情不錯。

「來吧。」萊斯手搭上瓦林肩膀，領著他離開人群。「我們在角落有張桌子。」

「芬恩有我父親的消息。」

「你很會猜顯而易見的事實。」萊斯回道。「這裡其他八、九十個人也一樣。芬恩飛了將近一天一夜。他不會想跟你說話。」

「我不在乎他想不想……」瓦林開口，接著他看見林在餐廳另外一邊對他比手勢。她坐在萊斯說的那張桌旁，一邊還有其他幾個學員。

「來吧。」萊斯語氣親切地對他說。「我們已經在這裡待超過一個小時了，可以告訴你剛剛發生的情況。」

矮長凳上坐著五個人，萊斯、荷・林、甘特、塔拉爾，還有一個安靜的年輕人，名叫費朗，沒有人認為他有辦法通過浩爾試煉。芬恩突然回來將瓦林心中的疲倦一掃而空，他不耐煩地擠進這群人裡。

「所以？」他問，在眾人臉上尋找線索。

「神職人員。」甘特突然回話。「有個天殺的祭司想爭奪更多權力。」

「烏英尼恩四世。」萊斯補充，在長凳上幫瓦林騰出空位。「我懷疑之後的祭司，如果之後還有祭司的話，會有人想自稱烏英尼恩五世。」

「誰的祭司？」瓦林難以置信地搔頭問。他可以相信父親死在戰場上，或慘遭別國殺手暗殺，但是被某個白白嫩嫩的教士殺害？

「英塔拉。」萊斯應道。

瓦林呆呆地點頭。甚至不是顱誓祭司。「怎麼殺的？」

「傳統手法。」甘特說，接著他比劃手勢。「背後一刀。」

「甘特。」塔拉爾小聲插嘴，朝瓦林點頭。

「幹嘛？」甘特大聲問，然後他突然想到瓦林。「噢，我很抱歉，瓦。一如往常，我就跟公牛勃起的老二一樣優雅。」

「沒那麼優雅。」萊斯拍拍瓦林的肩膀，表達同情之意。「重點在於，整件事看起來十分單純。過度自負、貪圖權力，司空見慣的大牛糞。」

瓦林與林對看一眼。一個不滿現狀、手持匕首的祭司聽起來不像什麼巨大陰謀，但是話說回來，英塔拉教會乃是帝國內最大的教會之一，如果烏英尼恩是巨大陰謀中的一部分，誰知道這個陰謀最終目的為何？

「他是如何接近到能動手的距離？」瓦林問。「我父親只要離開寢宮，隨時都有六名艾道林護衛軍跟在身邊。」

「聽起來他挑錯那六個護衛軍了。」萊斯攤手答道。

「人總會犯錯，」林補充。「好像是你父親命令護衛軍不要跟的。」

瓦林試圖拿童年時的印象與這種說法比較，父親不帶護衛聽起來很沒道理。

「指揮部似乎還是很激動。」塔拉爾說，漫不經心地玩著手上的鐵環。「聽說皇帝遇害後，一直有小隊不分晝夜來來去去。或許有人認為事情沒這麼簡單。」這個吸魔師向來思慮周延，對一切持保留態度。吸魔師很早就學會保守自己的祕密，如果不學會這一點，就會被人吊死。塔拉爾也不例外，看待世界的態度比萊斯或甘特更加謹慎。

「你還需要什麼？」甘特聳肩問。「烏英尼恩將會面臨審判，然後被處死。」

「正如韓德倫所言，」萊斯同意。「死亡可以澄清一切。」

「那我姊呢？」瓦林問。「她沒事吧？現在帝國是誰在掌權？」

「慢慢來，慢慢來。」萊斯說。「艾黛兒沒事。她已經晉升為財務大臣。朗・伊爾・同恩佳受命出任攝政王。」

「這是好事。」甘特說。「你能想像哪個官僚試圖維持軍隊秩序的樣子嗎？」

瓦林搖頭。他父親之死沒有澄清任何問題，而烏英尼恩及其祭司身分、肯拿倫出任攝政王，以及懸而未決的審判都讓情況更加撲朔迷離。

突然之間，餐廳似乎變狹小了。擁擠的人群、吵雜的聲響、烤肉和豬油的味道令瓦林胃腸不適、頭昏眼花。其他學員只是想幫忙，提供他想知道的消息，但他們討論他父親之死的輕鬆態度讓他想揍人。

「謝謝。」瓦林從座位上掙扎起身。「謝謝你們告訴我這些消息。我在第二鈴響之前只剩下一個小時可以睡覺，我最好善用這段時間。」

「你想把自己餓死嗎？」甘特推了一碗凝乳到他面前。

「我不餓。」他說，然後朝門口擠過去。

一直到離開餐廳快到營房時，瓦林才發現荷・林一直跟在他後面。他不確定自己對此感到沮喪還是高興。

「你在裡面一定很不好受。」她輕聲說道，快步上前，走到他旁邊。「我很遺憾。」

「不是妳的錯。不是任何人的錯。死亡很正常。他們過去八年不就是在教我們這個嗎？安南夏爾對我們一視同仁。」

「死亡很正常。」她同意。「謀殺不正常。」

瓦林強迫自己聳肩。「死亡有很多方式，壞疽、老死、背上插一刀，這些全部都會把人送往同一個地方。」

10

爆破房就是這樣：用爛木頭拼湊而成，屋頂看起來連場大雨都擋不住。不過也沒必要建得更牢靠，因為這地方每隔一年就會被炸掉或燒燬一次。瓦林接近爆破房時心裡有點惶恐。他在這裡受訓過一段時間，學習製造及布署威力強大的軍火——碎星彈、甩芯彈、鼴鼠彈、長槍彈——只有凱卓能夠使用的軍火，但這地方讓多數人感到不安。爆破房所在的低矮盆地看起來有點像是龜裂的沙漠或乾掉的湖床，乾裂的地面上殘留幾棵燒焦的樹木，被炸開的石灰岩塊靜靜躺在炙烈的陽光下曝曬，所有東西都沾染了硝酸鉀的氣味。除了專門接受爆破訓練的凱卓士兵和學員外，大部分人都會避開這整個區域。

瓦林看了荷·林一眼，聳肩，然後推開搖晃的大門。大門在他進入時嘎吱作響。裡面照明不佳，但還不算陰暗。陽光從牆上十幾道裂縫中灑落，遮蔽窗戶的薄帆布透出更多光線。屋子中央擺了一排破爛的工作桌，有幾張桌子很乾淨，有些則堆滿工具和器械，蒸餾器、曲頸瓶、小玻璃瓶和瓶口塞得很緊的容器。凱卓向來如此，沒有什麼統一規章，每個小隊的爆破兵會自行製作符合需求或慾望的軍火。當然有些基本配方，但大部分爆破兵都喜歡即興創作，革新，改良。瓦林見過會產生紫焰的碎星彈，還有可以在岩石地上炸出穀倉大小凹洞的鼴鼠彈。當然，這種實驗並非沒有風險。

在爆破房內受訓期間，瓦林曾親眼目睹年輕學員豪爾特．弗雷曼，點燃一根看似無害的蠟燭。一陣微風吹過火苗，燒著了男孩的黑衣，火焰迅速燒穿布料開始吞噬他的皮膚。好幾個朋友拉著他到附近一個大水箱旁，把他整個人壓進水裡。雖然只燒到表層皮膚，那道火焰還是持續綻放明亮猛烈的火光侵蝕男孩的血肉。瓦林看傻了。他的訓練應該會讓他在面對緊急狀況時做出迅速果斷的反應，但這種情況……沒人告訴過他該如何應付不肯熄滅的火焰。最後是紐特，人稱警語家的爆破兵，把慘叫的男孩拖到室外，埋入沙裡。沙悶熄了不自然的火焰，但是豪爾特全身有一半的皮膚都被燒掉，還融掉了一隻眼睛。他在三天後死亡。

剛開始瓦林以為爆破房裡沒人，接著他注意到葛雯娜在房間另外一端，紅髮遮蔽面孔，動也不動地靠在桌上，用一支非常細的鉗子將一樣東西裝入一根長管子裡。她沒有出聲招呼，沒有抬頭看，瓦林也不期待她會這麼做，真的。打從得知父親死訊那天葛雯娜為了安全皮帶釦環的事痛罵他一頓開始，他就沒再跟她講過話，他也不知道她是否還為那件事耿耿於懷。以他對葛雯娜的瞭解，八成還是耿耿於懷。

葛雯娜．夏普並不是差勁的士兵，事實上，她的爆破知識恐怕比島上所有學員更為豐富。問題在於她的脾氣。每隔一段時間，虎克島上那些自視甚高的男人裡就會有人被她鮮艷的綠眼、火紅的頭髮，還有她竭盡所能用凱卓黑衣掩飾的曼妙身材吸引。但這樣的男人向來沒有好下場，葛雯娜把上一個想要追求她的男人綁在碼頭木樁上，任由海浪蹂躪。當他朋友終於找到他時，他已經被打在臉上的海水弄到哭得像個嬰兒。就連葛雯娜的訓練官都開她玩笑，說擁有這種脾氣的人根本不需要天殺的軍火。

「抱歉打擾妳。」瓦林走到葛雯娜面前的桌子時開口道。

「那就別打擾我。」她說，接著全神貫注地用細鉗子把東西塞入空管子裡。他壓下回嘴的衝動，雙手握在身後，提醒自己要有耐心。瓦林本來就不確定她是否願意幫忙，他可不想一開始就惹人生氣讓事情變得更棘手。於是他專心看著她在製作的東西，那看起來像是改良過的碎星彈。那根管子是空心的鋼管，有他拇指的兩倍寬。管內塗有某種看起來像柏油，但他認不出來的東西。葛雯娜收回鉗子，拿起一小塊石頭塞進去。荷・林倒抽一口涼氣。

「別、那、樣。」葛雯娜說，停頓一下後繼續動作。

「那是克拉倫斯，對吧？」林語氣緊繃。「克拉倫斯和硝酸鉀？」

「沒錯。」葛雯娜簡短回應。

瓦林瞪著她。警語家在學員課程一開始就會警告大家，絕對、絕對不要把這兩種東西混在一起。「我們都很喜歡爆炸，」男人笑道。「但我們喜歡控制爆炸。」除非瓦林誤會了什麼，不然葛雯娜的鉗子只要稍微碰到管身，就有人得在廢墟裡撿屍塊了。他張嘴欲言，但想了想，最後決定屏息以待。

「這就是原因。」葛雯娜說。她將鉗子繼續深入，放開石頭，再小心翼翼地收回來。「你不該打擾我的原因。」

「弄好了嗎？」林問。

葛雯娜哼了一聲，回道：「不，還沒弄好。只要我移動它半吋，它就會炸飛天花板。現在，別說話。」

林立刻閉嘴，跟瓦林一起緊張又著迷地看著葛雯娜拿出一瓶還在冒泡的蠟，用戴手套的雙手抓住它，將蠟倒入鋼管中。接著聽見一陣滋滋作響，冒出幾絲酸霧，之後現場陷入一片死寂。

「好了。」葛雯娜終於說，把鋼管放在工作台上，然後站直身子。「這下弄好了。」

「那是什麼？」瓦林謹慎地看著那玩意兒。

「碎星彈。」她聳肩說道。

「看來不像普通碎星彈。」

「我不知道你趁我不在的時候變成了爆破兵。」

瓦林忍住不回嘴，畢竟他是來請葛雯娜幫忙的。林難得沒有吭聲，連她都這麼有禮貌的話，瓦林當然也行。「和正常的碎星彈比起來，這是不是有點太長太細了？」他努力裝出感興趣的模樣問道。

「差異不大。」葛雯娜說，仔細檢視那根武器，然後刮掉指甲上的一滴蠟。

「為什麼？」

「威力大、聲音響、溫度高。」她看起來漫不經心，但語氣中有種情緒，這是瓦林沒料到的。他過了一會兒才反應過來那是什麼——自豪。葛雯娜向來態度很差，自我封閉，瓦林很難想像她能有憤恨暴怒以外的情緒。突然發現這世上竟然會有令她開心的事讓他卸下心防，但當他打算重新評估對她的看法時，她已經面色不善地回頭看他。「你到底要不要說你是來幹嘛的？」

她開門見山問了，瓦林反而有些遲疑。他的恐懼，林一直努力驅趕的恐懼，在他必須大聲說出口時顯得荒謬又偏執。

葛雯娜不耐煩地攤開雙手。

「我想妳有聽說曼克酒館的事情。」瓦林試探性地開口。「虎克島上那間酒館？」

「我知道曼克。」葛雯惱火地說。「我花了一半薪水在往酒裡摻水的混蛋所謂的麥酒上。」

「好吧，那我假設妳聽說它坍塌了。」瓦林努力壓抑自己的脾氣。「當時我在現場喝酒，我一出門，酒館就塌了。」

「你真走運。」

「裡面的人幾乎都被壓死了。」

「他們真可悲。」

林推開瓦林，她的耐心顯然已經快耗盡了。「或許不是意外。」

葛雯娜停了一停。她的目光在瓦林和林之間游移。他等著她哈哈大笑，說點像是自我膨脹的皇帝之子以為全世界都圍著自己轉之類的話。島上的其他人都會拿他的身世來刺激他，就連朋友也是，而葛雯娜從來算不上是他朋友。但她沒有笑。

「你認為此事跟你父親的死有關。」葛雯娜是個婊子，可是她並不笨。

瓦林點頭。

「如果再過幾天皇帝之子就能回來繼位，那殺害皇帝就沒意義了。」

「我不是皇位繼承人——」

「少來那套政治鬼話。」葛雯娜說，揮手不讓他繼續否認。「我懂這是怎麼一回事。」

「曼克酒館……」林繼續。

「你們要我去調查，」葛雯娜說著，在黑衣上擦手。「要我看看有沒有人動過手腳。」

瓦林謹慎地點頭。「我不像妳那麼瞭解軍火。我不確定是否能弄塌一棟建築。」

「當然可以弄塌建築。那些天殺的玩意兒就是為此而生的。」

「我知道，但有如此緩慢又不顯眼的爆炸？」

葛雯娜兩眼一翻。「你日後是要領導小隊的人，竟然對軍火一點基本瞭解都沒有？」

「聽著，」荷·林插嘴，嘴唇緊繃。「我們可沒有一整天的時間待在這間小屋裡玩弄火柴和礦物——」

「這種事情妳比我們懂得多。」瓦林在情況不可收拾前打斷她的話。「妳比我高明，也比林高明。妳比奎林群島上大部分天殺的凱卓還要高明。我們可以去調查，但可能會忽略重要的線索。」如果葛雯娜喜歡聽好話，瓦林也是可以努力擠出幾句恭維，雖然講的是實話，但要說出口並不是那麼容易。

她皺著眉，偏開目光，看向爆破房的牆壁。瓦林懷疑自己的策略是不是得到反效果。誰知道葛雯娜的腦袋是怎麼想的。「妳有時間幫忙嗎？」他繼續問。「我很樂意給妳——」

「錢？」葛雯娜憤怒地質問，綠眼綻放怒火。「還是你的皇家人情？」她嗤之以鼻。

瓦林張口欲言，又被她打斷。

「我不要你給我任何東西。我願意做是因為感興趣，我想知道真相，懂嗎？」

瓦林緩緩點頭。「懂了。」

11

葛雯娜花了半個早上在曼克酒館的廢墟中潛水調查。以她閉氣的時間來看，她八成有魚類的血統。其中有兩次她在水裡待得太久，瓦林還以為她被卡在險象環生的梁木迷宮裡。有一次他甚至都脫掉上衣要跳下去找她，不過還沒下水，她就從距離她下水處二十步外的位置浮出水面，陰沉地甩去頭髮中的鹽水。

有幾個路人，天知道要去幹什麼事情的男人和女人，好奇地停步打量他們。其中一個身穿破爛水手服的老人甚至問瓦林是不是在搜尋屍體上的珠寶，接著露出滿嘴爛牙，自顧自地大笑。瓦林覺得他們太引人注意了，如果曼克酒館被人動過手腳，而對方又剛好路過，肯定會知道他對此事起疑了。他本來想晚上再來，但葛雯娜毫不留情地指出，即便是在正午陽光照射下，要在海灣泥濘的海水中視物都很困難。所以此刻瓦林除了咬牙等候葛雯娜調查外，什麼也不能做。花了一整個早上的時間，終於等到她爬出海面時，她已經嘴唇發青，渾身顫抖。

「好了。」她說，腦袋歪向一邊，用扭斷雞頭的動作擰乾頭髮上的水。「如果有人在這裡動過手腳，他們肯定是用我沒聽說過的炸藥。」

「有這個可能嗎？」瓦林謹慎地問。

「你明天早上有可能把你的陰莖和睪丸搞混嗎？」

瓦林凝視污濁的海水。水面上突起幾根焦黑的梁柱，中間漂浮著一些尚未被潮浪衝入大海的殘渣。當地居民沒有來清理殘骸，虎克島就是這樣。幾年前，大火燒掉了幾條街外一整排房子，島上的居民在搜刮了其中所有值錢的物品後，就把廢墟留在那裡任其腐爛。

「妳在底下看到了什麼？」瓦林問。

「屍體。」葛雯娜順口回答。「十幾具。」

瓦林看著翻騰的海浪，想像著受困於燃燒的梁柱間、被扯入海中溺斃之人會有多害怕。「死得太慘了。」

她聳肩。「他們是壞人。」

瓦林一時語塞。虎克島的居民毫無疑問都不是善男信女：在主大陸混不下去的扒手、虛弱或殘廢到扛不起錨升不起帆的海盜、躲債的賭徒、試圖榨乾別人身上僅存硬幣的妓女或騙徒。他們既絕望又危險，幾乎沒有例外，但絕望並不表示他們是壞人。

「妳有檢查屍體嗎？」他問。

「只看了一個。」葛雯娜聳肩。「他欠我錢，而錢對他已經沒有用處了。」

「建築結構呢？」他上前一步，壓低音量問。此時街上空無一人，窗戶大多半掩著，在海風吹拂下很多門嘎嘎作響。

「沒有異狀。」

「確定嗎？」

她瞪他。「酒館共有四十八根基樁，我每一根都檢查過了。沒有焦痕，沒有衝擊損傷也沒有爆炸殘留。如果有人對這棟建築動過手腳，我想找出那個混蛋，打到他說出祕密為止。」

瓦林不確定自己是否該放心。一棟年久失修的酒館自行坍塌，表示至少現在還沒有人想要殺他。但另一方面，相信已經有人動手要暗殺自己，讓他有種奇特的欣慰感。他接受的訓練都在教他應付真正的威脅和貨真價實的危機，弄塌屋頂去砸別人腦袋基本上算真實到不能更真實了。他應付軍火和爆破裝置的能力幾乎和刀劍或徒手搏鬥一樣好。然而，撲朔迷離的陰謀、尚未完結的計策、身分不明的殺手——想弄清楚這些東西幾乎是不可能的。如果能選擇，他寧願與對手腳對腳、劍對劍正面衝突，但他沒有這種天殺的選擇餘地。除了再度專注於訓練，他只能咬牙切齒地留意背後。

♛

他在哀悼父親、捕風捉影的同時，浩爾試煉仍在持續逼近，而刻在營房外的亡者之石上那份淒涼名單則在提醒他，就算沒有什麼捉摸不定的陰謀，奎林群島上的學員還是很容易就會死。他重新開始在黎明前長泳，傍晚海灘跑步的距離也加倍，帶著復仇的意念回去研究戰術和策略。早春傾盆大雨的天氣讓他一出門就全身濕透。受訓八年後，他突然覺得時間不夠用了。他有地圖要熟記、語言要練習、艦隊和堡壘的圖表要鑽研，當然，還要隨時練習打鬥。

夸希島上有許多訓練場，專供學員和老鳥練習各種格鬥技巧，或是拿鈍劍把對手打倒在地。其中最簡陋的訓練場就只是用木樁和繩索圍起來的四方形土地。然而，營區西緣再過去，距離猛禽主降落場不遠處、俯瞰一片朝海邊延伸的岩石地上，有著奎林群島中唯一真正的競技場——一座入地一步深、周圍以石頭圍起的寬敞圓形場地。

瓦林在第七次鐘響前抵達，因為繞島跑步的關係，他上半身赤裸，汗流浹背。葛雯娜協助調查曼克酒館已經是一週前的事了，他沒有忘記艾道林士兵的警告，也還在哀悼父親的慘死，但密集的訓練讓他暫時放下揮之不去的威脅。「該是閉嘴解開安全釦環的時候了。」凱卓兵喜歡這麼說。而一根三呎長的鋼劍對你腦袋呼嘯而來算得上是最能讓人全神貫注的事物。

每天下午，第七次鐘響到第八次鐘響之間，就是猛禽稱之為「個人近身肉搏」的時段。學員將之簡稱為「流血時間」。如果你一個早上都沒有得到任何瘀青或割傷，流血時間會確保你上床的時候渾身痠痛。規則很簡單：兩個學員在軍械庫和鍛造爐西邊的寬敞格鬥場中對打，誰先開口求饒就算輸。有時會用鈍劍，有時用匕首或棍棒，有時徒手搏鬥。每次都會有一名訓練官在場，明面上是為了確保所有人都遵守規則；實際上，這些年長的士兵是負責煽風點火，或在格鬥場邊辱罵嘲弄的。有時候還會下賭注。

四、五十個凱卓士兵圍著格鬥場，老鳥和學員都有，有些人在伸展疼痛的肌肉，有些則揮手繞圈，將血液甩進手臂血管，還有人聚在一起低聲聊天。瓦林看見荷．林、甘特、萊斯，和塔拉爾站在對面，便調節呼吸、放慢腳步繞過去找他們。

「我的重點在於，」萊斯正比手畫腳地和甘特爭論著。「鐵鎚是很可笑的武器，它一點用處都沒有。」

「你舉不起來當然沒用。」甘特辯道，不以為然地打量飛行兵細瘦的手臂。

「看在夏爾的份上，鐵鎚是木匠的工具。所有凱卓都在背上綁兩把劍而非兩把鐵鎚不是沒有道理的。」他說著，轉向剛來的人。「瓦，跟這頭牛講講道理。」

「別費心了。」林搭腔，揚起右手警告瓦林。「他們從第六次鐘響就開始爭，道理早就不知道丟到哪裡去了。」

「我們今天要用鐵鎚打嗎？」瓦林問，有些擔憂地望向格鬥場。訓練官最喜歡在日常訓練中增添意外元素，而鐵鎚是種很危險的武器。

「據我所知不是。」林說著眼睛一亮。「但是別擔心。如果是的話，我會溫柔點的。」

「虎克島上的妓女都這樣跟我說。」萊斯眨眼揶揄。「別相信她，瓦。」他上下打量兩人，神色狡獪地睇著眼睛說。「或者，像荷．林這麼漂亮的女孩，也許你不會想要她手下留情……」

林隨手拔出腰帶匕首朝飛行兵劃了一刀，但瓦林看出她的臉有點紅。他很想說點什麼能讓她發笑的機智妙語來吸引她的目光，但萊斯才是會說話的人，瓦林還沒想出該說什麼，格鬥場對面突然傳來一陣刺耳的笑聲。林轉身看去，皺起眉頭。

是山米．姚爾和他的小團體。有很多學員都很粗暴又強壯，你必須擁有這兩項特質到一定的程度，才能在奎林群島上生存，但其中最誇張的就是姚爾那票人，一群不是為了熱愛帝國而投身凱卓部隊的殘暴年輕人，他們之所以加入是因為這樣可以滿足內心某種慾望，從痛苦、力量及殺戮中獲得冷酷的歡愉。他們自稱是梅許坎特的爪牙，但其實梅許坎特大部分的激進信徒都住在安努境外。不過無論如何，這個名字都很適合他們。瓦林毫不懷疑如果他們晉升為正式凱卓士兵，將會帶來足以令痛苦之王驕傲的苦難。他同時也肯定，他們大部分都會為了幾塊硬幣就把同伴賣給曼加利奴隸販子，只不過在奎林群島上需要有人守護自己的背後，所以幾年下來，這些學員也逐漸發展成許多小團體。

瓦林皺眉，視線轉回林身上。「今天不要去惹姚爾。試煉只剩三週了，如果出什麼差錯——」

「不會出什麼差錯的。」她說。

金髮年輕人發現他們在看他，於是頂了頂旁邊一名同夥的肋骨。他們兩個哈哈大笑，接著姚爾的目光移到林身上，毫不掩飾地舔了舔嘴唇。

「繼續笑吧，你這個混蛋。」林喃喃低語，聲音小到瓦林幾乎聽不見。「你就繼續笑吧。」

當天下午第一場格鬥打得很難看。兩名年輕學員一開場就撲在地上扭打，最後以體格較壯的那個男生搗著眼睛爬往格鬥場邊緣收尾。緊接著是兩個舞劍的小鬼不斷試探彼此，就這麼耗掉大半個下午。大部分年紀較長的學員和訓練官都在場邊嘲笑或指導場內的人，瓦林則不耐煩地等待真正的重頭戲——他須要研究的那種格鬥。終於其中一個小鬼幸運擊中，對手癱倒在地，而資深訓練官喬丹·阿伯特決定該來點上得了檯面的打鬥了。

「誰來把那個天殺的白痴抬出我的格鬥場，帶去醫務室。」他吼道。「這裡有群準士兵自認有能力面對浩爾試煉，我要先看他們打上幾場，再決定要賭誰能活下來。現在，我該讓誰上場？」他看著人群沉思道。

瓦林伸手到肩後調整訓練劍的位置，腦袋側向一邊，舒緩緊繃的脖子。

「有太多選擇了！不如今天來玩點新鮮的？二對二，看看你們這些凶殘的混蛋有沒有辦法攜手合作。」訓練官露出不懷好意的笑容。「我挑選姚爾和安豪，這個組合可厲害了。」

瓦林必須承認，包蘭丁・安豪和姚爾雖然是一夥的，但這兩個人看起來大不相同。姚爾肌肉結實，相貌英俊，完全是一副安努有錢貴族的形象；包蘭丁看起來則像是從哈南叢林裡跑出來的野蠻人，長長的黑辮子上繫著海鳥羽毛，耳朵上戴著象牙耳環，手臂上有彎彎曲曲的藍墨水刺青。據說包蘭丁會淪落到奎林群島是因為他家鄉的人——巴斯克西岸的一個小聚落——發現了他是吸魔師的祕密。他在被圍捕時殺了半數暴民，逃離家鄉，沿路偷竊謀殺，直到凱卓部隊介入處理這個問題，而他們的處理方式就是徵召他。

總之，在安努帝國的其他地方，吸魔師一旦被發現就會被吊死、刺死，或勒死。瓦林成長過程中一直相信這種男人和女人都是邪惡之徒，他們的力量不聖潔，很邪惡。他記得艾道林護衛軍指揮官老葛倫強・蕭，曾一邊搖晃匕首一邊強調：「他們竊取周遭世界，吸走大地的能量。沒有人應該為了一己之私而扭曲自然定律。」相信這種說法的人不光只有蕭，所有人都討厭吸魔師。除了凱卓部隊，所有人都在獵殺他們。

猛禽一直都在尋找優勢，光有巨鳥、控制能製造傳說中凱卓軍火的礦坑、擁有全世界最精良的訓練和武器還不夠，猛禽指揮部還想要徵召吸魔師，甚至像是包蘭丁這種殺手。

瓦林剛到奎林群島時，發現自己會與這種扭曲自然的傢伙一同作戰感到十分震驚。他花了幾個月的時間克服最基本的厭惡感，又花了幾年才能在這些奇特的男女身邊感到自在。結果他發現，他們的力量與邪惡的故事都有點誇大不實。首先，他們不唸咒語，也不喝嬰兒血；從戰術的角度來看，每個吸魔師的魔力源不同，能汲取力量的東西也不一樣——花崗岩、水、血，什麼都有可能——吸魔師會以生命守護這個祕密。少了魔力源，他們就不比普通人強大，這個事實能大幅拉近實力間的差距。問題在於，如果不知道吸魔師的魔力源，就不知道什麼時候必須格外小心。

包蘭丁命令他那兩隻獵狼犬不要亂動——到哪裡都跟著他，口水流不停的怪異生物——隨即步入格鬥圈。獵狼犬猶如守衛般坐在石圈外，張開嘴巴，在午後的炎熱氣溫下大口喘息。吸魔師抬頭看天，只見他馴養的老鷹在上空盤旋。那隻鳥彷彿察覺了他的目光，發出刺耳的叫聲。

「那隻天殺的東西讓我聯想到禿鷹。」林說。

「只是隻鳥。」瓦林回話。

「或許，」萊斯轉向塔拉爾問。「你還沒弄清楚那個混蛋的魔力源是什麼嗎？」

塔拉爾陰沉地搖頭。

「你一週至少跟他一起受訓兩次，要弄清楚這個是有多難？世界上也不過就那麼多東西！」

「比你想得難。」塔拉爾回道。「我們在彼此面前會更加小心。大家都有各自的偽裝。」他說著，比向自己黝黑手腕上的手環。

「你的意思是你的魔力源不是銅或金？」飛行兵問。

「我不會告訴你。但是看看包蘭丁，羽毛、耳環、墨水……那還只是他身上的東西。他的魔力源有可能是我們四周的事物——濕氣、鹽、石頭或沙。」

「也有可能是那兩頭天殺的野獸。」瓦林補充道，一臉謹慎地看向獵狼犬。「他跟牠們形影不離。」

「有可能。」塔拉爾說。「有過以動物為魔力源的紀錄。倫朗．皮爾斯，渡鴉吸魔師，他家屋簷上棲息了整群渡鴉，他移動時牠們就飛在他頭上。」

「而你還不懂為什麼大家都想吊死你們這些混蛋。」甘特沉聲說道。「沒有不敬的意思，塔拉爾，但這實在很變態，很噁心。」

塔拉爾看向高大的學員，瞇起雙眼，神色難辨，接著他轉向瓦林。「打從包蘭丁抵達那天開始，大家就在懷疑他的老鷹和獵狼犬。或許他們猜得沒錯，或許他只是在要我們。這種事情幾乎無從得知。」

「再說，」萊斯語帶諷刺。「在格鬥場上也沒差別。」

根據規則，包蘭丁上場時只能使用他的肢體和武器，就和其他人一樣。猛禽相信要訓練出「完整的士兵」，對於一群魔力耗盡就會在戰場上變成廢物的人不感興趣。然而，實際上並非總是這麼回事。只要吸魔師行動夠低調，能在不被發現的情況下扭曲現實，那就不算違背規則。但凡凱卓指揮官有心，就能揪出這種行為，他們卻從未這麼做過——學員必須學著在各種情況下作戰，必須習慣和任何敵人作戰。

「這是一組。」阿伯特思索著。「關於他們的對手，有沒有什麼想法？」

學員紛紛提出各自的意見。在嚴格的訓練和精疲力竭的學習之間，奎林群島上沒有多少娛樂活動，在場大部分士兵就像安努的正常男女每天期待豐盛的晚餐一樣期待流血時間。

阿伯特揚手要求肅靜，但在他開口之前，林已經踏入格鬥場。

「夏爾插在木樁上。」瓦林低聲咒罵。

「我來。」她冷冷說道，目光始終保持在他們兩個身上。

山米・姚爾笑了一笑。

阿伯特輕笑。「一對二？太不公平了。」他轉向觀眾。「有人要跟她聯手嗎？」所有人都不自在地改變姿勢，有些人看向營房，有些人看向大海。山米．姚爾是個妄自尊大的混蛋，但他使劍的速度很快，在格鬥場上出手又不留情。再說還要考慮那個吸魔師。

「太勉強了。」甘特謹慎地看著包蘭丁說。這個高大的學員怕的東西不多，但他對吸魔師的恐懼就和對他們的厭惡差不多。

「我是想出面啦，但我不想搶走讓你獻殷勤的機會。」萊斯笑著看向瓦林。

瓦林嘆氣。看來回到格鬥場會比預期中更加刺激。他不能丟下林不管，而打從曼克酒館那天開始，他就一直想痛毆姚爾一頓。一對一他的贏面不大，但是包蘭丁的劍法不怎麼樣，如果他們可以盡快解決吸魔師，就可以聯手夾攻姚爾。再說，又沒有其他人自願，他悲傷地想。

「我來。」他說著，跨過矮繩。

這場格鬥開頭就打得不好。瓦林想要牽制姚爾，讓林去對付包蘭丁，但是吸魔師卻搶先一步攻擊他，迫使林必須採取守勢。她比她的對手矮一個頭，力氣肯定也比較小，但她心思動得快。姚爾的劍進進出出、左右側擊，她則和瓦林並肩作戰，拒絕接受一連串誘敵招式的誘惑。

剛抵達奎林群島時，瓦林以為鬥劍的重點就是力量、技巧，和勇氣。但現實遠比想像沉悶。儘管上述特質都很重要，真正的關鍵卻是遵守規則和指令、等待、觀察、避免犯錯的能力。韓德倫寫道：求勝的第一步，就是避免落敗。瓦林擊退吸魔師的攻擊時，林在他身邊堅守防線，採取謹慎的打法，呼吸凝重但卻穩定。瓦林感覺自己在笑。如果林能抵擋姚爾一陣子，他就會找到破綻，他們便能一起對姚爾施壓。

接著吸魔師開始講話。

「我一直不懂，凱卓部隊為何要讓女人作戰。」他語氣輕快，一點也不像額頭有在冒汗。

瓦林架開一劍，把他逼退兩步，但是對方繼續挑釁。

「我知道那些官方說詞，女人可以混入男人會引人注目的地方，敵人往往會低估女人，但感覺還是不對勁。」他說。「首先，她們又弱又小。其次，她們會讓人分心。此刻我在格鬥場應該要專注在鬥劍上，但我滿腦子只想撕爛那個婊子的褲子。」

在瓦林身旁的林發出一聲怒吼，同時擋開從上砍來的一劍。

「不要理他。」瓦林說。「他只是想激怒妳。」

「事實上，」包蘭丁色迷迷地說。「我對上她比較感興趣。妳怎麼說，婊子？」他問。「只要晚點我能讓妳嬌喘，現在我就手下留情……」

山米．姚爾發出低沉猥褻的笑聲，並後退一步，動作誇張地收回防禦架式。

「別管他……」瓦林開口，但林並沒有攻向姚爾。她利用這個空檔轉向包蘭丁，打亂瓦林原來的攻勢，將吸魔師驅退

她狂怒之下攻勢凌厲，一時之間，瓦林以為她可以直接把包蘭丁打倒在地。但就在她強行逼進時，腳突然被地上平實的沙土絆到，直接在憤怒和沮喪的吼叫聲中倒地。

包蘭丁滿臉獰笑，接著宛如貓科動物般優雅地跳過她的身體，再度攻向瓦林。吸魔師出劍的力道不強，但他知道如何阻礙對手。瓦林奮力上前，可惜無法逼退對手。

包蘭丁身後的山米．姚爾朝林跨出一步。她向他揮劍，但輕易被他格開。接著，他動作飛快

地撲到她身上，在尖叫聲中把她的臉壓到地上。瓦林盡力應付眼前的對手——如果他也癱在地上就幫不了林了，但是他沒辦法忽略她的怒吼，他覺得自己也越打越怒，渾身熱血沸騰。姚爾跨坐在她身上，照理說應該攻擊她後頸，令她無法掙扎，但他卻將手伸到她兩腿之間，在她死命掙扎時掰開她的雙腿。

這是陷阱，姚爾要你慌張，瓦林冷酷地告訴自己。這個事實很明顯，但也無關緊要。他不能在林尖叫時和包蘭丁僵持不下。「該死的夏爾。」他啐道，接著大吼一聲衝向前去，以一連串猛擊逼退吸魔師。有那麼一瞬，他以為這種打法有效。包蘭丁後退了，臉上浮現警覺，讓出通往姚爾的路。瓦林趁隙而入，匆忙之間卻莫名其妙被看來平坦的地面絆了一下，直接往地上摔去。他抓住空檔翻身朝上，試圖提劍防禦，但吸魔師的動作太快了。鈍劍宛如午夜般落在他的額頭上。

♛

「真是婊子養的。」林一邊咒罵，一邊用力擦拭臉上的血跡。她和瓦林沒依照標準程序去醫務室報到，而是走到碼頭，遠離營區眾人的閒言閒語和目光，找地方清理傷口。「那個夏爾生的天殺混蛋。」

「是包蘭丁幹的。」瓦林說。他摸摸額頭上的傷痕，看來會留疤，不過他身上已經有很多疤痕了。

「我知道是包蘭丁。」林怒道。「我衝向他時，腳踝突然扭到，好像踩進泥濘裡一樣。泥濘！

已經好幾天沒下雨了。」

瓦林點頭。「我也一樣。有東西纏住我的腳，還沒弄清楚是怎麼回事就倒下了。」

「甘特說得沒錯。」林喃喃說道。「應該要吊死他們，吊死大陸上所有天殺的吸魔師。」

瓦林謹慎地看著她。「包括塔拉爾？」

「讓夏爾帶走塔拉爾。」她啐道，又在他開口前繼續說。「噢，他人很好，但是你怎麼能信任他？你怎麼能夠信任任何吸魔師？我不在乎猛禽要不要更多優勢。」

瓦林不確定自己認不認同她的想法，但在今天下午的事情過後，他不打算與她爭辯。

「最可惡的是，」林繼續。「在所有旁觀者眼中，贏家都是他們。」

「他們確實贏了。」瓦林說。

「他們作弊！」

「沒有差別。臉被壓在土裡的人是我們。我跟妳一樣想要打斷姚爾幾顆牙齒，但必須坦然面對現實。開始出任務後，我們可不能躲在任何規則後面。」

「別跟我講那些天殺的道理。」她往海裡吐一口血，然後伸舌頭檢查牙齒。「敗給姚爾和包蘭丁就已經夠慘了，你別假惺惺地在我的傷口上撒鹽。」

瓦林本來想伸手搭她肩膀，聽到林責怪的語氣又縮了回來。

「別對我吼。打亂陣型的人可不是我。」

她瞪他，然後沮喪地哼了一聲。「對不起，瓦。我不爽是因為我很肯定從場外的角度來看，我是自己滑跤的，好像我就這麼垮了。他們八成還在格鬥場裡嘲笑我。」

她這話令瓦林感到不安。他望向大海，重新思考她的話。剛剛挨的那一下讓他的頭到現在還在痛，得花點時間才能凝聚思緒。「妳剛剛說什麼？」他問。

「我說看起來好像我就這麼垮了！」林說。「沒人知道真實的情況。」垮了。

「就跟曼克酒館一樣。」他低聲說。

「我認為我垮得比一間白蟻為患的酒館優雅一點。」

「我不是在說妳或酒館，我是說讓你們倒下去的東西。」

林猛地抬頭凝視著他，眼中燃起怒火。「神聖的浩爾啊，是天殺的吸魔師。」她輕聲道。

12

「快啦，凱登！」帕特說著，拉扯凱登腰帶，想讓他走快點。「他們要開始了。走快點！」

「開始什麼？」這是凱登第三次問了。

有時候他覺得這個男孩明亮的大藍眼和纖瘦的手肘非常討人喜歡。通常帕特的熱情會讓凱登微笑，但今天他又熱又沮喪，沒心情讓小男孩拉扯自己的僧袍。

他花了半個早上拆一間小石屋，平靜的辛恩之心已經開始分崩離析。在最好的情況下，這種工作只是耗時費力，粗糙的花崗岩磚很容易刮花他的手掌，還會把手指夾到變黑變藍。而今天並非最好的情況，畢竟他一天前才建成這間天殺的小屋。當然，這一切都是譚「指導」的一部分。自打水池意外後將近兩週的時間，僧侶一直要凱登從山間各處搬運石頭過來，放至定位，確認牆壁夠直夠牢固，再搬更多石頭。譚一直沒告訴他這間小屋有什麼用途，但凱登假設總是有點用處的。然而，房子才剛建成，才剛剛把最後一塊石頭放好，譚就面無表情地點頭。

「很好，現在拆掉。」僧侶說。他轉身看似要走，又回頭來看。「我可不想看到這裡堆滿建材。所有石頭都要搬回原位。」

凱登正在做心理調適，讓自己接受接下來一週半都會在將石頭搬回陡峭山道中度過時，帕特就跑來了，氣喘吁吁，揮動小手要他放下工作。顯然是譚派他來的，與食堂開會有關，所有僧侶都要出席。院長很少舉行這種會議，凱登的好奇心被挑起了。

「寧為什麼要開會？」他耐心地問。

帕特兩眼一翻。「不知道，他們什麼都不告訴我。跟你找到的那頭山羊有關。」

凱登的胃開始抽痛。找到那具支離破碎的屍體已經是一個月前的事情了，他一直竭盡所能想忘掉。在通知寧和其他僧侶後，這件事就沒什麼他能做的了，譚又一直讓他有其他事忙。只是有時當他在高山上搬運石塊，會覺得背後毛毛的，不得不回頭查看，不過倒是沒看到任何不尋常的東西出現。現在，既然寧召集大家開會……

「出了什麼事嗎？」他問。

帕特只是拉得更用力。「我不知道。快啦！」

顯然不可能從小男孩口中問出什麼，於是凱登放慢呼吸消弭不耐煩的情緒。修道院主建築離這邊並不遠。

若是正常的早晨，廣場上會有很多僧侶安安靜靜地做著他們的工作：見習僧用沉重的鐵壺挑水做午飯，侍僧快步幫他們的烏米爾跑腿，年長僧侶則四處散步或坐在杜松樹下，光頭裹在兜帽裡，以自己的方式崇拜空無之神。若是正常的早晨，風中會隱約傳來冥思廳內的誦經聲，在侍僧斧頭擊中劈柴板的撞擊聲中提供低沉的背景音。修道院很少人聲鼎沸，但總給人一種充滿活力的感覺。然而，今天阿希克蘭在春陽嚴厲的注視下顯得空曠死寂。

食堂裡又是另外一番光景。將近兩百人擠在這裡，最德高望重的年長僧侶坐在前方長凳上，見習僧踮著腳尖站在最後面。空氣中瀰漫著濃厚的羊毛、煙還有汗水的味道。辛恩僧侶的紀律禁止任何真正的喧囂，能在雪地中安靜盤腿而坐的僧侶不太可能會吵吵鬧鬧。凱登從未見過這裡的人如此騷動，同時有十幾個地方傳來竊竊私語，所有人似乎都很好奇也神色警覺。他和帕特擠進食堂後方，關上身後的木門。

阿基爾站在幾步外，凱登跟著帕特一起擠過人群，與他朋友對上眼。

「你那座宮殿建得怎麼樣了？」阿基爾問。

「棒透了。」凱登回答。「我繼承王位後或許會遷都過來。」

「放棄你們家族最愛的那座浮誇高塔？」

「胼手胝足用石頭打造建築沒有什麼不好的。」凱登指向食堂前面。「怎麼回事？」

阿基爾聳肩。「不確定。阿塔夫發現了東西。」

「什麼東西？」

「別跟我說什麼講話不要遺漏細節的鬼話。他們什麼都沒跟我說。我只知道阿塔夫、譚，和寧一個早上都待在院長的書房裡開會。」

「譚？」凱登揚起一邊眉毛。這倒解釋了他的烏米爾為什麼沒有跑來責罵他。「他跟他們在一起幹嘛？」

阿基爾對他露出快受不了的眼神。「我剛剛就說了，他們什麼都沒告訴我。」

凱登還想繼續追問，希歐・寧已經走到一眾僧侶面前。

「我看不到。」帕特小聲說。

凱登把小男孩扛到肩膀上。

「三週前，」院長開門見山。「凱登遇上了一件……不尋常的事情。」

他暫停片刻，讓食堂裡的人安靜下來。希歐・寧年近六十歲，瘦如木樁，膚色似杜松樹幹，駝得像塊老羊肉。他已經不用剃頭了，因為頭早就自然光禿，眼角因為必須瞇眼看遠的東西而長滿皺紋。凱登剛到修道院時以為院長上了年紀，甚至有點年老力衰，不過，跟在他身後爬山勞動數小時後，他就知道自己錯了。從寧的年齡和瘦小身材來看，很難想像他跑步時精力有多充沛，說話時聲音又有多洪亮，能清清楚楚地傳到食堂後方。

「他發現一隻被不明生物虐殺的山羊。我和兩名弟兄著手調查，卻無法做出任何結論。從那之後，我們陸續又有三隻山羊失蹤。倫普利和阿塔夫找到其中兩隻，兩隻都遠離牠們往常吃草的地方，也都慘遭斷頭，頭顱被剖開，腦子不翼而飛。最近，他們找到一隻死狀相同的崖貓。」

沒人開口說話，所有人同時倒抽一口涼氣。凱登沒聽說此事，從其他僧侶的表情來看，他們也是頭一次聽說。凱登看向朋友，阿基爾皺眉搖頭。殺死山羊是一回事，就算手段殘暴也一樣，但崖貓天生就是掠食者，就連斑熊都未必打得過崖貓。

「第一隻山羊是死在八里外，接下來的屍體都越來越接近修道院。本來我們希望殺死山羊的東西只是路過此地的掠食者，殺完就會離開。不過看來這傢伙打算長久定居下來。」

寧讓大家思考這種說法，然後繼續道：「原因不難看出。骸骨山脈的獵物不多，特別是冬天，我們豢養的動物相形之下很容易獵殺。不幸的是，我們也需要那些山羊。最好的方法是找出掠食者，把牠除掉。」

阿基爾挑了挑一邊眉毛。僧侶或許有辦法找出對方，但殺生並非辛恩之道。他們每年都會宰殺幾隻山羊給食堂做菜，但是憑藉那些經驗要對付殘殺修道院牲畜的生物似乎很難。凱登甚至不確定寧要他們拿什麼去殺那個傢伙。每個僧侶的腰帶上都掛有一把匕首，刀刃很短，只能當工具來採收青莓或割下晚餐的羊肉，拿來對付任何掠食者大概都沒多少用處。凱登想像用這把可悲的匕首攻擊崖貓，隨即抖了一抖。

「第一步，」寧繼續說。「就是要找出對方。我們花了將近兩週才找出一道足跡——顯然這種生物喜歡待在岩石上——但倫普利終究還是找到了一組。他畫了幾份下來。」

「所以根本沒有什麼足跡可記。」凱登喃喃自語，回想他的烏米爾第一次給他上課時所受的鞭打，同時感到怨懟與無辜。

「你畢竟不是徹頭徹尾的廢物。」阿基爾笑道。

「噓。」帕特在凱登肩膀上說，伸出傲慢的小拳頭打他的頭。

寧發下幾份卷軸給前排的僧侶。「首先，我想知道有沒有人見過這種足跡。」

他耐心等候卷軸慢慢傳向後方。凱登看著僧侶一個一個接過卷軸，用心記憶，再交給隔壁僧侶。見習僧需要較長的時間，謹慎確保他們有把正確的細節刻入記憶裡。幾分鐘後，畫像終於來到食堂後面。有人遞給阿基爾一份卷軸，他攤開來給附近的人一起看。

凱登不確定他期待會看見什麼，或許跟崖貓的腳印差不多，也可能是類似熊掌般又深又大的爪印。然而，他眼前的畫像與他見過的動物足跡大不相同，不是爪子或肉墊造成的，這點很明顯，他甚至看不出來那東西有幾隻腳。

「看在夏爾的份上，這是什麼玩意兒？」阿基爾翻轉卷軸，試圖看出端倪。

畫中有十幾個凹痕，類似中型木棍不停打在地上會留下的印子——尖銳的木棍。所有凹痕相隔不足兩吋，但是這些空間顯示這個生物的體型和條大狗差不多。凱登細看，半數腳印中央似乎有條細線，彷彿這東西的腳底是分開的。

「分趾。」阿基爾說。「或許有蹄。」

凱登搖頭。分趾的話應該距離更寬，分趾蹄主要是提供動物穩定性，山羊就是靠分趾蹄才能在崎嶇的地形上站穩。再說，腳印的形狀也不對，看起來不像蹄印，比較像是爪尖集中在一起的爪子。他不太情願地喚起山羊屍體的沙曼恩，研究斷頸和頭顱。爪子有可能造成那種傷口，但得是很大的爪子。他感到一陣毛骨悚然。什麼樣的動物具有山羊的體型，又有十二隻尖腳？

「現在各位都看過圖畫了，」寧說。「有人之前見過這種足跡嗎？」

「我不認為這真的是足跡。」瑟克漢．庫達西說著，一邊從牆邊往前移。「看起來像是用木棍在地上戳的。」

「沒有木棍。」院長回應。

「我在這座山裡住了三十年。」食堂監督瑞賓說。「這裡能煮的東西我都煮遍了，我從未見過這種東西。」

院長嚴肅地點頭，彷彿他早就料到會有人這麼說。他張嘴欲言，但是前排有人搶先開口。凱登看不見說話的人，不過從那輕聲細語的語調聽來，應該是隱士亞林。亞林身穿辛恩僧袍，奉行辛恩之道，卻堅持離群索居，睡在前往渡鴉環路上的一座山洞裡，每個月會不定期跑來兩、三次，到食堂拿些食物，或去倉庫取點碎布。這個人髒兮兮的，不過很親切。他替山上所有樹木和半數動物取名，凱登有時會在某座岩架或狹窄的山道上碰到他，看著他查看所謂的「朋友」過得如何，固定在雹暴中被打斷的樹枝，或撿些落葉回去鋪床。凱登沒想到他也會來開會。

「我見過這些足跡。」亞林說。食堂立刻安靜下來，所有人都豎起耳朵聽他說話。「或是看起來很接近的足跡。」他暫停片刻，細細回想，接著繼續說道。「我朋友在我的山洞附近留下過這種足跡。」

「你的朋友是誰？」寧問，語氣耐心但堅定。

「怎麼這麼問，當然是霜蜘蛛啊。」亞林回道。「牠們是來吃大蟻丘上的螞蟻的。」

凱登想要弄清楚他在說什麼。他研究過蜘蛛，各式各樣蜘蛛，包括霜蜘蛛，但他不知道牠們會留下足跡。

「這些跟我朋友留下的足跡不太一樣，」亞林親切地補充道。「牠們的腳比較多。」

「而且這東西體型跟大狗差不多。」瑟克漢插嘴，指出凱登覺得很明顯的差異。「蜘蛛不會長這麼大。」

「沒錯。」隱士同意。「儘管如此，世界很大。我有很多朋友，但還有更多朋友可交。」

凱登看向倫普利・譚。他站在遠處的陰影中，很難看出臉上的表情，但他的眼睛在黑暗中格外明亮。

「好吧。」希歐・寧在亞林顯然沒什麼要補充後做出總結。「我們不能任由這種生物殺光牲畜。我們不太可能跟蹤牠們，這表示我們必須引誘牠們過來。倫普利建議我們把山羊綁在距離修道院一里半外的地方，派幾名僧侶在岩石上等待這些生物現身。至於其他人，絕對不要孤身離開中央廣場。見習僧和侍僧除非有烏米爾陪同，不然禁止離開修道院。」

有人有意見。查爾默．歐雷基，凱登之前的老師，自第一排的長凳上起身。他是最年長的辛恩僧侶，比院長再老上一半歲數，說話時聲音很輕。「這種生物殺過山羊，沒錯。會對我們造成問題，沒錯。但你認為牠會攻擊成人嗎？」

希歐．寧張嘴欲答，但譚步出陰影，搶先回應。凱登一直覺得他的烏米爾很恐怖，即使是尚未被迫接受他指導前也一樣。過去總有股力量能壓制住那種恐怖感。譚讓他聯想到山峰上一大片無聲堆積的積雪，在第一聲雷鳴時積雪化為雪崩，或是一把被某種神祕力量舉在空中、隨時都有可能砍落的劍。譚此時的動作沒有任何特異之處，就是這麼簡簡單單的上前一步，但凱登還是不由自主地抖了抖，這個小動作彷彿是一種改變，長久以來的平衡開始傾斜。

「如果你對一種生物一無所知，」僧侶用如山崩般堅決的語氣說道。「那就假設牠是為了殺你而來。」

13

再度回到酒館廢墟後，瓦林還是不確定他期望在這裡找到什麼。酒館大部分都已經化為斷垣殘壁，消失在污濁的海面下，就算還有東西可看，太陽也已經開始沉入地平線──宛如神色陰鬱的大紅球──光線太昏暗，只能隱約看見廢墟的輪廓。

結束格鬥後那股絕對肯定的感覺就像午後陽光一樣逐漸消逝。曼克酒館坍塌的事情有可能是吸魔師幹的，奎林群島上的吸魔師可能比帝國其他地方都多。整件事或許是針對他和他的家族而來的陰謀，是政變的一部分。最麻煩的地方在於，一切皆有可能。他需要明確的證據，可供調查的線索，但是吸魔法術會留下來的證據比凱卓爆裂物還少。那表示他得找人詢問，看看有沒有人留意到任何不尋常的事物。

「只有四個人逃出來。」他皺眉說道。祖倫，當然，還有其他三個從廢墟中爬出來的人。

「十二個人逃出了四個。」林聳肩回應。「以整棟酒館完全落海的情況來看，這還不算太糟糕。比多數交戰的敗方存活率高多了。」她臉頰上的傷已經結痂，但在格鬥場上所受的羞辱感依然強烈。凱卓會花很多時間學習止血帶、夾板、醫療藥草，和繃帶的使用方法。但沒人教學員如何應付其他士兵將你的臉壓在土裡，還在眾目睽睽下把手伸進你兩腿之間時所產生的羞辱感。

「當時不是在作戰。」他心中浮現莎莉雅脖子上鮮血淋漓的模樣。「酒館裡的人只是在喝酒。他們沒有入伍。」

「沒有人是為了想死才入伍的。」

「妳知道我的意思。」

林瞪他一眼。「意思是你心裡感到罪惡。」

瓦林聳肩。「當然。有人要殺我，結果這些可憐的混蛋被壓死了。我以為我們應該要保護安努的公民。」

林攤開雙手。「我不會把曼克酒館裡那些垃圾當作『公民』。他們要是在主大陸上露臉，多半都會在一天之內被人吊死或砍死。」

「那並不表示他們就該死。」

「別跟我談罪惡感，瓦林。你是在自尋煩惱，浪費時間。你沒殺他們，你想救他們，你行為高尚。你想聽的是這個嗎？你是個天殺的王子。」

林臉頰漲紅，目光閃爍。瓦林壓下回嘴的衝動，伸手搭上她肩膀，被她退開了。

「我們要找出動手的混蛋。」她語氣不善，拒絕正視他的雙眼。「找出他們。」

瓦林張嘴欲言，接著偏過頭去，試圖壓抑本身的怒氣。年久失修的建築聳立在骯髒的街道上，油漆脫落、屋頂凹陷、門檻在歪七扭八的門底下爛到土裡。儘管色彩鮮艷，但它們看起來像是隨時都會跟隨曼克酒館的腳步一起落海。或許一切都只是他和林幻想出來的而已。*所有東西遲早都會坍毀*，他心想，又看了他朋友一眼。*或許酒館只是時候到了。*

但是話說回來，他父親被人殺了。有可能單純是一個不滿的祭司所為，但瓦林不打算相信這種說法。如果奎林群島上有人要為他父親的死負責，他就要找出他們。他要殺了他們。

「祖倫是生還者之一。」他打破沉默道。「萊斯說他一直待在黑船酒館裡，喝酒喝到像要直接去見夏爾一樣，等著腳傷痊癒。」

「祖倫是誰？」

「曼克雇去看店的惡棍。」

林臉色一沉。「第一個跳出來的人。那個不肯幫忙的傢伙。」

瓦林點頭。「現在他的腳傷成那樣，對任何人都沒有用處了。」

「那他應該有很多時間可以談談。」

黑船酒館光線昏暗，空間很大，大到不該只零星擺放那麼幾張桌椅。瓦林剛到奎林群島時，黑船酒館是虎克島上生意最興隆的酒館，有著遠從席亞運來的紅酒，樓台上站滿邋遢的妓女，每晚有音樂演奏。然而這段期間裡，老闆死了，一個兒子為了爭奪經營權殺死另一個，酒館情況每況愈下。此刻只有十幾名酒客在裡面喝酒，他們醉眼惺忪地抬頭瞧了一眼，又回去聊天玩骰子。

祖倫坐在吧檯邊，受傷的腳蹺在椅子上，身邊擺著一杯喝了一半的紅酒，旁邊還有喝了一半的酒壺。

「介意我們坐下嗎？」瓦林拉過一張椅子問。

對方睜大充血的雙眼瞪他們。他張嘴想說介意，接著在看到他們的黑衣和凱卓劍時決定不要那麼做。他皺眉。「請便。」

「祖倫，對吧？」林輕快地問，帶著不懷好意的笑容坐下。

男人嘟噥一聲。

「你本來是幫曼克做事的，對吧？」她繼續問。「曼克酒館倒塌時，你在現場。」

「我的腳就是那樣受傷的。」他比了比自己的腳說。「曼克跟他的糞坑一起掛了，那混蛋還欠我兩週工錢。」

瓦林搖頭表示同情。「倒楣啊，朋友。真倒楣。聽著，我們剛剛收到薪資，不如讓我們幫你付這壺酒的酒錢？」

祖倫神色一喜，接著又瞇起雙眼。「你們為什麼想跟我喝酒？我常看到你們。曼克酒館倒塌那天你們也在。凱卓士兵向來自視甚高，不會跟我們這種人打交道。」

瓦林忍住皺眉的衝動。「不是我們決定的，朋友。指揮部有規定。這是安全措施。」

祖倫哼了一聲。「是啊。安全措施。」雖然有在曼克酒館當過保鑣，但他看起來一點也不把安全措施放在心上。

林拿起剛剛添滿的酒壺，倒滿祖倫的酒杯，又另外倒了兩杯。「我想起來了。」她點頭說道，彷彿在回想當時的情況。「你是第一個跳出門口的人。」

男人向後靠在高腳凳上，和他們保持一點距離。

「你跑到門口，」她繼續說，語氣刻意平淡。「然後，你沒有去幫助別人逃生……反而直接跳出門外。」

「你們算什麼，治安官嗎？」他偷偷舔了一下嘴唇。「我來虎克島就是要避開這種狗屎。」

「所謂的『這種狗屎』，」瓦林說著，湊向前去，直到能聞到對方嘴裡的紅酒酸味。「我想你是指勇氣和人性尊嚴之類的東西？」

「別跟我說教。」祖倫吼道，伸出大手一推，拉開雙方的距離。「他付我的錢沒有多到要拿命去換的地步。我做了該做的事情。這就是我還活著的原因。」

「噢，不。」林淡淡地說。「我們不是來跟你說教的，只是想問你幾個問題。」

「去妳的問題。」

她抿起嘴唇，看向瓦林。

瓦林立刻就厭倦了這傢伙的態度。想讓醉漢開口還有比灌他酒更快的方式，他和林可是花了很多年的時間學習那些辦法。

「聽著，朋友。」他邊說邊刻意拍拍自己的腰帶匕首。「只是幾個簡單的問題，別把事情搞得那麼複雜。」

「事實上，」林神色不善地笑道。「我不介意你把事情變複雜。」

祖倫皺眉，回頭朝地板吐口口水。「什麼問題？」

「當天還有其他凱卓到過曼克酒館嗎？」瓦林問。「或許是早上，又或是在我們抵達前？」

「只有你們兩個。」祖倫喃喃說道。「你們兩個，還有那個滑頭的金髮混蛋。打破紅酒杯的那個傢伙。」

瓦林思考他的答案。山米・姚爾絕對有能力策劃謀殺，而且他確實有到過酒館。但是話說回來，姚爾不是吸魔師，他或許有參與，但不太可能獨自弄塌酒館。

「早上都沒有？」林逼問。「沒有其他凱卓？」

惡棍眉頭深鎖，彷彿在努力穿越紅酒霧靄。「有，還有另外一個——矮矮的、頭髮很短、雙眼狹長的女孩。跟你們一樣佩戴那種匕首。她沒有待很久。」

「看起來約莫十五歲？」

「看在浩爾的份上，我怎麼可能知道？」男人大聲道。「她幾乎沒開口說話。」

「安妮克。」瓦林看向林說道。

她皺眉點頭。安妮克・富蘭察是學員中最頂尖的狙擊手，也是奎林群島上最頂尖的狙擊手之一，即便她還沒通過浩爾試煉。那女孩是個謎團，她似乎沒有與人接觸的慾望和需求。她身材嬌小，但殘暴的程度顯然和姚爾或包蘭丁不相上下。瓦林曾在營區北邊的野外看她射過一次箭，她從一百步外射穿兔子腳，那隻兔子一直發出可怕駭人的慘叫聲，試圖掙扎到安全的地方。安妮克腦袋歪向一側，射出第二箭。這一箭直接把兔子後腿釘在地上。那種距離下能射到兔子就已經很厲害了，但瓦林開始懷疑她是故意不射心臟的。「妳為什麼不殺牠？」他那時候問。安妮克冰冷地看向他。「我要會動的目標，」她說著，搭上另外一支箭。「死了就不會動了。」瓦林對於她會為了達成目標摧毀一座酒館和其中的人完全不感驚訝。但她跟姚爾一樣都不是吸魔師。

「有沒有一個高個子、手臂刺青、頭髮上有羽毛的人？」林問。

「沒有。」祖倫搖手答道。「沒有那樣的人。」

「他身旁總是有兩條獵狼犬跟著。」她補充。

「我說過了，沒有那樣的人到過酒館。」

瓦林正要問他安妮克到曼克酒館做什麼時，酒館的門突然被人猛力推開。他伸手握住腰帶匕首。通常會大力推開門的人不會想要安安靜靜地玩牌，所以他以為來的是喝蘭姆酒喝得爛醉亂甩破酒瓶的水手。結果闖進來的是個年輕女子。她身穿一件髒兮兮的過大低胸連身裙，以廉價絲帶綁起灰褐色的頭髮。白皙的臉頰上淚如雨下，困惑的棕眼在灰暗的光線下隱隱發光。

「安咪死了。」她泣道。「他們帶走她，剖開她，現在她死了！」

瓦林環顧四周。他不知道這個女孩是誰，安咪是誰，或看在夏爾的份上，究竟出了什麼事？不過聽起來不太妙。通常當地人都知道不要把凱卓牽扯到他們的仇殺和爭奪地盤的糾紛中，但在這些島嶼上，他學到的一點是恐懼和憤怒會使人變得不可預測。不管那女孩在講什麼，聽起來都很糟糕。他轉頭看林。看來他們不太可能從祖倫那裡問出什麼了。他還想要去找其他幾個倖存者，沒有時間或意願去蹚黑船酒館裡的當地渾水。

然而他朋友卻不肯移動。她只是凝視著那個女孩，張開嘴巴，但沒有說話。

「妳認識她？」瓦林問。

她點頭。「莉安娜。她是妓女，通常都在碼頭那邊拉客。她和她妹妹在鎮外山丘上有座小果園。我春天的時候會跟她們買火果。」

「安咪是誰？」瓦林謹慎地問，觀察其他坐著的酒客。所有人都看著莉安娜，沒有人起身，但有幾桌人開始小聲交談。不少人靠回椅背，放開插在腰帶上的匕首或彎刀，神色謹慎地打量彼此。其他酒客都不是凱卓，但顯然過往經驗也告訴他們要小心意料之外的狀況。瓦林一邊目測門口的距離、他和其他桌子之間的空隙，一邊考慮情況失控時的應變措施。

「安咪是她妹妹。」林回答。她的目光始終停留在莉安娜身上，她似乎沒注意到酒館內的緊綳情勢。

莉安娜上前幾步，纖瘦的手伸在身前哀求，彷彿在擁抱隱形人一般。附近幾桌的人靠上椅背，與她保持距離。她無助地望向一個個酒客，彷彿在搜尋什麼，卻早已遺忘自己在找什麼。接著她看見林。

「荷．林。」她低聲道，隨即跪倒在粗木板地上。「妳一定要幫我。」瓦林不確定她跪下是為了懇求，還是因為已經沒有力氣站著。「妳是士兵，妳是凱卓。妳能找出他們！拜託。」她伸手撥開打結的頭髮。淚水暈開她充當眼影的黑炭，在臉上留下許多黑線條。「妳一定要幫我。」

所有目光轉向兩名士兵。

「不關我們的事。」瓦林低聲對朋友說，在吧檯上丟兩枚銅板，準備繞過跪在地上的女人。

林憤怒地看著他。「那關誰的事？」

「她父親，」瓦林壓低音量回答，試著轉移林的目光。「她哥哥。」

「她沒有父親，沒有哥哥。她跟安咪相依為命。」

「她們兩個怎麼會淪落到虎克島上？」

「這有關係嗎？」林問。

瓦林深吸口氣。「我們現在不能管這種事。」他咬牙道。莉安娜的情況聽起來是可怕的悲劇，但他們不可能找出虎克島上所有的殺人犯，也沒辦法保護所有的碼頭妓女。再說，就算他們找到凶手，猛禽也明文禁止私下暴力制裁公民。他們有上千個理由繞過這個女孩，禮貌地向她致哀，然後回夸希島。「我們不是為此而來。」

林湊近他，近到他能聞到她頭髮裡的鹽味。她張嘴欲言，接著轉頭看向身後，彷彿突然注意到其他酒客，這讓她嘴唇緊繃。

「還說什麼要保護安努的無辜人民。」

瓦林嚥下一句髒話。現在所有人都在透過杯緣偷看，大家都在等著看他怎麼做。整件事情堪稱一坨馬糞。他們是來黑船酒館審問祖倫的，是來調查暗殺瓦林的陰謀，阻止推翻整個天殺的帝國的政變。顯然，只需要一個妓女說個悲慘的故事就能讓他們偏離正軌。而當你開始往陰謀方面推想時，莉安娜的突然出現其實也很可疑。他張嘴想要抗議，最後還是閉上了。

有必要的話就爭吵，但是找個沒人的地方，韓德倫寫道。*公然意見不合會讓敵人壯膽*。

瓦林不知道該怎麼看待這個女孩突然出現的事，但在人多口雜的酒館裡和荷・林爭論似乎不是解決之道。瘸腿的祖倫哪兒都去不了。曼特酒館坍塌的祕密，明天，甚至一週後，依然會待在這裡等他揭發。*我有時間*，他告訴自己。

再說，林說得也有道理。假設莉安娜說的是實話，她就和瓦林一樣失去了家人，一樣想找出答案。但和瓦林不同的地方在於，她不是凱卓，缺乏破案所需的工具，缺乏足以改變現況的訓練。曼克酒館的屍體又回到他腦中，殘缺不全、海裡泡脹的屍體。不管時局如何，凱卓部隊就是該保護人民、守護公民，為無助之人挺身而出。這種信念就跟劍技和巨鳥一樣，都是瓦林八年前上船來此的原因。

「妳希望我們怎麼做？」他謹慎地問。

他們前往碼頭隔壁一棟四層樓狹長建築裡的小閣樓。搖搖晃晃的樓梯旋轉而上，空間窄小，頂端矮到瓦林必須彎腰，扭曲變形的木板每每在腳下哀鳴，他很懷疑整座樓梯會不會就此垮掉，讓他直接摔落地窖。如果有人想要殺我，這裡就是動手的地方，他嚴肅地想著。他們還沒出黑船酒館，太陽就已經下山，屋內唯一的光源來自莉安娜的小防風燈，小小的火苗只能驅退一點黑暗中搖曳不定的陰影。

瓦林不喜歡這種黑暗的感覺。儘管浩爾是凱卓部隊的守護神，儘管他們出過很多次午夜訓練任務，儘管他們受過蒙眼拆解弓弩和軍火的訓練，黑暗樓梯間的密閉壓迫感還是很奇特、很不友善。陰影應該要是士兵的盟友，可眼前這片漆黑感覺十分險惡，彷彿具有實體——一襲專供殺手穿著的斗篷。

他回頭看了莉安娜一眼。這個女孩幾乎是把他們拖著走過滿是灰塵的街道，但來到這棟屋子附近時，她突然開始猶疑，彷彿無法承受在上面等待著她的東西。

「這是哪裡？」瓦林問她，試圖表示關懷，壓抑心中的憂慮。

她擦拭淚水。「哪裡都不是。」

「誰的屋子？」

「沒有人的。以前是間民宿，但是已經廢棄四年多了。」

「妳妹妹在這裡？」他困惑地問。「她來這做什麼？」

莉安娜垂下紅眼睛。「我們有時候會帶人過來。」她喃喃道。「那些男人。」

瓦林皺眉。「為什麼不帶他們回家？」

莉安娜停在他前方的樓梯上，轉過身來，防風燈的光線直射他的眼睛。他聞到她身上的廉價香水味，以及隱藏其下的一股恐懼、飢餓、疲憊交加的刺鼻絕望氣味。「你會帶他們回家嗎？」她冷冷問道。

他們一聲不吭地走完剩下的樓梯。接近閣樓時，瓦林注意到一股新的味道。跟在船上時一樣，跟在他研究過的所有戰場上都相同——只是那些屍體都位於室外，他看到時早已經歷過日曬雨淋。當林推開搖晃的房門時，原先封閉在室內的死亡和腐敗氣息嗆鼻到幾乎令他窒息，他停步，壓下湧上喉嚨的膽汁。莉安娜又開始啜泣。

「沒關係。」他說。「妳不必跟我們一起進去。妳何不在樓下等？」

她輕輕點頭，把防風燈給他，然後轉身回到黑暗中。

進入斑剝狹窄的閣樓後，瓦林立刻慶幸他先讓她離開了。這裡只有一具屍體，但卻比他所見過的血腥戰場更為慘烈。有人脫光了死者的衣服，隨意丟在屋角，然後綁住手腕，把她吊在矮梁上。屍體已經發脹腐爛，但安咪看起來還是比她姊姊年輕，約莫十六歲，金髮、蒼白，可能很漂亮。纖瘦的身軀、手臂和雙腳上有很多化膿的血紅傷口，在她皮膚留下血色線條，卻沒有一道足以迅速致命。緊繃的皮膚扯開傷口。無形的微風吹得她緩緩轉動，使繩索微微發出哀鳴。

瓦林氣得大口吸氣，緊握雙拳，然後偏開目光。從窄窗看出去，夜晚寒冷寧靜。他透過碼頭看見黑船酒館和其他酒館的火光，還有曼克酒館原先所在處的漆黑裂縫。虎克島上的街道人來人往，說笑爭吵，一如往常過日子，沒人知道有個女孩被綑綁，謀殺，留在廢棄閣樓上腐爛。

「一群狗娘養的。」林在他身後輕聲道。她很憤怒，瓦林清楚聽出她語氣中的怒意，但是除了怒意外還隱約帶有其他情緒——恐懼及困惑。

他回頭面對屋內，想找點實質的東西，找點有用的特定線索。現場沒有多少可看的。角落有張塞了乾草的薄床墊，顯然是凶手動手時踢到旁邊去的。窗戶旁擺了張三腳凳，一面牆邊的櫃子上插著幾根燒到見底的蠟燭，在變形的地板上滴了許多蠟油。他打量了那些蠟燭片刻。蠟燭算是奢侈品——必須割下脂肪、熬煮，最後添加燭芯。對於夜間工作者來說，蠟燭當然是必需品，但是節儉的窮人絕不會浪費溢出來的蠟油。莉安娜的防風燈，就和虎克島上大部分防風燈一樣，用的是廉價魚油，火光搖曳不定，煙也不小。他對於蠟燭是否是安咪的感到懷疑，難道她打算完事後刮掉地上的蠟油？或者，這其實是凶手為了有足夠的照明而預先準備的，以便做那些可怕的事情。

瓦林不情願地轉身面對屍體。凶手為了防止她亂踢，將她的腳踝也綁住了。他目光停留在繩結上，那是一種多套兩環的特殊稱人結。他開始研究繩結，接著又強迫自己移開目光。*你看繩結只是為了不去看那個女孩。*他發現自己的意圖，於是逼著自己將目光從她手腕移動到臉上。

「好了。」他說，開始運用學習多年的訓練技巧。「她是怎麼死的？」

荷‧林沒有回應他。她站在房間中央，手臂垂在身側，沉默地緩緩搖頭，仔細打量著轉動的屍體。

「林。」瓦林希望自己的聲音聽起來有阿達曼‧芬恩那種獨特的咆哮聲。「這女孩是怎麼死的？她死多久了？」

荷·林神色茫然地轉頭看他。有一瞬間，他以為她不會回應，但是過了一會，她的雙眼恢復聚焦，渾身一抖，彷彿從沉睡中甦醒。她輕輕點頭，嘴唇抿成一條薄線，走到掛在梁上的屍體前。她湊上前去嗅聞傷口，伸手觸摸比較大的傷痕，感受皮膚的觸感。

「沒有毒藥的味道，沒有切斷動脈。」她咬唇。「看起來死因是失血過多，簡單明瞭。」

「痛苦，」瓦林陰沉地補充。「緩慢。」他伸手割斷女孩頭上的繩索，慢慢把她放倒在地板上。「看看這個。」他舉起斷繩。

林在昏暗的光線下瞇眼。「這條繩子來自利國。」她說，顯然十分驚訝。利國位於世界另外一端，走海路要好幾個月。當地出產全世界最頂尖的繩索和鋼鐵，但是虎克島的水手不太可能會用這種東西。而凱卓……凱卓有時候會用利國繩。對大部分士兵而言，利國繩太滑手，但是又輕又結實，有些人非利國繩不用。

瓦林和林冷冷互看一眼。

「她什麼時候死的？」他終於打破沉默。

林蹲在屍體前，再度嗅聞傷口。

「很難說。從傷口腐爛的情況來看將近兩週，但是依據現場環境，加減幾天都有可能。」

「白天這裡肯定很熱。」瓦林同意。「屍體會腐爛得比較快。」

林點頭，手指插入一道傷處搜索，最後挖出一條白白亮亮的東西。「皮膚會說謊，但蟲不會。」她把蠕動的小蟲遞給瓦林。

「血蟲，還是幼蟲。」

瓦林接過那隻有點像蛞蝓的噁心小蟲，拿到窗口在昏暗月光下檢視。「眼睛才剛剛長成。」

「但還沒有開始分節。這表示還不到十一天。」

他點頭。「六天孵卵，一天孵化，四天長出眼睛。」

「她死了十天，幾乎剛好十天。」

瓦林點頭。「說明她死在……」他往回數日子，頓了一下，先是看向屍體，然後轉向林。

她也凝望著他，瞪大棕眼反射火光。「這表示她在曼克酒館落海當天死的。」

14

虎克島的地質，跟奎林群島鏈所有島嶼一樣，大部分都是崎嶇的岩石地，所以瓦林和林花了將近兩小時，輪流在莉安娜和安咪稱之為家的可悲小屋後面挖出一個洞，來埋葬慘遭謀害的女孩。這還是輕鬆的部分。接著他們必須回到那個可怕又惡臭的閣樓，以從碼頭弄來的帆布包裹屍體，把她帶至她的墓地。當他們終於用石塊和一層薄土掩蓋墓穴，又撒上莉安娜在屋子後面摘的小黃花瓣後，月亮已經輕觸地平線，被稱為普塔寶石的明星高掛天際，冰冷、遙遠，給人一種自視甚高的感覺。

瓦林放下鏟子，渾身痠痛。凱卓訓練幫助他應付幾乎所有形式的肉體折磨，但挖墓穴有點不同，這包含一股額外的壓力，彷彿鏟子鏟出的土不光是土，而是某種更硬更沉的東西。他曾見過很多屍體，受過多年殺人訓練，但那些戰場上的成年男子屍體，身穿戰甲，在狂怒中被人砍倒，這些都與閣樓上膚色慘白、髮色麻黃、殘破不全的女孩屍體大不相同。

林把簡單的墓碑推至定位，已經哭了一夜的莉安娜仍在輕聲哭泣。瓦林轉向女孩。他很想說些適當的慰藉言語，卻是擠不出任何能安慰她的話。一般這種情況下會說的陳腔濫調感覺都很荒謬平庸。*我對妳的損失深表遺憾？*莉安娜的妹妹不是損失，她是被人吊起來，像屠宰場裡的牛一樣任人宰割，受到可怕的折磨，然後丟在那裡等死。*她會前往更美好的世界？*什麼世界？如果真有死後世界，至今不曾有人帶著那個世界的故事回來。不，根本沒有什麼天殺的鬼話可以講，但他也不能就這麼站在那邊乾瞪眼。

「要喝一杯嗎？」他尷尬地問。這是士兵面對死亡的應對方式，好像也只能這樣了。「我們敬妳妹妹。」

「呃……嗯……好……」她一邊哽咽一邊說。「我屋裡有桃子酒。不是什麼好酒，但安咪和我以前——」妹妹的回憶扼殺了這句話最後幾個字，瓦林只能無助地看著她，林則伸手擁抱莉安娜瘦弱的肩膀。

「妳妹妹現在沒事了。」她輕聲道。「她的遭遇很淒慘，但已經結束了。」莉安娜靠在她肩膀上哭泣，林朝瓦林揚眉。「你何不去拿那瓶酒？我們一起來緬懷安咪。倒點酒在她墳上。」

瓦林點頭，轉身朝屋子走去，很慶幸可以暫時離開。凱卓花很多時間訓練士兵習慣死者，但他們沒怎麼提如何面對家屬。

裝桃子酒的缺口酒瓶並不難找。姊妹兩人的財產不多：一張麥稈床墊，上面整整齊齊鋪了張被褥，一座少了個抽屜的櫃子，一個大的錫製臉盆旁放著兩個碗和兩根湯匙。他想像兩個不比小孩大多少的女孩一起坐在床上，用湯匙舀湯喝，彼此說著故事，努力過日子。他搖了搖頭，推開屋門，走回黑暗中。

他們輪流接過酒瓶，在墳上倒了一些酒，然後又輪流喝酒。林問莉安娜要不要講點她妹妹的事情。

「她照顧我。」莉安娜就只能擠出這些。「她比我小，但她照顧我。」

「現在沒事了。」林又輕輕說了一次。

瓦林想問發生在安咪身上的事情怎麼能算是沒事了，但是強迫自己不要吭聲。莉安娜的生活已經夠黑暗了，不需要他奪走最後一絲光明。

「妳認為安南夏爾對死者慈悲嗎？」片刻過後，她輕聲問道。

林看了瓦林一眼。通常不會有人用「慈悲」去形容骸骨之王，要用除了善變和險惡以外的形容詞去形容一個從活人身上奪走靈魂、從父母面前奪走孩子的神並不容易。世間流傳著許多關於顱誓祭司——安南夏爾的祭司——的故事：他們是用酒杯飲血、勒斃搖籃中嬰兒的男人和女人。顱誓祭司都是訓練有素的刺客，冷酷無情的殺手，可能是兩大陸上除凱卓部隊外最致命的武力。如果安南夏爾所挑選的祭司有什麼代表特質的話，肯定也不是慈悲為懷的類型。

不過，根據韓德倫的說法，你能送給受苦士兵的最後禮物就是死亡。瓦林回想安咪的屍體，手腕受縛掛在閣樓上搖晃，雙眼瞪得老大。或許到最後，安南夏爾終究是對她展露了慈悲。可能祂並沒有比修剪樹枝的園丁或秋收的農夫惡毒。

「唯有死者，」瓦林引述書中的句子，輕聲說道。「得以安息。」

莉安娜點頭。她不太可能研究過韓德倫的學問，但似乎覺得這話很有道理。想到她所過的生活，其實不難看出原因。他把酒瓶拿到嘴邊，喝口酒，然後傳下去。好一段時間裡，他們三人安安靜靜地喝酒，坐在冰冷的地上，凝視著標示生命終結之地的石堆。

「妳知道是誰嗎？」瓦林終於問。他不想打破寧靜，破壞平和的假象，但這個問題一直在啃食他。

「我不知道。」莉安娜沮喪地回答。「我沒想到有人幹得出這麼……」她越說越小聲，不過沒有哭。

勇敢的女孩，一夜之間就振作起來，瓦林心想。他見過凱卓學員花更多時間去克服第一次戰場檢視。

「安咪有說要去跟誰碰面嗎？」林問。「什麼……男人？」

莉安娜輕咬嘴唇，瞇眼凝視黑暗。「她說……對……她說她要去見一個士兵，但那是早上的事情。」

瓦林和林對看一眼。

「凱卓？」瓦林緩緩問道，雖然答案十分明顯。凱卓禁止結婚，丈夫或妻子都是累贅，會分心，成為敵人用來操縱或勒索你的籌碼。猛禽創辦人韓德森．傑克斯，提出一個致力於獨身、帝國、戰爭藝術的精英戰士核心願景。但他只能三者之中取其二，因為願意在指揮官一聲令下就跳下大鳥、墜入燃燒建築的男女，如果被禁止發洩性慾就會變得異常叛逆。在六或八個士兵因為值夜哨時性交、偵察時性交、乘坐天殺的大鳥時性交（瓦林向來覺得這個案例難以置信又令人佩服）而被送上絞刑台後，部隊掀起強烈的不滿聲浪，這很可能會讓傑克斯和他試圖建立的秩序面臨暴力的結局。而作為一個優秀的戰略家，傑克斯知道何時該讓步。於是禁婚令依舊存在，不過廢止了禁止性交的命令。

數百年後，虎克島上出現很多妓女和妓院——一個古老問題的簡單解決方式。瓦林也曾造訪過幾間，通常都是在萊斯或甘特喝醉時被他們拖去的。他每次嫖完都覺得有點骯髒，但也知道只要有人拉，他就會再去。嫖妓似乎無傷大雅，再說，那些妓女都不是被逼的。不過安咪的死……

「她去跟凱卓會面？」他又問一次，聲音比預期中粗啞。

莉安娜點頭。

「有說是誰嗎？」

「沒有。」她沉重地說。「只說了要在曼克酒館碰面。她似乎很興奮，這其實有點奇怪。身為妓女——雖然還有比妓女更糟的職業——她並不享受這一切。也不會期待……去見那些男人。」

瓦林心跳加速。這其實很合理，但是有點噁心。能熟練地綑綁女孩，不讓她出聲，謀殺她，再偷偷離開，那肯定就是凱卓士兵了。猛禽指揮部正在把他們訓練成這種人。當然，還有利國的繩子。下一個問題不由自主地來到嘴唇邊，但在他提問之前，屋外的小路上傳來的聲音讓他立刻住口。有人，聽起來像是兩個男人——兩個醉漢朝向小屋而來，邊走邊含糊不清地唱歌。

我們進攻時身穿黑衣，
從醒來到上床。
黑如黑暗，黑如死亡，
我們會穿黑衣，直到嚥下最後一口氣為止。

我們跟安南夏爾並肩前進，
留下寡婦哭泣哀號。

你問這份哀痛送往何處？

痛苦與哭泣之王——梅許坎特。

「凱卓。」瓦林看向林說道。

她輕輕點頭，放開莉安娜的肩膀，騰出右手。

「莉安娜！」有人開心地叫喊道，敲打著小屋不怎麼牢靠的前門。「安咪！我們帶了錢和老二來啦！」

「還有花。」另外一道比較低沉的聲音提醒。

「還有美——麗——的花！」

「我來應付他們。」瓦林說。他從後門進屋，邊走邊檢查他的雙劍，幾個箭步跨越狹小的空間，接著推開前門，看見兩名熟悉的學員。萊斯兩手各拿一瓶酒，在門外擺出浮誇的姿勢，攤開雙手招呼；甘特站在他身後半步，上衣的繫繩解到胸口一半，一隻大手裡握著一把稀疏的花束。

兩名學員見到他立刻後退，眉毛低垂，想弄清楚瓦林怎麼會跑來應門。接著萊斯哈哈大笑。

「幹得好，瓦林！幹得好！我們還以為你每天晚上只對林魂牽夢縈！」

「你們來這裡做什麼？」瓦林大聲問，不過話才出口就覺得很蠢。安咪和莉安娜是妓女，要猜出兩名學員為什麼大半夜跑來敲她們家門一點都不難。

甘特醉醺醺地微笑，萊斯則心照不宣地湊上前去。「有時候我們是為了超棒的圖書館而來，有時候是想要討論政治議題，但是今晚，」他眨眼。「我想我們比較有心情來搔癢癢，如果你懂我的意思，只要你還沒讓她們筋疲力竭的話。安咪！」他大叫，聲音大到瓦林都耳鳴了。「莉安娜！我們帶了錢和老二來啦！」

「閉嘴，你這天殺的白痴。」瓦林嘶聲道，抓住兩人的黑衣，將他們拖進門內。

萊斯搶先恢復平衡，醉眼惺忪地打量四周。「你是怎麼了？安咪在哪裡？莉安娜呢？」

「安咪死了。」瓦林喝道，等著這句話貫穿他們的酒精迷霧。「有人把她吊在屋梁上，凌遲至死。」

兩名學員本來一副醉得不像話的模樣，聽完後立刻清醒過來。甘特還是有點踉蹌，萊斯的眼睛還在抽動，但當瓦林說完話後，甘特已經丟掉手上的花，兩人都伸手拔匕首。

「在哪裡？」萊斯轉身背對瓦林和甘特，掃視小屋內昏暗的空間。

「不是這裡，」瓦林回道。「她——」他突然住口，想起莉安娜的話。*她要去見一個士兵。*他看向甘特和萊斯，瞬間警醒。他認識這兩個人有半輩子了，萊斯飛得太快，酒喝太多，甘特在訓練課程中會像瘋牛一樣攻擊其他士兵，但他們兩個應該都不會對女孩做出那種事情。再說，安咪已經死亡超過一週，如果人是他們殺的，他們不太可能大半夜跑來，還想要爽一下。

「不在這裡。」他又說一次。

「什麼時候的事？」萊斯問。

「莉安娜呢？」甘特高聲詢問，語氣緊繃。

「將近兩週前。」瓦林回答。「但她姊姊今晚才發現屍首，在碼頭附近一間閣樓上被綑綁虐殺。莉安娜沒事。至少在發現妹妹屍體後表現得已經算很好了。我們才剛埋葬安咪。」

「狗屎和夏爾。」萊斯喃喃說道，邊搖頭邊收回匕首。「她在哪裡？」

瓦林朝後門點頭。

萊斯朝後門踏出一步，接著停下來，笨手笨腳地撿起甘特掉在地上的花，重新整理成歪向一邊的花束。

看到兩名學員，莉安娜又開始哭了。甘特看著墳墓，尷尬拘謹地轉向她。

「瓦林告訴我們發生什麼事了。妳找出那個混蛋，我們會殺了他。」他輕輕點頭，彷彿事情就這麼解決了。

萊斯擁抱莉安娜。她一開始有些抗拒，後來就癱在他身上不停哽咽。安慰一個曾帶上床的妓女可能會讓其他男人覺得尷尬，但能讓萊斯尷尬的事情不多。他親吻她的頭髮，彷彿她是他親妹妹般，一言不發地輕輕搖晃她。

林瞇起眼睛看著他們兩個。「你們來幹嘛？」

「有差別嗎？」萊斯低聲問。

他們隔著莉安娜的腦袋瞪視對方，接著林搖頭。「我想沒有。」

接下來一小時裡，他們五個人喝著萊斯帶來的酒。這兩個傢伙打從會把老二亮出褲子後就三不五時來找姊妹倆上床。瓦林很驚訝他們記得那麼多遇害女孩的故事，而且一個比一個下流。一開始他以為這些粗俗的故事會侮辱莉安娜，或令她大發雷霆，但事實上，她對於有其他人記得她妹妹的事情似乎有股奇特的感動，會跟著他們的笑話一起大笑。夜深了，她講話越來越含糊不清，酒瓶一直傳來傳去，終於，可憐的女孩醉倒了，腦袋靠在萊斯大腿上。

萊斯伸手撫過她的臉頰，叫了一聲她的名字，又再提高音量叫了一次，確定她不會醒來後，他轉向瓦林。

「他媽的究竟是怎麼回事？」

重說一遍經過花不了多少時間，講完之後沒人想要說話。外面巷子裡有隻狗不停嚎叫，那是種受困、絕望的叫聲。

「凱卓，嗯？」萊斯終於開口，語氣異常壓抑。

「不一定。」林的語氣有點激動。「莉安娜說安咪當天早上很期待要跟一個士兵見面，但那並不表示是那個士兵殺的。妓女經常被打。男人像購買牲口一樣付錢給女人時，當然也會像對待牲口一樣對待她。」

瓦林皺眉。「把她弄上那麼多層階梯，綁成那樣，從頭到尾不讓她出聲——」

「虎克島又不是什麼天殺的修道院。」林打斷他。「這裡是瘋人院。在碼頭有一堆水手打架，加上大部分居民都在買醉的情況下，你就算在日正當中當街殺人也不會有多少人注意到。」

「我只是說，」瓦林回話。「看起來不像是業餘人士——」

「看起來像是搞砸了。」甘特轟然道。

「當然搞砸了。」林怒道，語氣惡毒。「整件事情都亂七八糟。你們……光顧安咪很多年了？從她十三歲開始？」

「別提那個，林。」萊斯說。「我們沒有殺她。再說，妳第一次又是幾歲？十二歲？妓女和士兵都比較快長大。」

「她不會長大了。」林叫道。「她死了。」

「而我們正在想辦法查出是誰殺了她。」瓦林試著安撫這兩個傢伙，以免他們大打出手，吵醒莉安娜。

「一個喜歡上床前傷害妓女的變態混蛋。」甘特說。

林的目光垂向睡著的女孩。

「她睡著了。」萊斯語氣溫柔地說。「我本來以為，我買醉的理由已經很好了，但這……」他搖頭。

「所以是誰？」瓦林繼續問。「她死的那天，就是曼克酒館坍塌的那天。林和我都在虎克島上，山米·姚爾也在。」

「聽起來像姚爾幹的。」甘特說。「強迫女孩、傷害她。」

林彷彿想說點什麼尖酸刻薄的話，但是忍住了。「不。」她幾乎有點不情願地說。「他會強迫女孩，甚至可能會殺害對方。他肯定很享受那種事情。但是我們找到的凶案現場……那些蠟燭……那條繩索……那些傷口實在太……」

「太私人了。」瓦林想了想，同意她的說法。「姚爾確實喜歡傷害他人，讓人丟臉，但他喜歡有觀眾。」

「好了。」萊斯皺眉。「他又不是我們那群受人景仰的弟兄裡唯一喜歡傷人的傢伙。」

他只是隨口說說，但這話令瓦林回想起前一晚的對話。他在黑船酒館威脅祖倫感覺已經是一週前的事，而不是昨天晚上。

「安咪遇害當天，安妮克也有來虎克島。」瓦林突然說道。「曼克酒館的保鑣說那天早上有看到她。」

「她肯定是個凶殘成性的婊子。」萊斯推測。

「曼克酒館。」林插嘴點頭。「安咪那天早上要去曼克酒館，莉安娜是這麼說的。」

「去幹嘛？」萊斯問。

「跟一個士兵碰面。」

他們對看一眼。

「這個……」甘特說。「我跟安妮克是不太熟啦，但她不是男的。」

瓦林揮開他的意見。「我們不知道殺害安咪的是不是男人——我們只知道是士兵。」

碼頭方向吹來一陣微風，帶著濃厚的鹽味和退潮的氣息。附近傳來一對男女大聲爭吵的聲音，不知道是在街上還是某間類似安咪和莉安娜居住的這種小屋。他們吵了一陣子，最後以女人痛苦的叫聲收尾。

「女人不會那樣對待女人。」林終於說。

「凱卓不是正常人。」瓦林應道。「凱卓女人肯定也不像正常女人。」他試著輕描淡寫地說最後那句話，但這種情況下很難輕描淡寫。

「但是為什麼？」甘特問，眉頭深鎖，神色專注。「安妮克為什麼會想殺她？把她……弄成那個樣子？」

「那婊子做事有任何理由嗎？」萊斯反問。「她就跟被放進上鎖雞舍裡的狐狸一樣瘋狂。」

雖然安妮克只有十五歲，但冷酷的凱卓訓練官開玩笑地說她的心是石頭做的，胃是鐵打的。她在餐廳裡都獨坐獨食，在弓箭場上也獨自訓練，如果謠言是真的，她睡覺都讓弓一起上床。她會跑去曼克酒館喝酒閒聊的可能性，就和鯊魚用鰭爬上岸來向人討碗熱湯喝一樣高。

「安妮克或許很瘋狂。」瓦林輕聲說。「但她很謹慎。她做得出這種事。」

「我們還是沒有動機。」林指出。「安妮克去過一間酒館，然後她就變成殺人犯了？」

「她是女人，所以就不是殺人犯？」萊斯問。

林張嘴欲言，不過還沒出聲，瓦林已經伸手打斷她。

「不要預設立場。」他說。《兵法》第一章開宗明義說道。「如果認定所有人都可能是殺人犯，那我們就比較不會失望。」

15

「真凱卓，不怕水。」阿達曼．芬恩喊道，音量大到海灘外方圓一千步內都聽得見。

「不怕水。」

十餘名學員站在**夜緣號**的甲板上，隨著海面波浪輕輕搖晃。葛雯娜皺眉聽著訓練官介紹，顯然因為被迫遠離她的炸彈而感到不滿。姚爾一如既往掛著高人一等的奸詐笑容，彷彿芬恩和其他學員都是聽候他差遣的僕役。包蘭丁靠在一道欄杆上，雙眼低垂，轉動手指上的一枚鐵戒，他的老鷹則在天上盤旋。這是一場很特殊的演習，瓦林知道自己應該專心聽訓練官講話，但就是沒辦法不偷看安妮克。

狙擊手身材瘦長，以她的年紀算高了，但是沒有瓦林高。她纖細的手臂看起來不像有力氣拉弓的人，不過手臂上每條肌肉都會隨著她的動作移位，而瓦林曾見過她射中三百步外的檸檬。奎林群島上沒有其他學員辦得到那種事，大部分真正的凱卓狙擊手也沒辦法。至少以她這個年紀而言，黑羽蜚恩宣稱她是他這輩子見過最頂尖的狙擊手。

乍看之下，她不像心狠手辣的殺手，甚至比較像是農家女，而非士兵。她蒙塵的棕髮貼在額頭，撩到耳後，全都剪得很短，避免纏住弓弦。她鼻子和下巴尖尖的，對曬成棕色的臉而言有點過小，但如果不仔細瞧就不會發現這點。她看起來普通又無害，直到你看見她的眼神為止。她突然在瓦林打量她時回頭望向身後，彷彿感應到他的目光。那雙藍眼睛宛如魚鱗般冰冷。

「真凱卓，擁抱水。」芬恩繼續說。「水是家，就像天空是家。今天我們就要看看，你們在水裡是不是就像在家裡一樣自在，還是會在海浪壓頂時驚慌失措。」他看著面前的學員。「誰想要第一個出糗？你們全都會出糗，只是時間先後而已。」

瓦林移開與安妮克交會的目光，遲疑片刻，然後上前一步。「我來。」

「啊，帝國之光以身作則，親自出面領導這群軟弱的子民。」

瓦林不加理會。「你要我怎麼做？」

「你？」芬恩問。「你什麼都不用做。」他看向學員。「安妮克，過來。」

狙擊手上前時，訓練官拿出一顆比瓦林的頭大一倍的鉛塊和一條粗繩。砰的一聲，芬恩把鉛塊丟在甲板上，再把繩子交給安妮克。瓦林感覺肌肉一僵，隨即努力讓自己冷靜下來。不管那間閣樓上出了什麼事，現在都只是在訓練。

「各位白痴以前做過這個訓練。」芬恩接著說。「但都是在碼頭旁的淺水區。今天我們就來看看你們能不能跟鯊魚一起游泳。動手。」他轉向安妮克，而她已經開始綁了。

她充滿自信地用繩子迅速在瓦林腳踝上綁一圈、兩圈、三圈，緊到還沒綁好他的腳掌就已經沒有知覺了。途中她抬頭看他，冰藍色的雙眼凝視他的臉，不過沒有說話就又繼續動作，將繩子穿過鉛塊的孔洞連套好幾圈，最後打結。瓦林想用眼角偷瞄她綁了什麼結，被芬恩甩了一巴掌。

「我要你作弊的時候會告訴你。」他粗魯地說。

瓦林抬頭，發現包蘭丁在數步外盯著自己。「噢，祝你好運，高貴的王子殿下。」年輕人笑道。「希望今天的訓練沒有我們上週的打鬥那麼慘。」

瓦林瞬間覺得腦袋充血，想向前邁步，接著才想起安妮克把他的腳踝綁在一起了。他搖搖晃晃好不容易站穩，狙擊手一拳擊中他後膝，讓他摔倒在甲板上。

「綁好了。」她起身，轉而面對芬恩。

「還真快。」訓練官回道。「希望妳沒有手下留情。」

「綁好了。」她重複，然後退到一旁，顯然對結果不感興趣。

芬恩聳肩。「你們聽見了。把他丟下去。」

十幾隻手抓起瓦林，把他抬到空中。他想要翻身朝上，在他們把他丟下船前弄清楚方向，但山米・姚爾抓著他的頭。這個金髮年輕人看著他笑，之後奮力一扭，差點把瓦林的脖子扭斷。他咬緊牙關低聲咒罵，接著他自由了，自由地墜落，並猛烈掙扎著，直到狠狠砸入水中。

他設法迅速吸了口氣，剛瞥見深色的船身，腳踝上的繩子就將他往下扯去。他緊閉嘴唇。他落海的角度很怪，不過鉛塊會把他拉直。當務之急是避免溺斃。

海面上的水溫十分沁涼，但隨著下沉越深而越來越冷。他仰起頭想看看太陽，但上方數十呎的混濁海水已經把陽光遮得只剩一點微亮。即使在此處，離海岸不過四分之一里的位置，大海也深到足以吞沒一整艘船，連船桅都算在內。海水的重量壓得他雙耳劇痛，眼睛承受壓力，數噸的海水也令心臟跳動困難，慢慢被擠壓。而他仍在往下沉。

他十分渴望解開繩索，浮出海面，但他壓下那股慾望。少懦弱了，他嚴厲地訓斥自己。你落海不到一分鐘，已經開始抽搐了。他很清楚在淺水區面對這種情況該如何應對，即使在最好的情況下，他腳踝上的繩結也都會複雜到很難解開，至少在鉛塊依然扯緊他時絕對無法解開。他得等雙腳接觸海底有支撐點後，才能開始解稍微放鬆的繩結。現在就掙扎只是浪費空氣，瓦林沒有多少空氣可以浪費。

於是他開始數心跳，試圖以訓練的方式來減緩心跳。心跳越快表示空氣越少，如果能平息劇烈的心跳，或許能多爭取到幾秒鐘來度過難關。二十一、二十二、二十三……如果有什麼值得一提的，就是心跳似乎越數越快，但瓦林還是繼續數。*反正這底下也沒什麼事好做*，他冷冷地想。

數到二十九時，他感覺綁腳的繩索變鬆，接著又微微扯緊——到海床了。這裡看起來不太起眼。在海面下這麼深的地方，一切看起來都很不起眼，只是一個充滿藍黑形狀和昏暗陰影的世界，但他隱約能辨認出幾塊大岩石的輪廓。他訓練有素地彎腰，抓住腳踝旁的繩索，在上下顛倒的情況下把自己拉向淤泥海底。他輕易地將臀部卡在岩石中間，接著開始解繩結。

繩子約莫他拇指粗細，很軟，是那種可以輕鬆盤在甲板上、指尖觸感很好的繩子。然而，繩結被安妮克綁得很緊，並在漫長的下沉過程中吸水脹大。瓦林強迫自己放慢動作，用手指摸索繩子，感受各種迴圈和轉折。大多數人會犯的錯誤是沒弄清楚繩結前就直接拉扯，那是繼續在海底受縛溺斃的好辦法。

雙環稱人結，他發現，心跳立刻在期待中加速。稱人結很好解，就算是浸濕扯緊了也一樣。或許安妮克真的手下留情了。他應該可以……不。瓦林咬牙切齒。當然沒那麼容易的事。那可惡的玩意兒確實是稱人結，但結尾處又打了個瓦林認不出來的結。如果他用標準手法解繩，就會把繩結打死到完全解不開的地步。*你注意到這個實在太走運了*，他告訴自己。但又沒有覺得多走

運。他已經落海超過一分鐘，空氣開始在他肺裡燃燒，恐懼的利爪攫住了他。安妮克如燧石片般堅硬的雙眼填滿了他的內心——那雙眼睛，以及女孩在閣樓慘死的記憶。

他慢慢地用拇指和食指摸索繩圈，同時提醒自己，一次做到好。繩圈繞回原位一次、兩次，消失在繩環內，又冒出來……他覺得體內傳來冰涼的噁心感。即使在黑暗中、在好幾噸的海水下，他還是瞭解到自己此刻面對的是什麼繩結：多繞了幾圈的雙環稱人結——就和安咪死時手上綁的結一樣。那又是另外一塊拼圖。他強迫自己不要多想。如果他死在海灣底部，他的發現就會隨生命一起消失。

大量海水宛如鐵砧般壓在他身上。肺裡的灼燒感已經轉為烈火。還有時間，他告訴自己，壓抑動物本能的驚慌感。晚點再想這件事的意義，先解開繩結再說。

他的腹部開始痙攣，胸腹肌肉試圖違反腦袋的命令，在沒有空氣的情況下吸入更多空氣。視力在這種地方也幫不上什麼忙，於是瓦林閉上雙眼，試著專注在繩結上。第一個繩圈勉強被解開了，但還有兩個結要解。

他眼前開始冒出星星，不該出現在海底的星星。他心跳變得劇烈，像是被關在失火穀倉裡的受驚馬匹。繩結逐漸被解開，但動作太慢了。星星一旦出現就表示時間不多，只剩下約莫十幾下心跳的時間，光是回到海面就需要這麼多時間了。一想到冰冷海水湧入肺裡會讓自己窒息，就令他慌得沒抓好繩頭。附近出現奇怪的形體圍著他繞圈，越來越接近。瓦林發現那是鯊魚，他手忙腳亂地去抓繩結。這是錯誤的反應。就算還有時間，即便實際上沒有，這種情急絕望的舉動也只會讓繩結越來越難解開。你這個白痴，他咒罵自己。他再度開始摸索繩圈，在腦袋越來越糊塗、血液在血管和心臟裡燃燒的情況下，努力思索打結的手法。你這個天殺的大白痴。

黑暗從四周逼近，冰冷、漆黑，和大海一樣沒有盡頭。

♛

他在**夜緣號**的甲板上醒來，對著排水口吐出一堆海水和硬麵包。他又抽搐一陣，吐出第二口淤泥，又一口，再一口。他覺得自己的肋骨被人揍過，腦袋抽痛，而每次呼吸都像是把碎石帶入肺中。所以在海床附近徘迴的黑色形體並非鯊魚，而是訓練官。有人等到他昏倒後割斷繩索。他們應該要讓我溺死的，他心想，在乾燥的甲板上縮成一團。我都已經度過最艱難的部分了。

瓦林一邊發抖一邊喘氣，然後發現有人聳立在他面前擋住陽光。芬恩。他本來以為是安妮克。高大的訓練官在大吼大叫。

「看在夏爾的份上，你究竟是怎麼回事？你在島上受訓多久了？」

瓦林掙扎著要回話，卻只是吐出更多海水。

「不好意思。」芬恩說著，手掌豎在耳朵旁。「我聽不見。」

「解不……解不開繩結，長官。」

芬恩嗤之以鼻。「你沒有浮出海面的時候我就已經知道了。連基本的雙環稱人結都解不開？看來帝國之光越來越黯淡了。」

這話讓山米．姚爾輕聲竊笑。

「不是……不是基本的稱人結，長官。」瓦林吃力地說。他不想一副找藉口的樣子，但也不想讓芬恩認定他無能。多出來的一圈結和安咪雙手被綑綁的記憶啃食著他的心。她臨終前是否也和他一樣掙扎，絕望地想竭力逃出受困的處境，想扯開繩子跑走？

「噢，我敢說在海面下確實不像是基本的稱人結。在海水灌入你嘴巴、大便噴出你褲子的時候不像。」芬恩舉起被割斷的繩子，繩結還在上面。「但我跟你保證，這看起來就像是我所見過的稱人結。」

「那個結不只那樣。」

「安妮克，」芬恩轉向狙擊手。「這是妳打的結嗎？」

她點頭，眼神堅定。

「整個結都在這裡？」芬恩逼問她。「妳沒做什麼複雜到會讓榮耀非凡的王子殿下困惑的事情吧？他很容易困惑。」

她搖頭。

瓦林試圖從那雙難以捉摸的眼睛中解讀情緒。安妮克在說謊，這點顯而易見。

「不是好的開始，」芬恩下結論，神色厭惡地將繩結丟在甲板上。「完全不是好的開始。安妮克，妳下一個。夏普、安豪，把我們無畏無懼的領袖丟下船，讓他游泳回去。」

16

凱登從製陶室的窄窗看出去。他的粗布僧袍似乎無法抵禦石室中的寒冷濕氣，不過太陽已經爬到東方的獅頭之上，照亮阿希克蘭的通道和建築。室外的天氣會很好，新生的花蕾在深藍的天空前萌放翠綠，清新的春風從山峰向下吹拂，杜松強烈的氣味與溫暖的泥土交織在一起。不幸的是，慘死的山羊和修道院外奇怪的足跡改變了他們的日常作息。而因為希歐·寧禁止侍僧離開中央廣場工作，譚命凱登把室外工作轉移到室內。

「你可以晚點再去拆你的城堡。」年長僧侶說，隨手一揮就把凱登花了許多心力建造卻毫無意義的屋子拋到腦後。「現在我要你做陶罐，又寬又深的陶罐。」

「要幾個？」他問。

「能做幾個就做幾個。」天知道那是什麼意思。

凱登壓下一聲嘆息，環顧石室，打量一排一排安靜躺在木架上的陶壺、陶罐、陶杯、陶碗、陶甕還有小杯子。他寧願和那些僧侶一起外出狩獵神祕生物，而不是關在屋子裡做陶罐，但是他怎麼想根本無關緊要。

凱登很熟悉製陶室，當然。辛恩僧侶會在春天和秋天時，和遊牧民族厄古爾人交易陶器、蜂蜜和果醬。他們是野蠻的民族，缺乏製造此類物品的技巧或興趣。他通常很喜歡待在製陶室，搓揉雙掌之間的陶土，兩腳輕踩踏板，用手指製作出瓶瓶罐罐的優雅形狀。然而，現在這種在製陶室裡從早工作到晚的模式有點像是囚犯。他發現自己的思緒四下亂竄，甚至必須捏掉幾塊陶土重做。這可是六年來沒犯過的錯誤，要是讓譚看到的話肯定會被打一頓。

他正想稍作休息，去吃早餐時塞在袍子裡的硬麵包，上方的窗戶突然出現一道黑影。在他轉身前，腦中浮現慘死山羊腦子被挖出頭顱的沙曼恩，他伸手去拔腰帶匕首，接著站起身來。這是把很愚蠢的武器，但是……也不需要了。阿基爾窩在窗口，黑鬈髮被後方的陽光照亮，臉上掛著得意洋洋的笑容。

「恐懼是盲目的。」年輕人一臉嚴肅地說，同時還搖晃手指。「冷靜才能看見真相。」

凱登長吁口氣。「感謝你的教導，老師。你在我被關在這裡的兩天內完成侍僧訓練了嗎？」

阿基爾聳肩，跳下窗台進入室內。「少了你扯後腿，我的進展可迅速了。空無境界就像偷竊一樣——抓到訣竅前感覺都很困難。」

「那是什麼感覺，噢，悟道之人啊？」

「空無境界？」阿基爾皺起眉頭，故作沉思。「很深奧的謎團。」他終於揮手說道。「像你這種還沒長大的蛆蛆是不可能瞭解的。」

「你知道，」凱登坐回剛剛工作用的板凳上說。「譚告訴我瑟斯特利姆人懂得空無境界。」他有很多時間來思考這種奇特的說法，但阿基爾被困在廚房裡用嚴・哈沃的大鐵鍋煮青莓好幾天了，因此兩人一直沒說到話。在殺害山羊的東西所引發的騷動下，凱登終於將空無境界的事擺在一邊，直到他可以跟朋友分享為止。

阿基爾皺起眉頭。「瑟斯特利姆人？沒想到譚是會相信荒誕傳說和童話故事的人。」

「有相關紀錄顯示，瑟斯特利姆人真的存在。」凱登說。他們倆爭論過這個話題。凱登曾在帝國圖書館見過那些紀錄——用無法辨識的文字書寫的卷軸和典籍，而他父親的書記宣稱那是屬於那個滅絕許久的種族所有。圖書館裡有好幾個房間存放瑟斯特利姆的文件，書櫃接著書櫃、一本接著一本。兩大陸及其他地方的學者遠道而來，利國，甚至是曼加利帝國，專程來此研究那些典籍。不過，阿基爾只相信他看到或偷到的東西，而安努香水區裡沒有瑟斯特利姆人晃來晃去。

「或許山羊就是瑟斯特利姆人殺的。」阿基爾一本正經地嘲弄道。「或許他們吃腦。我覺得在某個故事裡聽過。」

凱登不理會他的嘲弄。「那些故事光怪陸離什麼都有，那種靠不住。」

「相信那些故事的人是你耶！」阿基爾抗議。

「我相信瑟斯特利姆人的存在。」凱登說。「我相信我們跟他們打過幾十年，甚至幾百年的仗。」他搖頭。「除此之外，我不知道該怎麼想。」

「你相信那些故事，又不相信那些故事。」年輕人搖搖手指。「很爛的思考模式。」

「這麼說吧。」凱登回道。「你講的故事有一半是假的並不表示安努香水區不存在。」

「我講的故事！」阿基爾氣急敗壞。「假的？我抗議！」

「你跟行政官也是這麼說的嗎？」

阿基爾聳肩，放棄裝腔作勢。「成效不彰。」他說著指向烙印，一枚東昇旭日燒在他右手手背上。安努所有小賊在第一次犯案被抓時都會烙上這個印記。如果阿基爾那些偷拐搶騙的故事有一半是真的，那他的運氣實在好到不像話。第一次犯案的話會在額頭上烙下類似的烙印。擁有第二個烙印的人很難找到工作，犯罪的象徵會成為永遠的疤痕。他們大部分都會繼續犯罪。而在第三次被捕後，安努行政官就會執行死刑。

「別管你對瑟斯特利姆人的看法了。」凱登繼續說。「你必須承認辛恩僧侶在教導的理念是建立在一個古老種族的語言與想法上。事實上，如果瑟斯特利姆人不曾存在過，這種情況會顯得更加古怪。」

「我認為所有跟辛恩僧侶有關的事情都很奇怪。」阿基爾反駁。「但是他們供我一天兩餐，頭上還有屋頂，也沒人拿烙鐵在我身上烙印其他標記——這就是我對你父親的印象。」

「又不是我父親——」

「當然不是他。」阿基爾壓著怒氣說。「安努皇帝太忙了，根本不會親自懲罰一個小賊。」在阿希克蘭的日子已經消磨了不少阿基爾對安努社會不公的怨念，但每當凱登提到奴隸、稅制、公義或懲罰之類的話題，他就會借題發揮。

「外面有什麼傳言？」凱登問，希望改變話題。「還有山羊死掉嗎？」

阿基爾看起來想跳過這個問題回到剛才的爭論上。凱登默默等候。沒過多久，他看見他朋友吸了半口氣，屏息，又吸半口氣。黑眼睛裡的瞳孔放大再縮小。這是讓自己冷靜下來的技巧。阿基爾跟其他侍僧一樣擅長辛恩之道，甚至比大部分人更加擅長，只要他願意拿出來用。「兩隻。」他沉默一會兒後說。「又死了兩隻。但那兩隻都不是我們放出去的誘餌。」

凱登點頭，心裡感到不安，又很慶幸不用繼續爭吵。「所以不管是什麼，總之都很聰明。」

「聰明或幸運。」

「其他僧侶是怎麼處理這種情況?」

「就跟辛恩對所有事物的處理方式一樣。」阿基爾翻白眼答道。「寧開完會後,除了禁止侍僧和見習僧離開主建築外,他們還是一如既往地挑水、畫畫、冥思。老實跟夏爾說,就算有一群凶殘的瑟斯特利姆人乘雲而下,開始砍人腦袋插在木樁上,還是會有一半僧侶想把他們畫下來,另外一半就假裝沒看見,我發誓。」

「其他僧侶都沒有任何意見?寧?阿塔夫?譚?」

阿基爾皺眉。「你知道那是怎麼回事。他們告訴我們的事情,就跟我會告訴豬我打算殺了牠當晚餐一樣多。如果你想知道任何事,就得自己去挖。」

「但你都有遵照院長的指示,待在修道院裡……」

阿基爾眼睛一亮。「當然。我或許三不五時會迷個路,阿希克蘭很大,路又複雜,但絕對不會主動違逆德高望重的院長!」

「那你迷路的時候有發現什麼嗎?」

「沒有。」年輕人沮喪地搖手。「如果阿塔夫和寧都沒辦法找出那隻可惡的東西,我就更沒指望了。儘管如此,我想……人總有走運的時候。」

「也有倒楣的時候。」凱登想起淒慘的屍體滴落的鮮血。「我們不知道對方是什麼東西。阿基爾,小心點。」

次日傍晚，譚回到製陶室。凱登停下手邊的工作，滿懷期待地抬頭，希望能在烏米爾風塵僕僕的臉上看出外面的任何情況。譚知道的比其他僧侶多，但想要套他的話是不可能的。突然出現殘缺不全的屍體對他產生的影響似乎不比發現一片新的高山風信子來得大。他關上房門，面帶批判地看著凱登燒好的十幾個陶罐。

「你有任何進展嗎？」凱登在一陣沉默後問道。

「進展。」譚一副第一次唸出這個詞的模樣。

「對，有找出是什麼東西殺害山羊的嗎？」

譚用指甲敲敲一個陶罐的外殼，又沿著罐緣摸。「那算是進展嗎？」他頭也不抬地問。

凱登止住一聲嘆息，努力舒緩呼吸放慢心跳。若譚想故作神祕，他可不打算像個瞪大眼睛的見習僧一樣纏著他。他的烏米爾開始檢查下一個陶罐，用指節敲罐口，再刮下罐殼上一些突起的地方。

「你怎麼樣？」譚在檢查完半數陶罐後問。「有進展嗎？」

凱登遲疑了，想找出隱藏在這個問題下的吊鉤。

「我做了這些陶罐。」他指著那排靜默的陶罐小心翼翼地回答。

譚點頭。「你做了這些陶罐。」他拿起一個陶罐，聞聞裡面的味道。「這用什麼做的？」

凱登掩飾著笑容。如果譚想要拿黏土問題來引自己上鉤，那他可要失望了。凱登對各式各樣河岸黏土的知識比修道院裡其他侍僧都更加熟悉。「那是用一比三的比例混合黑淤泥和河灘紅泥做的。」

「還有別的嗎？」

「用樹脂增添光澤。」

僧侶又拿起下一個陶罐。「這個呢？」

「白淺黏土。」凱登胸有成竹地回答。「中型顆粒。」通過這個測試，或許就有機會再度看見冬天前的太陽，他暗自告訴自己。

譚一個接著一個問，把十幾個陶罐通通問完。每次都提出同樣的問題：這是用什麼做的？還有別的嗎？問到最後，他皺起眉頭，進屋後第一次看向凱登，接著搖頭。

「你沒有任何進展。」

凱登看著他。他很肯定自己沒有犯錯。

「你知道我叫你來這裡做什麼嗎？」

「做陶罐。」

「陶藝匠就能教你做陶罐了。」

凱登又遲疑了。譚或許會因為笨而鞭打他，但是想不懂裝懂蒙混過關會被打得更慘。「我不知道你叫我來這裡幹嘛。」

「猜猜。」

「防止我跑去山裡？」

僧侶神色不善。「希歐‧寧的命令還不足以讓你待在這裡？」

凱登想到之前與阿基爾的對話，努力讓自己的表情保持平靜。大部分的辛恩烏米爾都能像獵犬般聞到狐狸欺瞞的氣味。凱登本人是沒踏出製陶室半步沒錯，但他也不想讓朋友遭受懲罰。

「服從是割斷縛繩的匕首。」他引述一句辛恩格言的開頭回應。

譚想了想，一言不發，高深莫測。「繼續說。」他終於說道。

凱登上次被迫背誦這段句子已經是當見習僧的時候，但是句子還是輕易浮上心頭：

服從是割斷縛繩的匕首。
沉默是擊碎言語之牆的錘頭。
靜止是力量，
痛苦是軟床。
放下臉盆，
空無是唯一的容器。

他吐出最後一個音節，發現了自己的錯誤。「空無。」他輕聲說道，反手指向那排陶罐。「你問我陶罐是用什麼做的時候，我應該要說『空無』。」

譚冷酷地搖頭。「你識字，但沒人讓你感同身受過。今天我們來矯正這個問題，跟我來。」

凱登本能地起身，做好承受新懲罰的心理準備，讓他體無完膚到連骨頭都承受不了的恐怖責難，全部都是以空無境界之名行之，一個從來沒人費心對他解釋過的概念。他起身然後停止動作。八年來，每當僧侶說跑他就跑，說畫圖他就畫圖，要勞動就勞動，不給他吃飯就齋戒。為了什麼？阿基爾昨天的話突然回到他心裡：他們告訴我的事情就跟我會告訴豬……訓練和學習都很好，但凱登甚至不知道自己在學什麼。

「來。」譚說。他的語氣堅定，毫不讓步。

凱登的肌肉渴望服從，但他還是要自己留在原地不動。「為什麼？」

他還沒發現出了什麼事，年長僧侶的拳頭已經捶在他臉頰，皮開肉綻，把他擊倒在地。譚上前一步，聳立在他面前。

「起來。」

凱登搖搖晃晃起身。痛是一回事，他可以應付疼痛，但他被打得頭昏腦脹，眼冒金星。

「走。」譚指著門口說。

凱登猶豫了一下，後退一步。臉上的傷口在流血，但他強迫自己把手垂在身側，再度搖頭。「我要知道原因。你說的事情我都會照做，但我要瞭解這一切是為了什麼。為什麼我必須學習空無境界？」

想要從這個年長僧侶的眼中解讀情緒是不可能的。他就像是面對一具屍體或過往雲煙，彷彿是站在受傷獵物前的獵人，準備要動手殺死獵物。凱登不知道這傢伙會不會繼續打他，他沒聽說有侍僧被訓練僧打死過，但話說回來，如果譚想打死自己的學徒，誰又會阻止他？希歐．寧？查爾默．歐雷基？阿希克蘭位於安努帝國邊境一百里格外，遠離所有文明的邊界。這裡沒有法律，沒有行政官，沒有法院。凱登謹慎地看著他的烏米爾，試著放緩心臟撞擊肋骨的速度。

「你的無知造成阻礙。」僧侶終於做出結論。他原地站立片刻，然後轉向門口。「或許讓你瞭解事態危急的程度能提升訓練的效率。」

♛

希歐・寧的書房在距離主建築數百步外的懸崖邊。書房本身看起來像是山壁的一部分——乾燥的石造建築，位於一棵枯瘦松樹的陰影下，松針撒落在屋頂和地面上。凱登和阿基爾通常會避開這裡。侍僧或見習僧只有在犯下最嚴重的過錯時，才會被抓去院長面前接受最嚴厲的懲罰。另外，儘管倫普利・譚暗示他院長會針對他的問題提供答案，不安感卻在凱登跟著烏米爾走近時隨之而生。譚沒敲門就把木門推開，凱登突然不太想進去，但還是跟在他身後跨越門檻。

書房內光線昏暗，他沒有立刻發現希歐・寧坐在一張矮桌後。桌面空無一物，除了一張羊皮紙外——是那幅畫，凱登發現那是殺死山羊的東西留下的足跡。院長對於他們突然進門沒有表現出任何驚訝或惱怒。他抬起頭來，等待他們開口。

「這孩子想要答案。」譚開門見山地說，並走到一旁。

「大部分人都想要答案。」寧的聲音如刨平的橡木板表面般平穩而堅定。他打量年長的僧侶，然後目光轉向凱登。「說話。」

凱登不太確定站在院長面前該說什麼。這一刻他覺得自己很蠢，像是給大人添麻煩的小孩。

不過，譚難得大發慈悲帶他來見院長，浪費這個大好機會就太可惜了。

「我想知道為什麼我會被送來這裡？」他慢慢開口。「我瞭解辛恩僧侶的目標：虛無、空無境界。但為什麼那是我的目標？統治帝國為什麼需要這個？」

「不需要。」寧回答。「安卡斯山脈外的曼加利皇帝完全不在乎空無之神。帝國邊境的野蠻人崇拜梅許坎特。大地另外一端的利國國王拒絕崇拜任何神明，他們敬重他們自己的祖先。」

凱登回頭看向他的烏米爾。譚一言不發地站著，臉上的表情就和石頭一樣。

「那我為何來此？」他將注意力放回院長身上。「我父親在我離開前說過，辛恩僧侶可以教我他沒辦法教的東西。」

「你父親是個天賦異稟的學生。」寧回想往事點頭道。「但沒有擔任烏米爾的經驗。即使他不須要專注於統治帝國，能全心指導你，在訓練方面也會遇到很大的困難。」

「什麼訓練？」凱登問，試圖掩飾語氣中的嘲諷意味。「畫圖？跑步？」

修道院長腦袋偏向一側，用知更鳥打量蚯蚓的目光打量凱登。

「皇帝擁有很多頭銜。」他終於說。「最古老但也最容易遭人誤解的就是『守門人』。你知道那代表什麼意思嗎？」

凱登聳肩。「安努共有四門：水門、鋼門、陌生人門，還有假門。皇帝看守防禦它們。在敵人前守護他的城。」

「大部分人都這樣想。」寧回道。「從某方面來看，這種說法沒錯，皇帝確實是在看守安努的城門，已經看守數百年了，打從歐蘭農．修馬金尼恩用木頭和木條建立第一面城牆開始。然而，安努還有其他更古老和危險的門，『守門人』的門指的是這些門。」

凱登覺得體內燃起了一把興奮的火焰，但他壓抑著這把火，如果院長在凱登臉上看見一絲情緒，很可能會把他送回製陶室去。

「四千年前……」寧繼續道。「或許更久，或許沒那麼久，關於年代的紀錄並不詳實。四千年前，有一種新的生物出現在大地上。不是瑟斯特利姆人或內瓦利姆人，也不是神或女神，那些傢伙都已經存活數千年了——新的生物是人類。」

「學者和祭司依然在爭論人類的起源。有人說是烏瑪——第一個母親——從一顆大蛋裡孵出九百個兒子、九百個女兒，人類就是他們的後裔；也有人說是貝迪莎創造出我們——無限供應給她的愛人安南夏爾摧毀的玩具；黑暗親屬派相信我們來自星星，搭乘火帆之船穿越黑暗而來。理論多到數不清。」

「前任修道院長認為我們的祖先是瑟斯特利姆人，他相信在統治大地數千年後，瑟斯特利姆人因未知的原因，開始產下……奇怪的孩子。」

凱登回頭看向自己的烏米爾，但他完全無法解讀譚的表情。

「奇怪？」他問。他向來聽說瑟斯特利姆人和人類是誓不兩立的敵人，說他們有血緣關係，人類是敵人的後裔，實在奇怪到不知道該怎麼想。

「瑟斯特利姆人永生不死。」院長回應。「他們的子孫卻沒有。瑟斯特利姆人聰明絕頂，但能感受到的情緒不比甲蟲或蛇多。他們產下的子嗣——人類後裔，比較能體會梅許坎特和席娜的觀念。瑟斯特利姆人能夠感受痛苦和快樂，但人類在乎他們本身的苦難和歡喜。或許正因為如此，他們才開始感應到情緒：愛與恨、恐懼、勇敢。另一種說法認為，是新神誕生才為人類帶來情緒。無論如何，瑟斯特利姆人將情緒視為詛咒和疾病。在一則故事裡，當他們發現第一對人類雙胞胎對彼此產生愛意時，他們打算掐死搖籃裡的孩子。前任院長相信厄拉——愛的女神——把雙胞胎藏了起來，帶他們前往大裂縫以西，然後他們在那裡產下了一支人類種族。」

「聽起來難以置信。」凱登說。多年以來，辛恩僧侶訓練他只能相信觀察到的東西，相信他看到、聞到、聽到的東西。現在反其道而行，院長竟然像安努劇場裡的面具演員一樣瞎編故事。

「你怎麼知道這是真的？」

希歐．寧聳肩。「我不知道。要把神話、記憶、歷史和聖徒的故事分開很難，但可以肯定的是，在人類出現前，這裡是瑟斯特利姆人在統治的，他們是絕對的主宰，疆域橫跨整個世界。」

「那內瓦利姆人呢？」凱登問。在所有古老的傳說裡，內瓦利姆人都是瑟斯特利姆人英勇的死敵，美麗至極的悲劇種族，對抗邪惡勢力長達數百年之久，最後臣服在殘暴奸詐的瑟斯特利姆人腳下。他不太相信，卻依然深受這種說法所吸引。在凱登和瓦林小時候那些圖文並茂的故事書裡，內瓦利姆人總是看起來像王子和公主，眼睛明亮動人，提劍對抗瑟斯特利姆人模糊不清的灰色身影。*如果寧認為那些故事是真的，我最好把故事整個聽完，*凱登心想。

然而，回答這個問題的並不是寧，而是譚。他輕輕搖頭說：「內瓦利姆人是傳說。人類在死前慰藉自己編造出來的故事。」

院長再度聳肩。「就算他們真的存在，瑟斯特利姆人也早在人類出現之前就殲滅了他們。關於內瓦利姆人的史料很稀少且相互矛盾。相較之下，你的黎明皇宮裡擺滿了人類對抗瑟斯特利姆人的史料，它們描述了長年遭受囚禁的年代，人類像被關在埃城馬廄裡的牲畜一樣被關起來配種。還有寫到太陽吸魔師艾利姆・華，隱藏能力長達四十年之久，等待只有他能感應到的太陽風暴，以此炸碎牢門，帶領人類邁向自由的故事。接下來是一段十分艱困的歲月，積雪比山道上最高的松樹還高，小孩得靠吃父母的肉才能存活。那幾年史稱『哈剛寧大肅清』，是我們的敵人利用大雪像牲口一樣獵殺我們的年代。」

「院長充滿詩意的說法背後有個冷酷的事實。」譚說。「瑟斯特利姆人立誓要消滅我們，而我們則為了生存而戰。」

希歐・寧點頭。「當時的人會對真實存在和虛構出來的神祈禱。」

「空無之神？」凱登問。

院長搖頭。「空無之神對人類、瑟斯特利姆人、戰爭或和平都不感興趣。祂掌管的領域比那個寬多了。我們的祖先對更實際的神祈禱，迫切需要的不是勝利，而是喘息空間和暫時避難的場所。接著發生了件神奇的事情：諸神聽見了我們的祈禱。當然不是古神，祂們一如往常以高深莫測的方式處事，根據古老的規則打破並重塑世界，編織光明與黑暗、瘋狂與秩序的蛛網。」

「但世界上出現了新神，瑟斯特利姆人不知道的神——祂們離開家園，以人類的形象現身，不顧風險與我們並肩作戰。當然你知道祂們的名字：黑奎特和卡維拉、奧雷拉和奧利龍、厄拉和麥特。就連席娜和梅許坎特也來了。祂們英勇作戰，慢慢地，我們從逃亡變成固守，固守變成戰役，戰役變成戰爭。」

「實際狀況沒有那麼簡單。」譚插嘴道。「即使有諸神幫助，我們的實力仍相差懸殊。瑟斯特利姆人的存在久遠到難以想像，他們永生不死、冷酷無情。因為他們活在空無境界裡，不會感到慈悲也不會疲憊，沒有對受傷或死亡的恐懼。」

「就某些方面而言，」寧補充。「他們比諸神還要強大。諸神殺不死，但瑟斯特利姆劍可以擊碎祂們的人形，奪走祂們數萬年的力量，於是祂們待在暗處，以巧妙的手段偷偷編織力量。除了黑奎特外，沒有神會上戰場。」

凱登試圖理出一點頭緒。他聽過各種版本的傳說故事，當然有年輕的勇氣與恐懼之神、愛與恨之神、希望與絕望之神化身為人類的故事，但他向來認定那些只是故事。此時此刻，聽他的院長和烏米爾講述這些故事，讓他莫名著迷。「但我們活下來了。」他說。「我們團結一致，摧毀了瑟斯特利姆人。」

「不。」譚說。「我們慘死，每天都死傷成千上萬人。」

寧點頭。「拯救我們的並非智慧與勇氣，而是數量，凱登。當新神的力量逐漸增強時，一開始生育數量就不多的瑟斯特利姆人終於撐不住了。噢，他們的女人會懷孕，帶孩子來到世間，但都是人類的孩子，生來就受到席娜和梅許坎特掌握。其他新神也逐漸影響他們，分享我們的恐懼、熱情、恨和希望。」

「我們的一生很短，對敵人來說不過是一眨眼的時間，但繁殖能力強。上陣殺敵的是父親，但是贏得戰爭的卻是母親。瑟斯特利姆人的數量減少，我們的數量增加，眼看已經勝券在握——」

「接著，」譚說。「坎它出現了。」

凱登看看烏米爾，又看看院長，最後看回來。他從未聽過這個詞。

「那是瑟斯特利姆語中『禮物』之意。」寧補充道。「但這個坎它並非人類的禮物。瑟斯特利姆吸魔師努力了一千日加一千夜，凝聚出就連古神都不敢對抗的能量，並在過程中死去。但他們創造出我們祖先口中的『死門』。」

「在那之後徹底瓦解了人類所理解的戰爭與我們今日所理解的戰爭。有了死門，瑟斯特利姆人隨時都可以出現在任何地方，一轉眼的工夫就能橫跨數千里格。我們人數依然超過他們，但在缺乏戰線的情況下，人數毫無意義。一次又一次，人類部隊以為困住了瑟斯特利姆部隊，結果對方卻透過隱藏的死門逃出生天。當人類軍團在遠離家鄉數百里格的山裡獵殺瑟斯特利姆人時，他們卻出現在人類城市中心大開殺戒。」

「農作物付之一炬，城鎮夷為平地。本來以為遠離危險的女人和小孩被趕到神廟中遭活活燒死。原先還有點克制的瑟斯特利姆人不再手軟，因為他們毫不懷疑自己面臨種族的存亡之秋。」

「為什麼不摧毀那些門？」凱登問。

「我們試過，但徒勞無功。到了最後，人類在找得到的死門外建立堡壘，拿石頭和磚塊封閉它們。都這麼做了，那些死門還是必須派人駐守，以免瑟斯特利姆人破封而出，展開屠殺。」

「我們為什麼不直接利用那些門？用他們自己的武器對付他們？」

「那種愚蠢的做法，導致數千人死亡。」譚回答。

「人類嘗試過。」寧繼續。「一整個軍團的人踏入坎它，然後就消失了。由於死門的入口並不透明，沒有人發現我們的損失。偵察部隊沒有回報，大家就假設是瑟斯特利姆人伏擊了他們。人類將領派遣更多部隊去援救他們。直到數週之後，我們才發現錯誤。」

「他們到哪裡去了？」凱登震驚地問。「人不會無端消失。」

「你這種斬釘截鐵的想法，日後會害死幾千人。」譚說。

「後來，」寧說。「人類才發現，死門屬於一股比瑟斯特利姆人還要古老的力量。它們屬於空無之神所有，祂把那些人帶走了。」

凱登抖了抖。與安南夏爾或梅許坎特不同，更古老的神不會干涉人類的事，而空無之神乃是最古老的古神。儘管凱登過去八年都在服侍這個遠古神明，卻從未真正思考過祂的力量。大部分的僧侶似乎都把祂當成一種抽象的原則，而非擁有慾望和主動意志的超自然力量。想到空無之神能夠影響世界、吞噬整個軍團，就讓他覺得十分不安，這已經是最含蓄的說法。

院長繼續道：「其實並不難想像。有人使用死門時，這裡和安努之間的距離不光只是變短，而是不存在距離。那個人實際上什麼都沒有通過，而什麼都沒有就是神的管轄。顯然祂不喜歡領土遭人入侵。」

院長停下來一段時間，兩名年長僧侶就這麼看著凱登，彷彿期待他能說完這個故事。

「有辦法使用。」他終於開口，邊說邊思考這個想法。「瑟斯特利姆人能使用死門，顯然是有辦法的。」

兩個僧侶都沒有回話。凱登靜下心來整理思緒。

「空無境界。」他做出結論。「跟空無境界有關。如果我們學會空無境界，我們就會變得跟瑟斯特利姆人一樣，而瑟斯特利姆人能夠使用死門。」

寧終於點頭。「人不能成為空無，不可能完全消失。然而，人可以在體內種下空無。看來空無之神允許擁有空無的人通過祂的門。」

「守門人。」凱登想起這個話題的開端。「這就是我來此的原因，跟那些門有關係。」

寧點頭，不過開口說話的是譚。

「瑟斯特利姆人沒殺光所有俘虜。他們留下少部分的人，專門研究人類的情緒。」

從倫普利・譚口中聽到這些話感覺很奇怪。阿希克蘭的眾多僧侶裡，他看起來是最不可能在乎人類情緒的人。

「其中一些俘虜也在暗中研究對方。」譚嚴肅地說。「他們看、他們聽，調查監禁自己的敵人。他們是最早發現死門祕密的人，也在此過程中發現了空無境界。他們對彼此發誓要逃走，鑽研敵人的知識，然後用以摧毀瑟斯特利姆人。」

「他們就是第一代辛恩僧侶。」凱登緩緩說道，他逐漸瞭解此事後來的發展。

譚點頭。「伊辛恩，在古語中就是『復仇者』的意思。」

「但這跟帝國有什麼關係，跟我又有什麼關係？」

院長嘆了一口氣。「耐心點，凱登，我們會講到的。人類終於擊敗瑟斯特利姆人後，勝利的功勞大部分都要歸功於伊辛恩。戰爭結束後，伊辛恩依舊繼續看守死門，堅信敵人只是潛伏，沒有死絕。」

「這是有原因的。」譚語氣堅決地插話。「戰爭結束後，我們的人持續獵殺瑟斯特利姆人數百年，然後逐漸遺忘他們。」

寧輕輕點頭，認同這種說法。「幾年、幾世紀過去，這個職責漸漸變得無關緊要。有些人完全忘記了瑟斯特利姆人。同時，代代相傳的伊辛恩發現了追求空無境界的寧靜樂趣，他們開始為了自己去崇拜空無之神，而非為了報復消失多年的敵人。他們放下護甲、武器，追求比較不……好勇鬥狠的目標。」

「並非所有人都是如此。」譚說。

「就連你，老朋友，最後也回到了這裡。人不能永遠追逐鬼魂。」

譚抿緊嘴唇，但是沒有說話。

「辛恩之道並不輕鬆。」院長說。「在任務失去急迫性後，越來越少年輕人願意加入辛恩。然而，有些人沒有遺忘我們為了生存而做的奮鬥。隨著辛恩的勢力逐漸削弱，越來越多死門遭遺棄，僧侶開始擔心瑟斯特利姆人總有一天會歸返大地。」

「就是在這個時候，你的祖先，特利爾，繼承了內戰不休的國度——」

「——也就是在這個時候，辛恩遺棄了他們的職責。」譚補充。

「我們沒有遺棄職責。我們託付給別人。安努的領土大到無法由一人掌控，叛軍和敵對勢力造成分裂。特利爾聽說過死門，知道它們能讓他在政治上取得多少好處。一個隨時都能前往帝國任何地點的皇帝，不須要擔心遠方將領反叛，或偏遠地區行政官刻意誤導的報告。有能力使用死門的皇帝可以為整座大陸帶來統一與穩定。」

「他和辛恩達成協議。」凱登說，事情終於明朗化了。

希歐．寧點點頭。「只要辛恩教他死門的祕密——空無境界——他就會利用帝國的資源看守死門，阻止瑟斯特利姆人歸返。早已失去執行初始任務能力與意願的辛恩同意了這項協議。從那之後，所有馬金尼恩家族的繼承人都會來此接受我們的訓練。他們可以持續統治帝國絕非巧合。」

「守門人。」凱登重複這個古老頭銜，終於瞭解它其來有自。「我們防禦瑟斯特利姆人。」

「那是你們應該做的事情。」譚很快說道。「但記憶是很短暫的。」

「有些人認為辛恩不該放棄職責。」寧說著，朝凱登的烏米爾點頭。「認為皇帝會怠忽他們的責任。」

凱登轉頭看向倫普利．譚。他站在陰影中，兩手環胸，雙眼在昏暗的書房中顯得一片漆黑。他沒有移動和說話，目光始終維持在徒弟身上。

「你不相信他們滅亡了，是吧？」凱登輕聲問道。「你不是要訓練我成為僧侶，或如何統治帝國。你要訓練我去對抗瑟斯特利姆人。」

幾下心跳的時間過去，譚毫無反應，目光毫不動搖地停留在凱登身上，彷彿試圖挖出他心中隱藏的祕密。

「瑟斯特利姆人看起來是死光了。」僧侶終於說。

「那你們又為什麼要告訴我這些？」

「就怕他們沒死光。」

17

「她說謊！」瓦林堅持，一拳捶在桌面上。「那個天殺的婊子說謊。」

「好，」林回應。「她說謊。一直提對這件事情毫無助益。」

「不過能掌握事實也是件好事。」萊斯補充，他的語氣嚴肅到不像是在開玩笑。

時間很晚了，大部分士兵都癱在床上或是外出夜教，整間大餐廳裡只有他們三個人。餐廳中大部分的空間都籠罩在陰影下，沒有理由浪費燈油照亮無人的空間；不過在餐廳另外一邊，通往廚房的門口隱約傳出搖曳的火光，還有夜班老廚師傑瑞德哼歌的聲音，他正忙著烤隔天午餐的豬肉，並幫夜訓回來的士兵煮茶。萊斯點燃他們那桌上方的油燈，將燈芯調得很短，只夠讓瓦林看見朋友的輪廓。飛行兵翹著椅腳坐，看向上方屋梁。林的秀髮反射火光，因為剛剛游泳的關係，到現在還沒乾。

她揚起雙手安撫瓦林。「我不是說你誤會安妮克了，但你確定嗎？你說芬恩事後有確認那個繩結只是個普通的稱人結。」

瓦林神情緊繃，強迫自己深呼吸。她只是想幫忙，想和他一起檢視事實。

「我失去意識前有解開一點。」他解釋。「我最後是慌了，但我清楚記得那個繩結。感覺像是基本的稱人結，但並不是。那個結上多纏了兩圈，就和吊起安咪的繩子一樣。」

「好了。」萊斯壓下前面的椅腳，噘起嘴唇說：「沒人規定她一定要綁簡單的結。有可能安妮克只是跟大家一樣想把你溺死在海裡。」

「有可能。」林承認。「但為什麼要說謊呢？」

林還是不認為安咪是安妮克殺的，而瓦林已經開始不爽她這樣拒絕接受現實了。通常林都很客觀，思緒清晰，但她就是看不透安咪的凶案，彷彿因為現場殘暴異常，凶手就非是男人不可。

「因為她知道，那就是唯一的解釋。」他大聲說。「她知道我們找到安咪了，此刻大概整個虎克島的人都知道了。如果她有點腦子的話，就會知道我們曾在黑船酒館裡打探消息。」

「那……又怎樣？」林問。「她決定要把我們四個和莉安娜都殺了，以防萬一？就算安咪真的是她殺的，她也不會瘋到這樣殺人滅口。」

「安妮克？」萊斯問，揚起一邊眉毛。「聽起來確實像是她會採取的行動。」

「我並不是說我已經搞清楚整件事了。」瓦林繼續說。「我只是說這件事有太多巧合不能忽視。她甚至可能跟——」

林瞪他一眼，讓他閉嘴。他差點要說出狙擊手可能和暗殺他的行動有關，而這表示安妮克或許知道他父親遇害的內情，還有針對凱登的威脅。問題是，艾道林士兵的遺言他只對林提過。他顯然累壞了，才會差點在萊斯面前說溜嘴。

「可能跟什麼？」年輕人問。

「跟我的弓有關。」林立刻把話接過來。「上次狙擊測驗的時候裂開了。瓦林認為有人刻意搞鬼。」

萊斯的目光來回看向兩人，之後聳了聳肩。「試煉就快到了。到時候會裂開的就不只是弓，而是人了。」

「先決條件是我們能活到試煉當天。」瓦林補充，轉頭看向林。「我只是想請妳檢查一下清單，告訴我妳不認為安妮克看起來跟屠宰場的地板一樣血腥。」

「好吧。」林說，雙眼在火光下發光。「我們來研究清單。」

凱卓部隊非常崇尚清單。這些士兵做什麼事情都要有清單——飛行前檢查巨鳥的程序、設置炸藥的程序、登艦程序——什麼東西都要按照清單來做。瓦林可以聽見老喬格製革匠的聲音在教室中嗡嗡作響：「人會犯錯。士兵會犯錯。這座天殺的島上所有人都在你們那些小腦袋裡塞些什麼自發性調適環境、隨機應變之類的觀念。隨機應變是犯錯的好方法，但清單不會犯錯。」喬格的聲音能在一下心跳的時間內讓整班學員睡著，但這傢伙一直執行任務到六十幾歲，於是瓦林努力接受他的指導。「你們這些笨蛋想知道清單上的項目是怎麼增加的嗎？有士兵死了。我們研究出原因，然後變更清單。所以給我學會條列清單。」

不幸的是，並沒有一份清單或程序專門教人怎麼釣出叛徒和殺人犯，但是來一場邏輯思考總是不會錯的。

「首先，」瓦林伸出一根手指。「我們知道安咪遇害當天早上要去見一名凱卓士兵；其次，她在曼克酒館跟對方見面；第三，根據祖倫的說法，當天早上唯一去過曼克酒館的凱卓就是安妮克；第四，安妮克是個冷血婊子。」

「第四點似乎太情緒化了，不是分析事實。」林指出。

「第五，安咪的死法顯示凶手具有凱卓的專業技能又完全缺乏道德觀；第六，那種奇特的稱人結在命案現場和今天我被丟下海時都出現過；第七，安妮克在我們找到屍體、開始調查後一天半就試圖將我溺斃。」

噢，瓦林暗自想著，最後，還有人陰謀策劃殺我全家，奪取王座。

「照你這樣說，她看起來確實不像是厄拉的女祭司。」萊斯說。

「好吧，我同意。」林神色疲憊地點頭。「看來安妮克確實有嫌疑。但這還是完全說不通。她為什麼會想殺害安咪？為什麼要採用這麼殘暴的手法？」

「我沒辦法回答這個問題。」

「單純用凶殘成性來解釋還不夠嗎？」萊斯問。

瓦林皺眉。或許是他想太多了。就算安妮克殺了安咪，這起案件可能也和對付他的陰謀無關。狙擊手或許只是隨便綁個人來練習殺人，不過殺死一個剛剛成年的妓女算不上什麼練習，而且還不能解釋今天早上差點溺死他的繩結。

「我只是認為我們需要更多證據。」林說。

瓦林緩緩點頭。「我知道該從哪裡去找。」

♛

理論上，亂翻別人的置物箱很容易，五座營房都只是一個長長的大房間，學員也不能鎖置物箱。問題是營房裡隨時都有人在，剛從夜間訓練回來，或是在流血時間前打個小盹。如果林直接去翻狙擊手的置物箱，肯定會引人側目。於是接下來幾天，瓦林都只能任由擔憂吞噬自己。他試著專注在訓練上、學習上，還有即將到來的試煉上。每天晚上，他都會和萊斯、甘特，和林在餐廳的角落聚會，分享毫無意義的觀察和懷疑，記錄時間，並想辦法讓林去動安妮克的置物箱。

然而，今天晚上，林遲到了。瓦林透過窗口計算月亮和地平線的距離，接著搖頭。

「放鬆，林不會有事的。」萊斯說。

「我知道。」瓦林回道，卻沒辦法阻止自己在桌面上敲手指。荷．林比安妮克重，也更擅長拳腳匕首格鬥，但大部分衝突的關鍵都在於一個簡單的規則：搶先出擊的人就能獲勝離開。瓦林很擔心在關鍵時刻，林或許會遲疑，而安妮克不會。

「你應該擔心自己。」萊斯補充，揮舞著手中的杯子。他將一杯水晃出酒杯的感覺，彷彿他正坐在酒館裡。「你才是排定明天要在狙擊測驗中對抗安妮克的人。」

「謝謝提醒噢。」瓦林說。

「你完蛋了。」

「也謝謝你這麼樂觀。」

「我只想在討論中增加點有益身心健康又務實的東西。」

瓦林再一次搖頭。他是否同意萊斯的說法對目前情況都沒有幫助。即使以凱卓的標準來看，瓦林的狙擊能力都不算差，也很擅長使用弓箭，但安妮克是天殺的幽靈。她只有輸過一場狙擊測驗，敗在包蘭丁手上，而瓦林非常肯定吸魔師作弊。

更糟糕的是，如果對上安妮克，第二天早上通常都會多個黑眼圈、碎下巴，或是裂掉的牙齒。狙擊測驗的目標應該是偷溜到夠近的距離，比對手更快擊中獲勝鐘，沒有要求要打成這樣。但安妮克對自己訂下的榮譽目標是要射中鐘，再射中拿望遠鏡觀察測驗場的訓練官，以及對手。她使用鈍頭訓練箭，凱卓稱之為擊暈箭，但它們還是能打斷牙齒或把人擊暈。一年前有些學員向指揮部投訴，他們認為既然安妮克強到可以任意瞄準，她絕對可以選擇射擊胸口而不射臉。至於安妮克的回應——訓練官帶著殘暴又愉悅的表情接納這種說法——就是如果投訴者不想臉部中箭，那他們就不該拿臉出來見人。

「離試煉沒幾天了。」萊斯說。「是我的話就會想辦法推掉。」

「沒辦法推掉。」

「肯定有辦法。過去五年裡我都是能閃則閃，這就是我成為飛行兵的原因。」

「你成為飛行兵是因為你喜歡高速又討厭跑步。」

「就像我說的，能閃則閃。」萊斯收起笑容。「不過說真的，瓦林。如果安妮克真的為了你知道安咪的事情而想殺你滅口，那你最好不要在狙擊場上進入她方圓一里之內。」

瓦林也是這麼想的。不過要是他被一個十五歲女孩嚇得不敢參與訓練，不管她是不是殺人凶手，自己都乾脆直接坐船去找夏爾算了。「會有兩名訓練官用望遠鏡監督測驗。」他提醒朋友。「除非她瘋了，不然絕不會選那種時候攻擊我。」

「隨便你。」萊斯聳肩道。「我會在你墳上灑麥酒。」

這本來是個玩笑話，卻讓他們想起埋葬安咪當天的景象。萊斯灌了一大口水，眉頭深鎖，彷佛希望杯子裡是什麼更烈的飲料。兩人陷入一陣陰鬱的沉默。當林終於進入餐廳時，他們兩個依然是那副德性。

「我有線索。」她神情熱切地說。

瓦林請她坐下，往後看一眼，確保餐廳裡就只有他們。

「你們知道那個女孩在天殺的置物箱裡放什麼嗎？」林在萊斯身邊坐下時說道。

「不求回報的情書？」飛行兵問。

林忍不住笑出聲。「再猜一次。」

「一個被她偷偷收養、深情照顧的小嬰兒？」

「箭。」林說。

「只有箭？」瓦林困惑地問，聽起來不像什麼線索。

「總數超過一千支。」林繼續說。「她自己做的箭。削箭身、在鍛造爐打造箭頭，甚至拿北地黑鶇還是什麼的某種奇特羽毛裝箭羽。她的箭多到殺光島上所有人還有剩，差點讓我放棄去翻底下。」

「好吧，學員裡最強的狙擊手喜歡箭也不是什麼大不了的事情。」萊斯說。

「但是不只是箭。」瓦林從林的眼中看出真相。

她嚴肅點頭，在黑衣口袋裡摸索，拿出一樣金色的東西。她把東西丟向桌子對面的瓦林。

他接過東西定睛一看，那是一綹亞麻色的頭髮，輕盈柔軟，用絲帶綑綁著。「這是——」他開口，但已經知道答案。他們找到安咪時，她的屍體已經腐爛到十分噁心，肌肉從骨頭上脫落，蒼蠅大啖她的舌頭，眼珠爛在眼眶。然而，安咪的頭髮——柔軟的亞麻色頭髮——幾乎是在皎潔的月光下發光。

「好了，神聖的浩爾。」萊斯喘息道。「我簡直不敢相信。」

這是很重大的發現，但他們在分析可能的解釋後意識到，這綹頭髮並沒辦法導出任何結論。安妮克認識安咪，那又怎樣？

「可能是戰利品。」萊斯說。

「安妮克看起來像是會留戰利品的人嗎？」林反問。

「或許是某種證明。」瓦林說。「證明她殺了安咪。」

「很爛的證明。」萊斯說。「腦袋是很好的證明。如果你把頭交給其他人，那頭的主人是你殺的機會就很大。手掌也是不錯的選擇。但是頭髮？」他兩手一攤。

「再說，」林拿起頭髮反覆檢視。「把這玩意兒塞在她的箱底能對任何人證明任何事嗎？」

他們討論的可能性越多，瓦林就越沮喪。正如林所說，安咪的頭髮說不定根本不是安妮克親手取走的，搞不好是被人栽贓。畢竟除了祖倫的說詞，他們甚至不能肯定安咪去世當天，狙擊手有出現在虎克島上。油燈裡的燈芯燒到剩最後一點時，瓦林已經準備好要闖入安妮克的營房，拿頭髮和她對質來求得答案了。

「聽起來是個好主意。」萊斯冷冷說道。「我敢說她會很樂意配合。」

瓦林揮揮手，感到疲憊又惱怒。「你說得對。你對。該死的夏爾，你說得對。」

「我們跨出了一步。」林說著，伸手搭上瓦林的肩。他透過衣服感覺到她表達慰藉的手掌強而有力地一握。「沒人能跑一千里格，」她引述韓德倫的話說。「但任何人都能跨出一步，然後再一步。」

「我的下一步是通往刑場。」萊斯呻吟著，一邊在椅子上像貓一樣伸展四肢。「再過兩次鐘響就要開始黎明前的飛行訓練。」

瓦林朝飛行兵點頭。「我們熄燈後跟你出去。」

萊斯神色狡獪地看著林和瓦林。「要在褲子裡面搔搔癢永遠不嫌遲。」

「去搞你自己吧，萊斯。」林尖酸刻薄地回應他。他們全都累壞了，但林緊繃的語調仍令瓦林吃驚。

「我想我沒有其他選項。」飛行兵聳肩看向他的右手。

「你的意思是你的妓女死了？」她問。

萊斯笑容一僵。「她不是我的妓女。」

「當然不是。這就是跟別人借工具的好處——工具壞了也不關你的事。如果安咪是你的，或許你會好好照顧她。」

瓦林揚手阻止她說下去，但萊斯已經在他開口前上前一步。飛行兵往常友善的幽默感消失得無影無蹤，就像從噴濺的油燈上燃燒而盡的油脂。

「我不知道我怎麼會變成這個故事裡的大壞蛋。」他眼睛明亮，聲音很輕。「但是別把我扯進妳的罪惡感裡。」

「我的罪惡感？」林口沫橫飛。

「噢，對，我忘了。」飛行兵回嘴。「妳只有跟她買過水果，從來不買春。」他高舉雙手，故作投降。「妳付她多少錢？幾個銅焰幣？足以讓她好好吃一餐？足以讓她不用繼續賣淫？」

林拒絕回答，宛如闔起的書般面無表情。

「來對我指指點點之前，妳最好先問問自己做過什麼可以改善安咪生活的事情。」萊斯激動地高聲怒道，並在瓦林出聲緩頰前轉身離開。

餐廳門被甩上，之後一段很長的時間裡，瓦林和林就坐在即將熄滅的燈火投射出來的搖曳陰影中。片刻過後，她把手伸過桌面與他十指交扣。黑暗中，他看不見她的臉，但他握緊她的手。

「我沒辦法……」她開了頭，然後又閉上嘴。

瓦林不確定她想說什麼，但能感應到她的情緒，隱藏在言語下那股深沉、令人作嘔的無助感。他很難想像有人能謀殺無辜的女孩，把她像屠宰場裡的豬一樣吊起來放血至死——而且還在猛禽的轄區內。凱卓部隊不但沒能救她，甚至有可能是瓦林的黑衣兄弟姊妹之一下的手。

「我們會查出真相。」他輕輕說，試圖說服她，也說服自己。「我們會。」

荷·林擠過去坐在他旁邊的長凳上，兩人就這麼並肩而坐，十指交扣，身體卻沒有接觸。瓦林感覺得到她的體溫，但她還是保持距離，在黑暗中表現拘謹。

「還有一件事。」她終於說。「我在營房外面遇上包蘭丁。或說……他找上我。」

瓦林立刻緊張了起來，林在他開口前繼續說下去。

「感覺很奇怪。他似乎很緊張，幾乎有點害怕。他說要告訴我一件關於山米·姚爾的事。」

「姚爾？」瓦林困惑地問。「什麼事？」

「這就是問題了。他不說，他說我必須親自去看，但是很重要。」

瓦林皺眉。「我不喜歡這種情況。」

「有什麼好喜歡的？但如果他知道什麼姚爾的事情，跟犯罪有關的事情……殺害安咪的未必只有一個人……」

「姚爾和安妮克？」瓦林努力想把這兩個完全沒有交集的人扯在一塊。山米・姚爾在學員裡有一群他自己的凶殘部下，狙擊手向來不和他們走在一起。

「如果包蘭丁發現了那種事情，」林繼續。「謀殺案——」

「他就會直接去跟指揮部回報。」

「除非他有理由不能那麼做。」

瓦林吐出一口長氣。他很疲憊，他發現這遠遠超過集訓整個月的單純生理疲憊。持續搜尋、猜測、反覆猜測、提防周遭、懷疑、不信任等等，全都令他疲憊不堪。如果一顆蘋果壞了，必須假設所有蘋果都壞了，但這樣就無法止飢。

「好吧。」他說著，用指節揉眼。「但是他為什麼會找妳？」

「或許他知道我們發現了安咪的屍體，而他清楚我比你更能聽進他說的話。」

瓦林哼了一聲。「這倒未必。妳每次心頭起火時可比我更容易失控。」

「或許他只是比較不討厭我。你很容易……讓人討厭。」

「所以在當了多年姚爾的跟班後，他突然想示好了？想拋下那個貴族之子跟我們交朋友？」

「或許格鬥場上毆打學員是一回事。虐殺妓女，在閣樓上把人凌遲至死又是另外一回事。包蘭丁可能還是有點良心的。」她的語氣顯示這個可能性不大。

良心，對於擅長從身後捅人一刀的男人和女人而言，這是一個很微妙的詞語。

「那我們一起去看他要給妳看的東西。」瓦林做出結論。「如果可以給一個人看，他就可以給兩個人看。我保證會聽他的說詞。」

「不。」林說。「他約明天早上，是你在狙擊測驗的時候。」

瓦林咒罵一聲。「好吧，告訴他明天早上不行。」

「我認為他不是有東西要給我看。」林回答。「我想是一個事件。他要我看姚爾做一件事。」

瓦林握緊拳頭，然後鬆開。

「在哪裡？」他問，這個問題在他嘴裡顯得很苦澀。他不相信包蘭丁會突然良心發現。八年來，除了山米・姚爾和他們的同黨，島上幾乎所有的學員都被這個吸魔師騙去扁過。只要有機會作弊，他就會作弊；只要有空間撒謊，他就會撒謊。林要和他去某地見證某件事讓瓦林非常不安。這是一把雙面刃。既然包蘭丁老奸巨猾，他也能像背叛任何人一樣背叛姚爾。

「在哪裡？」他又問一次。

「西峭壁。」

西峭壁是本島西北角一塊崎嶇貧瘠的峭壁，有灌木叢和荊棘，還能瞭望夸希島中央。海邊有些海鳥築巢，懸崖上的海鷗也會丟些有趣的貝殼下來。差不多是這樣。

「他在那上面是能給妳看什麼？」

「那就是我要弄清楚的事情。」林的語氣有點惱怒。「別擔心，瓦。」她放輕聲音補充，捏捏他的手。「我會帶真劍去，也會小心的。」

瓦林緩緩吐出一口氣說：「那裡距離狙擊測驗場大概一里遠，就在它的上方。」這想法令他冷靜一些。他本以為林會說要去虎克島上的空屋碰面。在哪裡碰面差別其實不大，不管是在峭壁上還是狹小的閣樓都有可能會出事，但是林待在夸希島上，從狙擊測驗場快跑不用幾分鐘就能抵達的地方，讓他的胃稍微好過一點。

「好吧。」他終於說。「夏爾知道我不信任那個混蛋，但是妳又不是小孩子了。」她還沒有縮回她的手，他發現自己突然感覺到掌心的重量，以及她結繭的手指輕柔的壓力。自從萊斯離開，餐廳裡就只剩他們兩個人。在她坐到他身旁後，這是他第一次轉頭看她，試圖在黑暗中看出她臉部的線條。「我只是有點擔心妳。」他平靜地做出結論。其實還有很多話想說，但不知道從何說起。

林打量他很長一段時間，接著毫無預警地湊上前去，嘴唇貼上他的嘴。她的吻溫暖、粗暴，同時又很溫柔。瓦林跟女人上過床，但都是虎克島上的妓女，而那些經驗其實不是很好。這一吻……這一吻感覺完全不同。經過一段似乎很長的時間後，林退開。

「對不起，我……我不該那樣做的。」

「不該是妳主動。」瓦林回答。他有點困惑，又突然很開心，至少在此刻這麼覺得，疲憊感一掃而空。「我很久以前就該這麼做了。」

林微笑，站起身來，輕輕捧著他的臉。「我去看看包蘭丁要給我看什麼。你明天早上只要努力別讓安妮克把你這張英俊的臉弄得太難看就好。」

瓦林還沒說話，她已經轉過身去。門關上時，他還在笑。她不可能成為他的，至少在傳統意義上來講不能。凱卓絕不會結婚，少數在奎林群島上祕密發展出來的戀情也都被掩飾得很好，深深埋在心裡，不會影響訓練或戰爭。儘管如此，只要隸屬同一個小隊，他們就可能擁有一種生活，一個未來，每天一同工作，甚至在彼此陪伴下終老，只要他們注意別讓背後中箭。這並非轟轟烈烈的愛情，但是一時之間，瓦林任由自己沉浸在幻想中。

接著第三班夜哨的鐘聲響了，把他拉回現實，黑暗與死寂再度襲來，宛如昨天早上差點淹死他的海水一樣沉重。

18

明亮耀眼的太陽高掛，這是壞事，這會提高他被訓練官發現的機率。天氣晴朗無風，這是壞事，輕輕的海風可以遮蔽他匍匐前進時石頭摩擦發出的聲響。氣溫比正常春天來得高，這也是壞事，汗水從額頭上滴落刺痛他的眼睛、模糊他的視線。他很想擦汗，但多餘的動作會引起狙擊手的注意。他眨眼兩下，瞇眼，順著小溝壑慢慢前進——溝壑也是壞事。

狙擊測驗可以在島上任何地方舉行，但是訓練官都比較喜歡夸希島北岸附近這片區域，一道向上的斜坡，末端就是直通海浪的石灰岩峭壁。地面上小小的裂縫和溝壑，彷彿混亂之王普塔用巨大的手掌舉起整座島，再用力摔在海面上一樣。

峭壁正上方建有讓訓練官觀察的平台，一座隆起的木台，架有一座人頭大小的銅鐘。測驗的目標十分明確：偷溜到夠近的地方，射鐘，再偷溜出去。但實際上要達成這個目標幾乎不可能。猛禽訓練官看守平台，用望遠鏡的長鏡頭掃視測驗場，等著學員犯錯或不小心露餡。

茂密的灌木叢和龜裂起伏的地面乃是該地唯一的掩護，瓦林頭三年裡根本無法接近到平台一里半內的範圍，更別說是能夠射中鐘的距離。不過，最近他成功的次數變多了。

當然，對凱卓而言，成功是把雙面刃。成功代表測驗太容易了，而這表示下次的測驗難度將會大幅提升。光是一個人偷偷摸摸穿越灌木叢，慢慢接近獲勝鐘就已經夠困難了，要再跟一個同樣想避開訓練官視線、努力加速試圖搶先射鐘的人競爭，又是另外一回事。最糟糕的情況是他要對上安妮克。這個年輕狙擊手去年的戰績好到已經開始和年長的學員對戰。現在，由於輪到瓦林這一屆學員參加浩爾試煉，已經沒有年長學員可以和她配對了。

倒楣可以戰勝一輩子的訓練。瓦林邊想邊在不抬頭的情況下轉頭看西邊的景象。

岩石刺入他的肩膀和胸口，尖銳的石頭撕裂他的黑衣，他所身處的排水溝窄到幾乎難以容納他那把強弩，弩身卡到轉角，劃傷了他的肚子。凱卓會接受各式各樣遠程武器的訓練，其中最適合狙擊的就是強弩。強弩不同於普通弓，趴著就可以使用，只要搭好弩箭，唯一須要做的動作就是扣扳機，但你必須揹著那把天殺的東西到處跑。

除了這些問題外，瓦林還不知道安妮克的位置。當然，他也沒想過能發現她的位置。光是要保持低調，避開訓練官的視線就已經很困難了，他並不指望還能擊倒他的競爭對手。要是在其他情況下，他根本不會在乎另外一個狙擊手的位置，但此刻並非其他情況。安妮克在附近，而她在獵鐘的同時也在獵捕他。不管他昨晚是怎麼對萊斯說的，這個想法都讓瓦林的肩胛骨癢得厲害。他唯一能自我安慰的想法就是太陽、高溫，和崎嶇的地表能對她造成跟他一樣的困擾。

最好盡快完成測驗。

他一直仰賴淺溝接近射擊範圍，半個早上都沿溝而上，速度還算不差，每隔幾分鐘可以移動一或兩步。不幸的是，隨著他逐漸上坡，淺溝的深度越來越淺，最後根本無法提供掩護。他必須稍微冒出一點頭來，才能確認觀察台的情況，以及掛在離平台五百步外的獲勝鐘。此刻還是距離太遠，無法射鐘，差得遠了。

他考慮繞回去，在所有條件都相同的情況下，這是正確的做法，但並非所有條件都相同。光是安安靜靜移動到定位不夠，還得要動作快。他面前有約莫八步的距離缺乏掩護，只有一些稀疏的灌木和一小塊沙丘草地，如果他能不被發現地通過，就能抵達一排大石頭後方，甚至有可能沿著石頭進入狙擊範圍。這樣做很危險，但凱卓所做的每一件事都很危險，光是擔任凱卓本身就是一件很危險的事情。在奎林群島上不會有人教你如何規避風險，他們教你如何評估風險，如何計算可能性，如何應付不確定的情況。

此時此刻，瓦林感覺不像是在評估或算計。安妮克在附近，除非他真的真的非常幸運，不然她不會把時間浪費在評估可能性上面。

「夏爾插在木樁上。」他喃喃說道，以手肘和膝蓋撐起身體，手腳並用朝大石頭爬去，盡可能壓低身形加快速度。他花了約莫十五下心跳的時間爬過砂土和碎石，每一下劇烈的心跳都彷彿拖延到永遠一般。最後，他終於癱在一顆石灰巨岩後，向右翻身，讓一簇枝葉茂密的紅樓花擋在他和南方廣闊地帶之間，過程中只有一次停下來喘息時有待在足以掩飾行蹤的位置。訓練官沒有吹哨，安妮克也沒有射他。他對自己微笑，有時候賭一把是有好處的。

接下來一個小時裡，他慢慢朝觀察台前進，在灌木叢、矮草、龜裂地面和碎石道間移動。再次抬頭時，他已經可以清楚看見獲勝鐘，與兩邊拿著望遠鏡搜索他們行蹤的訓練官。來吧，浩爾，他祈禱，緩緩在砂礫上前進。再近一點就行了。他攜帶的強弩很笨重，但是威力強大，如果沒風的話，他可以從一百步外射中目標。只要再讓安妮克忙一陣子就行了。

就在他朝向一處山肩移去時，觀察台上突然有人罵了聲髒話。他冒險偷看一眼。兩個訓練官之一，聽聲音是安德斯．山恩，一手摀住胸口，汗流得像水手一樣。

「該死的夏爾。」瓦林低吼，開始全速前進。安妮克已經進入射程範圍並動手了。片刻後，高台上另一名訓練官突然彎腰，黑色身影抽動，彷彿被人刺了一刀。擊暈箭射不死人，而且安妮克射的是胸口，不是射臉，以此表達對訓練官的尊重。儘管如此，被鈍頭箭射中還是很痛。

瓦林咬緊牙關。安妮克必須重新裝填強弩才能射鐘，這表示她要拉撐弓弦，放入另一支弩箭，再回到射擊姿勢。他可能有一點點機會趁這個空檔發射一箭，特別在訓練官已經出局的此刻。她應該至少需要四十秒才能——

一支弓箭擊碎他頭頂上方數吋外的石頭，接著如撞死的鳥般落在碎石地上。瓦林瞪著那支箭。安妮克不可能這麼快就重新裝填好弩箭，她必須扣上弩弦，轉動棘輪。沒人能這麼快就重新裝填上弩箭。

「好吧，她就能，你這天殺的笨蛋。」他惱火地對自己說，奮力翻向左側，試圖讓自己和箭來的方向之間有阻隔物。他在另一支箭插在上方的土裡時，滾入一條小溝壑中。

是弓箭。

強弩不能發射弓箭，強弩發射的是弩箭。安妮克有辦法這麼快就重新裝填，是因為她用的是普通弓，不是弩。雖然瓦林想不通她怎麼能在躺著的情況下射箭。不過不重要，她已經壓制他了。她肯定準備趁他躺著時轉移陣地，要不了多久就會再度射箭。這種情況下最合理的做法就是投降。狙擊手顯然已經獲勝了，隨時都可以射中天殺的獲勝鐘，但是瓦林心裡就是不願意服輸。對安妮克而言，在她射中場上所有人前，測驗都不算結束，而既然測驗還沒結束，他就還有機會贏。他用手腳撐起自己，只要他能趕到——

又一支箭插中他身旁的土裡。那個女孩動作很快，卻不知為何無法維持平常的準頭。瓦林開始微笑，看來就連安妮克也有不順的時候。但就在他爬過剛剛那支箭時，他的呼吸突然窒住了。有個尖銳明亮的東西在地面上閃閃發光——箭頭沒有磨鈍。如果安妮克找到目標的話，那支箭將會貫穿他的胸口，從背後破體而出。

他發出憤怒和恐懼的吼叫聲，跳起身來。現在不是玩耍的時候，不是躲藏的時候，不是縮在岩石後方偷偷溜過灌木叢的時候。他不知道為何會這樣，有兩個訓練官從頭到尾見證整個測驗過程，但安妮克還是想要殺他，並且已經進入射程，占據優勢，很可能完成目標。

他往前狂奔，在蜿蜒的路徑上左閃右躲。如果他能趕到十五步外的低矮碎石窄道，他就還有機會與對方對峙，但對受過嚴苛訓練的狙擊手來說，十五步的距離就等於是永恆。他的心臟在胸腔中猛烈跳動，肺部起伏，邊跑邊與恐懼角力，企圖把恐懼壓到腳下、擠進肺裡，利用它來驅使自己。再五步。只要他能抵達那條窄道——

一箭飛來，射中他的肩膀，肺部上方，讓他往前撲向碎石斜坡。一開始他只感覺到一股衝擊的力道，接著劇痛襲來，猶如烈火灼傷。他翻向一側，低頭看自己的上衣。那支箭貫穿了他的身體，從胸口冒出來，箭頭和箭身上都是鮮血。狗娘養的，貨真價實的弓箭，他隱隱想著。

他嘗試移動雙手撐起自己，但是辦不到。他視線模糊，依稀看見數百步外出現了道纖瘦的身影。安妮克神態自若地一手拿著短弓，弓上搭著另外一支箭。他們看見她了，瓦林虛弱地想著。難道她不知道訓練官都在看她嗎？她輕鬆揚起弓，甚至有點漫不經心，以同樣的手法拉弓射箭。片刻過後，瓦林聽見銅鐘敲響的聲音，幾乎細不可聞，彷彿在水底聽見一般。

安妮克放下弓後，才朝他瞥了一眼，轉頭的動作像小鳥一樣敏捷俐落。透過血紅的視線，瓦林看見她瞪大雙眼，冷酷又稚氣的臉上完全沒有勝利的喜悅之情。

19

烏英尼恩四世看起來不像是會犯下謀殺罪行的人，更別說對方還是桑利頓·修馬金尼恩那種久歷沙場的士兵。艾黛兒的父親又高又壯，孔武有力，而英塔拉的大祭司宛如白子，身材矮小，嘴唇很薄、肩膀低垂，腦袋像是畸形的葫蘆。想到她父親躺在冰冷的墓穴裡就已經夠痛苦了，竟然還是被這個可悲的小人送去見安南夏爾，讓艾黛兒既想尖叫又想哭泣。如果桑利頓必須死，也應該要戰死沙場，或是讓怒海吞噬。戰爭的混亂，深海的狂怒，這些才是匹配得上她父親的敵人。位高權重的烏英尼恩在她眼中就是個微不足道的小人。

*他為何看起來一點也不害怕？*她有點緊張地懷疑。

經過精心設計的黎明皇宮，足以震懾最見多識廣的統治者。皇宮中央，英塔拉之矛矗立於整座城市上，這座高得驚人的塔由透明石頭建造，深深貫穿比歷史更為悠久的岩床之中。在英塔拉之矛塔底的是千樹大殿。這座皇宮中最長最高同時也是最早建造的殿堂之一，是由紅杉和雪松打造而成的回音建築，其巨柱是靠上萬名奴隸從安卡斯山脈穿越伊利卓亞大陸扛來的。光滑明亮的金色樹幹一排一排聳立在大殿上，交錯縱橫的樹枝如活木一般支撐起屋頂。這個空間的規模讓即使是坐在王座上統治著它的皇帝都能心生敬畏，然而，烏英尼恩卻是毫不擔心、神色無聊，甚至有點得意洋洋。

他的漆黑小眼在列隊牆邊的艾道林護衛軍與坐在長凳上的陪審員之間遊走，他們將會旁聽所有對他的指控和證據，以及他本人的自我辯護。他輕舔嘴唇，艾黛兒覺得這個動作比較像在期待什麼，而非出於緊張，接著他轉過來看她。她知道自己的目光多具威脅性，燃燒的虹膜會對直視者帶來極為強烈的不安感，但是大祭司就和面對這座大殿一樣絲毫不為所動。他冷眼旁觀她走過自己身旁前去就坐，嘴角露出一絲淺笑，接著點點頭。

「女士。」他說。「還是我該稱呼妳為財務大臣？一個人可以同時身兼女士和大臣嗎？」

「一個人可以同時身為殺人犯和祭司嗎？」她回應，憤怒之火在她體內燃燒。

「我的女士大臣。」他揮揮手掌貼放在胸口，故作恐懼貌。「恐怕妳是在說我。」

艾黛兒壓下回嘴的衝動。他們交談的音量不大，但已經有一些來旁聽審判的人轉頭探看。審判有一定的法律程序，其中並不包括和被告吵嘴。這種爭吵不是帝國大臣該做的事，再說，殺害她父親的凶手不久後就會面對遠比她的言語嚴厲百倍的判決。她咬咬指甲，想起她的身分及數百名旁觀者，又強迫自己把手放回大腿上。她很肯定烏英尼恩會在今天結束之前就為自己的罪行付出代價，但以她對歷史的認知，儘管安努的司法體系榮耀非凡，偶爾還是會有出錯的時候。

挑選陪審員是最重要的關鍵。負責官員每天都會隨機將人員編成數十組七人團，去參與數十場審判，每個陪審團都依照特利爾親自設下的規矩，包含七大身分：母親、商人、窮人、教長、士兵、兒子，以及一名垂死之人。特利爾相信，這個組合即使面對國內最令人敬畏的公民，也能伸張正義。但還是有可能透過欺騙和賄賂的手段操弄陪審員。

我親自審核過所有陪審員，她心想。我錯過了什麼？他知道什麼？

兩座大鑼的聲響劃破寂靜，回聲震動艾黛兒的牙齒。這是她在父親死後第一次聽見這道聲響——皇帝入場前的排場。有一瞬間，她期待桑利頓本人身穿皇袍，穿越二十呎高的大門進入大廳。在看見進門的是朗·伊爾·同恩佳後，強烈的失落感再次向她襲來。她實在很難想像父親真的走了，她永遠不能坐在他的棋盤對面，或是和他一起騎馬。哲學家和祭司一直在爭論安南夏爾帶走靈魂之後的情形，但他們在神學和教義上吹毛求疵根本改變不了任何事。她父親死了，現在是由身穿價值連城斗篷的肯拿倫統治安努，至少在凱登回來之前會是如此。

審理叛國案時，皇帝本人會擔任檢察官，這個角色因為桑利頓的去世改由攝政王代理。艾黛兒很擔心。伊爾·同恩佳顯然是個天才將領，但他自己也承認，他對爾虞我詐的政治沒有興趣和才能。當然，眼前的是法律而非政治問題，而且伊爾·同恩佳似乎真心希望看到烏英尼恩的腦袋和肩膀分家，但如果換個更加精明、更精通安努法律條文的人更能讓她安心。

「我知道妳擔心。」昨晚他在虹彩閣和她碰面喝塔茶、討論這場審判時說。

「你是個軍人，不是法律學者。」她直言不諱。

他點頭。「我在當兵時學到的一件事情就是適時聽取部下的建議。我已經跟傑瑟和那個挑剔的混蛋優爾討論過十幾次了。看在夏爾的份上，他到底是幹什麼的？」

「司法編年史官。帝國的最高司法官員。」

「他跟我爭論好幾天了。我已經可以把要對陪審團講的話倒背如流。喜歡的話搞不好還能譯成厄古爾語。我沒想到擔任攝政王的頭幾天得像菜鳥一樣給人操。」

這話應該能夠讓她安心。全安努最懂法律的人就是傑瑟和優爾，而烏英尼恩案看起來相當直接——皇帝在與大祭司密會時死於光明神殿。如果朗・伊爾・同恩佳完全依照他們的建議行事，今天太陽下山前她就會看到烏英尼恩被逐出教會，挖出雙眼，然後處死。

在伊爾・同恩佳坐上他的木椅前，他先對聳立在身後的王座跪下致敬。在凱登回來之前，王座都會是空的。但即使空的王座也很引人注目，讓人肅然起敬，彷彿是頭沉睡中的危險猛獸。王座比周遭的大殿古老，比黎明皇宮本身古老，更比人類的記憶古老。一塊巨大黑石突出於岩床之上，比最高的人還要高上三倍。經歷數萬年風吹雨打，黑石頂端侵蝕出一張完美符合人類體型的座椅。岩石本身沒有提供坐上王座的捷徑，後來艾黛兒有個祖先下令建造了一道鍍金台階幫助皇帝上座。如果禿頭烏斯雷頓的記載可信的話，台階建成之前，甚至在皇帝和安努出現之前，內克的原始部落曾透過血腥肉搏的方式遴選族長，數百名男子爬上巨石，一邊找尋落腳處，一邊用明晃晃的銅劍砍落對手。搖曳的火光中，艾黛兒可以看見精雕細琢的黑石下透著一抹紅，提醒她曾有無數世代的鮮血滲入與世無爭的石頭深處。

就算王座有對伊爾・同恩佳造成心理威脅，他也完全沒有表現出來。致敬完畢後，他轉頭面對聚在大廳裡的群眾——數百名大臣和官員、好奇的商人和貴族，紛紛趕來欣賞正義獲得伸張，見證城內一大強權失勢——接著坐上他的木椅，伸手揮停鑼聲。

「我們今日來此，是為了釐清真相。」他開口，聲音遠遠傳開。「為此，我們請求諸神見證，特別是阿絲塔倫，秩序之母，及英塔拉，其聖光照亮最漆黑的陰影，指引我們，賦予我們力量。」以上是例行公事，從魏斯特到大彎所有審判的開場白，但是伊爾・同恩佳講得清清楚楚、強而有力。

他擁有戰場指揮官的嗓音，艾黛兒心裡首度浮現希望。這個男人看起來就算不是真的充滿帝王之氣，至少也很能幹自信，足以勝任今天的工作。她允許自己抽離現實片刻，短暫考慮未來。大祭司定罪處決將會讓光明神殿陷入混亂，她不但可以為父親報仇，還能趁機削弱這個敵對教派的實力。當然，並非剷除他們，人民需要宗教信仰，但他們的軍隊必須解散——

「烏英尼恩。」伊爾．同恩佳打斷她的思緒說道。「第四位使用此名之人，英塔拉大祭司，光明神殿守護者，在此法庭前遭受兩項指控：最高叛國罪及謀殺政府官員，兩項皆是死罪。身為攝政王，我會提出事實，烏英尼恩則為自己辯護。七位陪審員，將透過他們的理性判斷和神的指引，判決此人是否有罪。」

他轉向烏英尼恩。「你對此可有任何疑慮？」

烏英尼恩淺淺一笑。「沒。你可以開始了。」

艾黛兒緊張地輕咬唇角。祭司可沒有資格告訴檢察官可不可以開始。

伊爾．同恩佳聳聳肩，沒有因烏英尼恩裝腔作勢的表現流露出任何情緒。

「你可以挑選你的陪審員。」

這也是標準程序。數十組陪審團等在大廳下面，每一組都以編號彌封。烏英尼恩將會挑選一到二十之間的號碼，對應號碼的陪審團會進入大廳審判他。

問題在於，他沒有挑選號碼。他舌頭輕舔嘴唇，看向艾黛兒，然後目光上移到廳梁附近的陰暗處。

「這場審判已經顯示，凡人都很愚蠢。」他的音量比攝政王小，但是語氣狡獪，像蛇一樣穿越大廳。「我拒絕接受他們的審判。」

伊爾・同恩佳皺眉，第一次有了表情變化。艾黛兒感到腹部糾結。

「若是他拒絕審判，」艾黛兒開口，微微起身。「那就請立刻傳喚劊子手。如果不嚴格執行法律，安努就一無是處。我們跟在叢林和大草原上進行血祭的野蠻人不同之處就在於法律。要是這個所謂的祭司藐視法律，就讓我們處決他。」

數百雙眼睛轉向她，伊爾・同恩佳也對上她的目光。他伸手安撫她，點頭表示已經瞭解她的意思。艾黛兒任由她的聲音緩緩消逝，以最有尊嚴的姿態重新就坐。坐在攝政王兩側的大臣看起來就像身穿黑袍的禿鷹，他們絕不同情烏英尼恩，但也不會停止搜索艾黛兒的弱點。「縱使妳一點也不在乎這個，」巴克斯特・潘恩曾經瞪大那雙濕黏的眼睛對她說。「但女人不適合擔任大臣。女人太……反覆無常，太容易感情用事。」

艾黛兒嚥下一句髒話。*我此刻就在大庭廣眾下感情用事。*

祭司住口片刻，等待她的失控引發群眾竊竊私語的聲音安靜下來。他顯然非常享受群眾的困惑和艾黛兒的不安。父親曾教導她要控制情緒，但她在這方面實在沒什麼天賦。

「如果你拒絕審判——」伊爾・同恩佳開口，卻被烏英尼恩打斷。

「我不是拒絕審判。我是拒絕這場審判。身為英塔拉的大祭司，女神在世間的代言人，絕非凡人渺小又容易犯錯的心靈有資格審判的。」他攤開雙手，彷彿邀請所有在場之人審視他的靈魂。「我拒絕七位陪審員的審判，要求由女神本人親自進行判決。我以古老的權利要求舉行『火焰審判』。」

艾黛兒再度微微起身。

大殿裡爆出陣陣吼叫及呼喊，爭辯和疑問似火焰蔓延開來。她之前從烏英尼恩的表情就已經推測出他打算透過某種方法顛覆這場審判，但是這……火焰審判曾是所有公民的特權，打從虔誠者安拉頓走進他哥哥的火葬堆，藉此自證清白，並毫髮無傷地走出來繼承王座開始，就一直是全民的特權。安拉頓堅持，火焰沒燒傷他是因為英塔拉認定他無辜。之後幾年中，大量罪犯要求由英塔拉進行審判。毫無例外，他們全都被燒死了，在慘叫聲中燃燒。火焰審判很快就失去了吸引力，沒有人提出，沒有人記得，最後只成為法學研究手稿中的一則記載。

直到現在——

「讓女神審判。」烏英尼恩繼續說，以目空一切的態度蓋過群眾的喧囂。「讓女神審判。」他又說一遍，揚起一手吸引所有目光。「光明女神，火焰女神。我的女神。」

艾黛兒指甲陷入掌心，但是拒絕再度開口。她將目光移至伊爾・同恩佳身上，看看他要如何應付這項新的挑戰。

肯拿倫站起身來，一副想要拔出腰間長劍的模樣。不過最後他對敲鑼的奴隸比個手勢，頃刻間，低沉的鑼聲讓全場肅靜。群眾安靜之後，攝政王再度就坐，看向傑瑟和優爾的座位——他們一高一矮，穿著官服時看起來都瘦巴巴的，正揮舞著沾染墨水的手進行眾人聽不見的激烈爭辯。之後，優爾起身，湊到伊爾・同恩佳耳邊小聲說話。肯拿倫聽完，不耐煩地點頭，揮手支開他。

「好吧，這倒節省不少時間。」他終於開口。艾黛兒不太喜歡他那種輕挑的語氣。「不用七位陪審員，不用呈堂證供，被告不須自我辯護。根據帝國律法，大祭司要將手放入烈焰之中，沒入手肘，敲鑼五十響。如果這段期間內，他能毫髮無傷，那就表示看顧全安努的英塔拉判他無罪。他將會獲釋。」

「如果，皮膚或毛髮捲曲燒焦——」他臉上露出狡猾的笑容，聳聳肩。「——那全身都要接受英塔拉的聖焰吞噬。」

他轉向烏英尼恩。「你瞭解嗎，祭司？」

烏英尼恩也面帶微笑。「或許比在場之人更加瞭解。」

「那看來我們需要火。這個火盆，」他指向一座能烤山羊的大金屬火盆。「應該就夠了。」

「不。」烏英尼恩揚起下巴拒絕道。

你已經得到你那個天殺的火焰審判了，沒資格挑選火盆，艾黛兒怒氣沖沖地想。她耳中血液鼓動，但她保持冷靜，沒有出聲。

伊爾·同恩佳揚起一邊眉毛。「不？」他顯然不習慣聽人說這個字。

「我拒絕像普通囚犯一樣用這種小火審判。我是英塔拉的大祭司，祂在這個愚昧世間的代言人，我要在符合我聖職的地點與方式進行審判。」

艾黛兒屏住呼吸。

「我要在光明神殿中，」烏英尼恩瞪著艾黛兒繼續說道。「接受審判。」

她在毫無所覺的情況下站起身來。「不，」她說著，轉向伊爾·同恩佳和在場的大臣。「絕對不行。這個鼠輩擁有安努體制內的權利，不幸的是那些權利中包括了這場不何時宜的鬧劇，但他沒有權力指定條件。如果你們記得的話，神殿裡有他的武裝部隊。他基本上擁有私人軍隊！」

烏英尼恩對艾黛兒笑。「鬧劇？我要請妳自稱崇拜的女神進行神聖判決，而妳竟然稱之為一場鬧劇？」

「你在耍花招玩把戲。」艾黛兒怒道。「你不可能在大火中存活下來，你很清楚這一點。」

「那麼，讓我接受火焰審判也無傷大雅。」烏英尼恩轉向在場觀眾，伸出雙手。「這裡的人全都歡迎跟去見證。所有行走在英塔拉的光輝下、用她的火焰視物、以她的火焰煮菜、在她柔和的月光下談情說愛、於正午陽光下辛苦工作、乘風破浪之人。來吧。來吧！我在我的信徒或女神面前沒有任何隱瞞。見證這場火焰審判，親自評判誰心靈純潔，誰才是欺瞞詐騙之徒。」

事情就這麼定案了。短短幾句話，祭司就已經凌駕法庭、凌駕王座，直接觸及人民對宗教的情感。並非所有安努的公民都是虔誠的英塔拉信徒，其他諸神也有祂們的神廟和神職人員，有些還十分富裕，深受歡迎，但是城內的公民看重信仰，願意給他機會接受審判。桑利頓是個深受愛戴的皇帝，很多人想目睹烏英尼恩被活活燒死，但他們願意讓他挑選時間和地點。伊爾·同恩佳可以拒絕，但此事已經一發不可收拾。攝政王若在這種時刻選擇拒絕，將會惹來暴政和瀆神的指控。在權力交接的此刻，王座可承受不起這種指控。祭司不是在防守，他是主動出擊，比殺死她父親的手段巧妙許多的攻擊，這次瞄準的是馬金尼恩家族的核心。

他從頭到尾都知道事情會走到這一步，艾黛兒心想，內心噁心到極點。我應該趁他在牢裡睡覺時刺死他。她努力思索第三條路，替代這場即將在安努人民眾目睽睽下行經諸神道的遊行。父親肯定能想出辦法……但她父親沒有想出辦法。烏英尼恩欺騙桑利頓，耍了他，謀害他，甚至已經準備好要如法炮製來對付艾黛兒了。她很想尖叫，但尖叫於事無補。「想想辦法。」她對自己啐道，卻什麼都想不出來。她唯一能做的就是跟過去看，彷彿身處噩夢之中。

♛

安努城內沒有一棟建築能遠離英塔拉之矛這座不可思議巨石的視線，但烏英尼恩四世的前任非常精明，將英塔拉的宗教權力中心搬出黎明皇宮，與皇室家族漸行漸遠，藉以鞏固教會透過信仰掌控安努的權力。光明神殿，一座由石塊和彩繪玻璃組成的高大建築，位於諸神道中央，和安努中心近得可以與皇宮進行便捷的貿易往來，又不至於籠罩在那些高大紅牆的陰影中。

與英塔拉之矛不同，光明神殿顯然是人類的創造物，壯麗非凡的創造物。一排排拱門，一座高過一座，朝向天際，每座拱門上都有巨型窗戶。艾黛兒瞭解玻璃的價格，知道光是這一片窗戶的玻璃就得花上一個有錢商人一年所得，這還不包括切割和運送的費用。這裡有上千片這種玻璃，數量看起來比石塊都多，使整座神殿宛如一顆多重琢面的巨型寶石，令周遭建築黯然失色。

童年時，壯闊的神殿及其色彩令艾黛兒讚歎不已；然而此刻，當她在安努半數居民面前下轎時，吸引她目光並令她心生恐懼的，卻是高牆上和大門旁的武裝士兵。伊爾・同恩佳堅持讓一千名護衛跟著這列奇特的隊伍從皇宮前來神殿，比等在神殿裡的火焰之子部隊多了一倍，如果真的要開打，或許能以量取勝。當然，如果要見血，他們還得顧慮暴民。除了數百名隨著審判而來的人民外，途中又加入了數千人——有些出於好奇，有些出於憤慨——此刻謠言與怒火已經在焦躁的群眾間傳開了。

諸神道之戰，艾黛兒心想。親愛的夏爾啊，我父親屍骨未寒，帝國已經開始分裂了。

伊爾．同恩佳沒有顯露絲毫擔心之色。肯拿倫輕鬆隨意地坐在馬背上，顯然在這裡比在皇宮裡舒適。他看起來就像在鄉野間悠閒騎馬，不過當他打量群眾時，眼神中流露出一種艾黛兒之前從未注意過的神情，一種掠食者般的警覺神態。

至於烏英尼恩，則是一副勝券在握的模樣。他對暴民舉起手上的鐐銬，像是在祈福又或是挑釁。只要說錯一個字，他就可能立刻引發暴動。幸好，在經過一段彷彿永恆的時間後，他轉身進入神殿。

光明神殿內部，如果有什麼值得一提的，就是比外表更加驚人。陽光從高窗灑入，在許多大型反射池上飛舞，在牆壁和巨柱上投射出明亮的光影。信徒在那些池子裡投入硬幣：銅焰幣、銀月幣，甚至有幾枚最有錢的人丟的安努金陽幣。烏英尼恩的另外一項收入來源，艾黛兒心想。直到此刻她才終於瞭解到祭司的影響力有多大。另外一項我們沒有抽稅的收入。每一枚金陽幣都能供養一名武裝士兵大半年，他們還是很可能會選擇對抗王座的士兵。

跟隨眾人而來的艾道林護衛軍在神殿中央圍成一小圈，擋住大批想要目睹死刑或奇蹟的群眾，讓艾黛兒、伊爾．同恩佳、其他大臣，以及烏英尼恩本人步入此地。

「我將在這裡面對我的審判。」大祭司說著，朝群眾露出不可一世的笑容。

整座神殿的穹頂是一首由玻璃與水晶譜成的光明頌歌，無數窗格與琢面在反射和折射下展現出千變萬化的色彩，而最令人震撼的景象，則是位在中殿正上方天花板的大型透鏡。

老山普提斯．霍德在艾黛兒小時候對她解釋過透鏡的原理，教她如何利用一小片仔細打磨的透鏡在皇宮內院點燃小小的火苗。艾黛兒想知道螞蟻能否承受透鏡聚焦，但她老師拒絕這麼做，並向她保證螞蟻也會跟小草一樣燃燒，而公主不該為了這種蠢事弄髒自己的手。現在艾黛兒很慶幸她饒了那些螞蟻，不過她希望當初有更用心聽霍德上透鏡課。

中殿地板正中央有塊一呎見方的石塊在透鏡開始聚焦正午烈日時呈現暗紅色，上方的空氣微微抖動。這種效果不會持續太久，太陽會抵達天頂，接著緩緩下沉，此時石塊便會轉涼。然而，那道液態光線會有十分鐘的時間可以煮沸清水、燒焦木頭，和在轉眼間烤黑皮膚。幾個世紀以來，祭司就是在這裡將祭品獻給英塔拉的。

「我會在這裡面對我的女神。」烏英尼恩說著，指向冒煙的石塊。

觀眾不約而同出聲驚呼。

他不可能活下來，艾黛兒對自己說。不可能的。

伊爾・同恩佳神色懷疑。「這可不是火。」

烏英尼恩輕蔑搖頭。「這是英塔拉的純潔之吻。如果你懷疑祂的力量，」他順勢脫下祭司披肩，丟入光線中。「看吧！」披肩在空中起火燃燒，隨即在石頭上化為灰燼。群眾中掀起興奮的聲浪。艾黛兒覺得自己快吐了。

「不！」她上前喊道。「攝政王說得沒錯。這根本不是火。這傢伙要求的是火焰審判。一定要用火才行。」

「這位小公主根本不瞭解女神的本質。」烏英尼恩嗤之以鼻。「不知道祂能化身為多少形態。等我毫髮無傷地踏入祂炙烈的目光後，全世界都會知道誰才是英塔拉真正的僕人。你們家族自稱是女神後裔，但祂的做法神祕莫測。你們已經失寵了，少了祂的寵幸，你們又算是什麼？不是君權神授的守護者，只是暴君罷了！」

熱風撲面而來，艾黛兒衣服底下汗流浹背。

「你膽敢稱我們為暴君。」她啐道。「你？謀殺正統皇帝的凶手？」

烏英尼恩微笑。「審判會還原真相。」

他會失敗的，艾黛兒反覆在心裡唸誦這句話。他會失敗。但是這傢伙截至目前為止都在嘲笑和操弄整個程序，這股高溫也並非火焰，那抹笑容更是不曾離開他的嘴角。

「我不接受。」艾黛兒堅持，揚起音量蓋過群眾的鼓譟。「我不接受這種審判。」

「妳或許忘了，女人。」烏英尼恩惡毒地說，語氣無比輕蔑。「妳不是女神。你們家族統治太久，你們已經要求太多。」

「我要求遵守法律。」艾黛兒怒道。這時有人輕柔卻堅決地握住她的肩膀，將她拉回來。她試圖掙脫，但敵不過那雙手。她一氣之下，轉而面向對方。「放開我！我是馬金尼恩公主和財務大臣——」

「——還是個笨蛋，如果妳認為有能力左右此事發展的話。」伊爾．同恩佳喃喃說道，小聲但嚴厲。他的雙掌宛如鋼鐵，牢牢拉住她。「現在時機不對，艾黛兒。」

「沒有其他時機了。」她厲聲說道。「必須是現在。」她無法從肯拿倫手中掙脫，便轉回去面對祭司。上千雙眼睛注視著她，人們開始大吼大叫，但她不理會他們。「我要你的命！」她對烏英尼恩吼道。「我要你血債血償！」

「妳的要求毫無意義。」他回應。「帝國不是妳在統治。」接著他轉身步入強光之中。

烏英尼恩四世，英塔拉的大祭司，謀殺皇帝，奪走她父親的人，沒有起火燃燒。空氣在明亮的高溫下化為液態，但是祭司卻只是攤開雙手，抬頭面對強光，彷彿在享受溫暖的小雨，任由雨滴流過身體。他在裡面站了很久很久，最後終於步出陽光。

不可能。艾黛兒心想，軟癱在伊爾・同恩佳手中。

「有人殺了桑利頓・修馬金尼恩。」烏英尼恩說，一臉大獲全勝的樣子。「但不是我殺的。英塔拉女神已經證實了我的清白，就像祂從前證實虔誠者安拉頓的清白一樣，而那些試圖抹黑我的人——」他瞪向朗・伊爾・同恩佳和艾黛兒。「——也都見證神蹟，心生謙遜。我只能祈禱光明女神讓他們在之後的黑暗歲月裡記住此刻的謙遜之心。」

20

晨間明亮刺眼的陽光從窗口灑入。瓦林呻吟一聲，將手掌擋在眼前遮蔽陽光。整個房間都是白色的，白牆、白天花板，就連松木地板都因為經常洗刷打磨而失去了原先的色澤。房內充滿凱卓用來清洗傷口的酒精味，還有洗後塗抹傷口的藥膏味。瓦林很想把床移到屋側陰影處，但當值的醫護兵威爾頓·倫嚴厲地要求他躺著不亂動。要不是因為每次移動都讓胸口劇痛的話，他絕對不會遵守這種指示。

根據倫的說法，他們把他拖進來，拔出箭，縫合傷口，包紮好，過程中他始終昏迷不醒。經過一天一夜，他終於清醒後，首先想到的並非肩膀上的穿刺傷或是對他射箭之人，而是荷·林。不管狙擊測驗場上出了什麼事，他都活下來了，但他不清楚林去見包蘭丁的情況。瓦林幾度嘗試下床，最後一次摔倒在門口，被倫給發現了。

「聽著，」倫一邊抱怨，一邊把他扛回床上。「我是醫護兵。有人摔斷手，他們會來找我。瞎了眼睛，來找我。被酒桶砸爛腦袋，他們來找我。如果你朋友出了什麼事，我一定會聽說。」他打量瓦林。「現在，你可以選擇乖乖待在那張天殺的床上，或我也可以拿條結實的繩子把你綁在上面。」儘管倫已經五十好幾，且半數時間都待在醫務室裡，他的脖子還是像牛一樣，手臂比瓦林的腿還粗，臉上的疤痕顯示他把傷患打昏的意願和救治他們一樣高。雖然這傢伙的說法不是很中聽，這些話還是讓瓦林冷靜了一點。夸希是座小島，如果林受傷了，消息很快就會傳開。

他知道他應該慶幸自己只有受傷。射穿身體的那支箭，沒有射中任何主動脈和臟器，與肺部只差一根手指的距離。醫護兵及時救治，用某種類似強酸的東西清洗他的傷口，防止任何感染。倫說只要休息一段時間就可以完全康復。這種好運不是經常會有的，士兵在遇上這種情況時應該要心存感激，但瓦林沒心情心存感激，擔心完荷．林之後，現實就像大石頭般墜落在他身上：安妮克射傷了他，光天化日之下，在兩名訓練官眼前，拉弓搭箭射穿他的胸口。

瓦林看到倫拿湯進來，招手請他過來。他太虛弱了，只能輕聲細語，但語氣十分嚴厲。

「他們有抓到她嗎？」

「抓到她？」倫把湯碗放在床頭桌上，問道。「抓到誰？」

「安妮克！」他激動地說。「想要射殺我的那個女孩！」

醫護兵聳肩。「沒什麼抓不抓的。她跟其他人一樣沒想到那支箭不是擊暈箭。」

瓦林瞪著他。「她怎麼可能沒想到？射箭的人是她！她連射四箭！」

「但是只有射中你的那支有箭尖，其他三支都是擊暈箭。」

「不。」瓦林回想擦過他身邊的那支箭，搖頭說道。他就是因為看見那支箭的箭頭才開始逃命的。「不。至少兩支箭有實戰箭頭。」

「你可以去跟拉蘭說。」倫聳肩回應。「學員主管在調查此事。看來她會被判作戰不慎的罪名。他們會評估她的行為，並且她在浩爾試煉前都不得參加任何訓練。」

這些話像支錘頭般擊中瓦林。

「作戰不慎……」他難以置信。「而調查期間，她可以自由閒晃？」

「不然你想要她待在那裡？」

瓦林嘴張得大大的。「她又是怎麼解釋在訓練測驗中只有一支實戰箭頭的？」

「說是箭頭出了問題。她說射中你的那支應該要是擊暈箭，但她不知為何拿錯了。」

「我敢說一定是那枚天殺的箭頭出了問題。」瓦林大聲道。他想坐直，但是傷口劇痛，只能虛弱地癱回床上，咬牙切齒地吐氣。「而箭頭的問題就是她把擊暈箭換成了利箭。」

「聽著。」倫說，拿起湯匙對他晃了晃。「我不清楚細節，但我們待在一座島上。你跟凱卓部隊在一起，這裡不是什麼婦女縫紉工會。當你叫人拿弓和劍，從鳥身上跳下去炸毀東西時，總會時不時就有人被不該出現的利器弄傷。我在這裡待了一段時間，以前見過這種事情。擊暈箭和利箭看起來差不多，特別是當你身處戰陣中時。」

「拉蘭相信這種鬼話？」瓦林問，開始有點認命了。

「拉蘭也曾見過這種事情。不值得為了此事犧牲班上最強的狙擊手。」

瓦林搖頭，無言以對。

倫用結繭的硬手掌拍他肩膀。「聽著，孩子。我知道那種感覺。你胸口中箭，你滿腔怒火。但這世界上有個詞叫作倒楣。你或許是皇帝之子，但並非所有事情都是針對你的陰謀。」

醫護兵走出房門，留下瓦林思考他說的話。並非所有事情都是針對你的陰謀。他很想相信這句話，相信整件事只是個結局異常幸運的可怕錯誤，但艾道林士兵的話猶言在耳。那艘船是來帶他離開奎林群島、護他周全的。根據遇害士兵所言，任何人都有可能牽涉其中。任何人。

安妮克在晚餐前跑來。房門無聲開啟時，瓦林正凝望窗外，想看清楚那艘中距離的船隻是帝國戰船還是商船。他轉過頭去，看見狙擊手安靜地站在門口，手裡一如往常拿著那把弓。他有些驚恐地發現弓有上弦。

「瓦林。」她輕輕點頭說，冰藍色雙眼的目光始終停留在他臉上。

瓦林渾身緊繃。正常情況下，他能在近距離格鬥中占據優勢，但此刻他想要坐直都很費力，絕不可能把她壓在地上，至少在這種狀況下不能。他考慮叫倫進來，但醫護兵正在餐廳吃飯，還要幫瓦林再帶一碗湯回來。這表示他只能靠腰帶匕首。

匕首躺在床頭木桌上吃剩的蘋果旁邊。他估算在安妮克從箭筒拔箭之前拿到匕首擲出去的機會，約莫五成，這算是很樂觀的評估。他發現自己似乎很久沒有機會跟人公平打鬥了。

「妳想怎樣？」他問，慢慢轉向木桌，同時將右手移出被子。

「我沒有想要殺你。」她開門見山。

瓦林大笑一聲，胸口隨即刺痛。「妳是來道歉的？」

安妮克腦袋側向一邊，考慮他的問題。「不是。」她過了一會兒回道。「我是來告訴你我沒有想要殺你。」

瓦林伸手去抓匕首。他的動作比想像中慢，比預期中慢，但那把天殺的匕首離他不過幾呎，只要他能……結果他手還沒伸直，安妮克已經拉弓放箭，匕首落地滑開，原先的位置上多了一支箭，還在微微晃動。瓦林眼睜睜看著箭身靜止下來，然後垂下手掌。就這樣了。狙擊手壓制他，他完全無計可施。

她冷冷打量他，另外一支箭已經搭在弦上。這似乎是種很不怎麼樣的死法——在醫務室病床上遭人謀殺。但話說回來，對於將死之人而言，所有死法應該都不怎麼樣。

「所以妳有參與陰謀。」他語氣疲憊。終於知道對方身分讓他隱約有種鬆了口氣的感覺，即使他沒想到會是她。

安妮克頓了一下才問：「什麼陰謀？」

「妳說是什麼陰謀就是什麼陰謀。」他虛弱地伸手一比。「我父親。我。凱登。」他閉上雙眼，想起沒有收到警告、沒有任何準備、奉命去過那種簡單樸實的生活，直到某人在他背上捅一刀為止的哥哥。在帝國盡頭的偏僻山區要殺他絕不是難事。

安妮克手指輕拍弓弦。「你在胡言亂語。醫護兵給你吃了止痛藥？」

瓦林張口欲言，接著阻止自己。或許她在耍他，在他臨終之前嘲弄他。不過就他所知，安妮克是不會耍人的。她似乎只有兩個目標：訓練或殺人。如果她真的想要殺他，剛剛就會射他脖子，而不是匕首。

「妳到底是來幹嘛的？」他緩緩問道，心裡浮現一股噁心的希望。

「來告訴你我沒有要殺你。」她雙眼硬如玻璃，第三次說這句話。「如果我想殺你，肯定會挑比光天化日下的測驗更好的動手機會。」

「好吧，幸好妳昨天射得沒那麼準。」瓦林比向桌上那支箭。「不然妳會直接射中我的後腦勺，而不是肩膀。」

安妮克瞇起雙眼。要不是這種想法太瘋狂，瓦林還以為他侮辱了她引以為傲的專業技巧。「箭尖不對，所以瞄準偏差。」她終於說。

瓦林思考這話的含義。「妳是說妳以為自己在發射擊暈箭，而不是利箭。」這種說法出奇合理。不同的重量和箭頭形狀有可能導致方位偏差，特別是在那種距離下。

「我是說，箭頭不對。」安妮克糾正他，揚起下巴比向插在桌上的那支箭。「那是他們從你身上拔出來的箭。我進來的時候從其他房間找到的。我也是為此而來。」

瓦林瞪大雙眼，先是看她，然後看箭。他發現箭身上的棕色污點是血，他的血。他笨手笨腳地從桌上拔出箭來。

「標準利箭頭。」他說著舉起來給她看。

「一點也沒錯。」安妮克回答，沒有進一步解釋。

瓦林將注意力轉回箭上。除了血跡外沒有任何不尋常的地方。他在訓練中大概射擊過上千支這種箭。只不過——「妳不用標準箭頭。」他終於瞭解問題所在。「妳自己打造箭頭。」

狙擊手點頭。

「妳怎麼會沒發現射的是標準利箭，而不是自己的擊暈箭？」瓦林問，語氣既困惑又警覺。「箭怎麼會跑到妳的箭筒裡？」

「我不知道。」她語氣平淡地陳述事實，讓人看不出所以然，整個天殺的肢體語言都沒有透露任何線索。凱卓從小就受過訓練，可以通過站姿、攜帶武器的方式、眼睛的角度來判斷對方的意圖。他們有上百個小地方可以觀察——握劍柄握到指節發白、聳肩、彈舌頭或是嘴唇乾燥。眼睛微微抽動可能代表對方即將動手，或是意圖唬人。但是安妮克看起來可能是在肉舖門口排隊，也可能是在欣賞安努諸神道上的雕像。顯然對自己差點殺害皇帝的弟弟一點也不擔心。她沒有離開門口，手持弓箭站在原位，姿態鬆懈，但隨時可以發動攻擊。她稚氣的小臉就和白牆一樣沒有透露任何情緒。

瓦林疲倦地翻向身側。他努力思考，想到頭都在痛，身體也痛。他的傷處在剛剛那些可悲的嘗試下迸裂，胸口滲出鮮血，一吸氣就痛。安妮克似乎真的不太想殺他，至少現在不想。

「那個繩結呢？」他疲憊地問。「妳在溺水測驗時打的結。」

「雙重稱人結。在那種情況下很難解，但也不是不可能。」

瓦林凝視她的臉，還是什麼也看不出來。「妳真的相信是這樣，是吧？」

「那是事實。」

「事實。」瓦林說。「那妳認為我在海裡差點溺斃時摸到什麼結？」

「雙重稱人結。」她回答。「你解不開，所以在芬恩面前找藉口。這就是你謊稱有多繞圈的原因。」她的聲音毫無起伏，彷彿對上級說謊和指控其他學員都只是策略，和其他策略毫無差別，重點在於策略成功與否。沒有什麼是能令她動容的，也沒有什麼能讓她吃驚。

「安咪呢？」他在衝動之下高聲質問。「是妳殺了她嗎？」

這話終於引起一點反應。她的眼眸閃過一絲黑暗又恐怖的光影，伴隨著憤怒與毀滅的陰影。

「我們發現她的屍體，妳知道。」瓦林繼續進擊。「她是很漂亮的女孩，但是在凶手行凶之後，她就不漂亮了。」

「她……」安妮克開口，但卻說不出話來，纖細的五官微微抽動。「她——」

「她怎樣？她哀求妳住手？她本來不該死的？是她自己活該？」他說得很吃力，每個字都扯動他胸口的傷，但他還是繼續逼問，好似拿著匕首刺向狙擊手，想逼她保持守勢，致使在撤退時不小心絆倒。「我知道那天早上妳有跟她見面。」他問。「妳花一整天的時間殺她嗎？」

安妮克微微舉弓，一時之間，瓦林以為她終究還是會殺了他。她突然開始劇烈呼吸，手指幾乎是在顫抖。他凝視著她，驚訝到完全忘記恐懼，直到她停止抖動為止。接著，她二話不說，轉身消失在門後。之後很長一段時間裡，他就這麼盯著門口看，徒勞無功地試著回想她的表情。

幾小時後，當荷・林終於抵達時，他依然維持那個姿勢。

瓦林沒有費心點燃床邊的小油燈，在逐漸昏暗的黃昏光線下，一開始他只看見她站在白牆前的身影，臀部緊實的線條及隆起的胸部。他聞到她的氣味，在上百次訓練任務中熟悉的鹽與汗水的氣味。

「林。」他開口，立刻將安妮克的事情拋到腦後。「妳絕對不會相信——」

當她走到床前，進入窗口逐漸黯淡的陽光中時，他的聲音啞掉了。她的嘴唇裂開，額頭上有道大傷口。傷口已經開始癒合，但看起來還是很慘。

「看在夏爾的份上——」他朝她伸出手。

她反應激烈，立刻後退。「別碰我。」她語氣堅決，又有點魂不守舍，彷彿在沉睡中說話。

瓦林癱回枕頭上，神色憤慨，心臟劇烈跳動。「我有問倫，他說妳沒事。」

「沒事？」她說著，低頭看向自己的雙手，彷彿第一次看見它們。「對，我想我沒事。」

「出了什麼事?」瓦林問,再度對她伸手。

她轉向窗戶,從指節上撕下一塊痂,彈出窗外。

「一時大意。」她終於說。

「狗屎,林。」瓦林怒道。「那些瘀傷可不是走路摔倒摔出來的。現在,看在浩爾的份上,究竟出了什麼事?」

他語氣中的怒意終於掃空了她的疲態,她也以相同態度面對他。「山米·姚爾和包蘭丁,」她冷冷回應,嘴角扭曲,似是氣憤,又似在哭泣。「他們兩個都在西峭壁上等我。」

「而他們——」他無力地朝她的臉揮手。「——這樣對妳?」他緊緊握拳。「那些混蛋。那些狗娘養的天殺混蛋。我知道我不該讓——」

她笑了,發出低沉難聽的笑聲。「讓我怎樣?讓我一個人在島上閒晃?讓我天黑後出門?」她搖頭。「或許你不該讓我接近尖銳物品?」

「我不是那個意思……」他開口,又住口,體內湧出一股噁心的感覺。「他們沒有……」他不確定該怎麼說。「他們有……」

「強暴我?」她說著,揚起一邊腫脹的眉毛。「你想問的是這個嗎?他們有沒有強暴我?」

他無聲點頭,顯得手足無措。

她轉頭朝窗外吐口水。「沒有,瓦林。」她說。「他們他媽的沒有強暴我。」

他鬆了一大口氣。「好了,那就——」

「那就怎樣?」她吼著。「還好?還好他們沒有撕開衣服上我?真是謝天謝地!」火光在她眼中搖曳，雙眼彷彿著火。「他們把我的臉壓在土裡，刮傷我胸口，打斷我的鼻子，可能還有一根肋骨，但至少我寶貴的陰部沒事。」

「林——」他開口。

「噢，去你的，瓦林，你是白痴。」她啐道。她在哭，不過還是一口氣把話說完。「重點在於他們可以對我為所欲為。他們可以強暴我，可以殺我，把我的屍體丟到海裡。什麼都行。我完全阻止不了他們。」她顫抖地吸了一大口氣，以手背抹去淚水。

「為什麼？」瓦林問。「他們為了什麼？」

「他們說是報復，」她說，哽咽和憤怒突然消失，以冷淡的語氣取而代之。「說要提醒我在格鬥場上對抗他們是什麼下場。」

「但是他們贏了。」瓦林思緒有些紊亂。

「他們是贏了。」林疲憊地點頭。「他們贏了，他們贏了，他們贏了。」

「我應該跟妳去的。」瓦林想掙扎起身。

「你到底有什麼毛病？你到底有沒有聽我說話？」她緩緩轉身面對他。「我對浩爾發誓，就某些方面來說，你跟那兩個混蛋一樣壞。」

這話比肩膀上的傷口傷他更深。「什麼？我的意思是我想去幫妳，支援妳。」

她又深吸一口氣，放慢速度，彷彿在對蠢孩子說話。「他們攻擊我是因為我跨越了他們對我設下的界線，因為我不安分。」她再度疲倦地搖頭。「現在你也一樣，告訴我這裡不該去，那裡不該去，告訴我穿個褲子都要跟你報備。」

「好啦。」瓦林說。「可以。我懂了。很抱歉。」

「不。」她說。「你不懂。你不可能如影隨形跟著我。你不可能每天晚上看著我睡覺。」

「我幫得上忙。」他頑固地說。

「操。我是士兵，跟你一樣。跟山米·姚爾一樣。」她說，一邊焦慮地摳掉另一塊痂，低頭注視著它，微微顫抖。她一根接著一根彎曲手指，看著傷口冒出鮮血。「我一時大意，就這樣。不會再有這種事了。」她終於說。

瓦林覺得一塊冰冷的石頭墜落腹中。他肩膀抽動，但他一點也不在乎肩膀的傷。

「妳想要什麼。」他說。「需要什麼。跟我說。」

「我不……我以為跟你談談會有幫助。」她彈開手指上的血。「我太蠢了。怎麼可能會有幫助？事情已經結束了，塵埃落定。你或許是皇帝之子，但也沒辦法把沙塞回沙漏裡。」她轉過頭來，終於直視他的雙眼。「時光不會倒轉，只會往前。我需要的只是一點時間。」

「不。」他本能地回應。「林……」

他又伸手去安慰她，但她掙脫了。

「我要獨處一段時間，瓦林。目前你只能這樣幫我。別再因為我們曾在餐廳裡接過一次吻，你就認為自己有義務保護我。我不是那些混蛋的，當然也不是你的。」

21

凱登以為在得知坎它的祕密後，譚不會繼續那麼嚴厲地對待他。畢竟，那些年長的僧侶終於開始信任他，向他解釋了全帝國甚至全世界只有幾個人知情的祕密。他以為院長書房裡的談話代表了某種升級，代表他從侍僧變成了其他身分。然而……世界上有很多人之常情，但人常常會弄錯，他嚴肅地想。

離開小石屋後，譚轉過身來擋住小徑。凱登很高，但是年長僧侶比他還高出半個頭，他需要強大的意志力才能讓自己不要退縮。

「學習空無境界跟學數學或樹名不同。」他說話的音量不高。「你沒辦法研究它，沒辦法把它記在腦海裡。你不能寄望某位神會在你睡夢中把這種智慧塞進你身體裡。」

凱登點頭，不確定他說這話是什麼意思。

他的烏米爾笑容陰森。「你頭點得倒是挺快的。你沒辦法瞭解空無不會像植物一樣在你體內生長。想想你剛剛做好的那些空陶碗。你必須用手指捏陶土，強行將空無加在碗裡。」

「我覺得比較像是引導，不是強加。」凱登主動說，院長的信賴和剛剛得知的祕密讓他變大膽了。「如果你捏太大力，碗就毀了。」

譚凝視他很長一段時間，目光尖銳如釘，看得他渾身不自在。年長僧侶緩緩說道：「如果你在我的指導下能學到任何東西，那肯定就是：空無存在的唯一原因就是有別的東西被挖空了。」

於是，凱登此刻站在食堂後牆和一座矮崖中間的空地，手持鏟子，面前有個挖了一半的大洞。譚盤腿坐在數呎外一棵杜松樹蔭下，雙眼緊閉，呼吸平穩，彷彿在睡覺，但凱登知道沒那麼好的事。他甚至認為他的烏米爾根本不需要睡眠。

僧侶要他挖個大洞，兩呎寬，和凱登的身高一樣深。空氣中瀰漫著煮洋蔥和黑麵包的香味，食堂的窗口傳來其他僧侶的交談聲、長凳刮地聲，還有木匙與陶碗的碰撞聲。他的肚子咕嚕咕嚕叫，但他努力拋開飢餓的感覺，將注意力集中在眼前的工作上。不管接下來要面對什麼情況，要是讓譚以為徒弟想要偷懶，情況就會變得更糟。

地面堅硬多岩石，比壞掉的麵包還乾，碎石比土還要多。凱登三不五時就要彎腰徒手挖掘大石頭，撥開邊緣清土，直到手能伸進去挖出整塊石頭。這麼做十分費時。他弄斷了兩片指甲，手掌都是刮傷流血，幸好晚鐘響起時，凱登已經挖好了一個尺寸差不多的大洞。

譚在他挖好之後起身，走到洞緣，輕輕點頭，然後指著洞說：「下去。」

凱登遲疑。

「下去。」年長僧侶又說。

凱登小心翼翼地爬進洞裡。站在凹凸不平的洞底，眼睛只能勉強看見洞外的景象。石頭窗內有幾名年輕僧侶探頭探腦。在阿希克蘭遭受處罰是司空見慣的事情，但是譚從來沒有收過徒弟，所以他們對於凱登會面臨什麼命運深感好奇。他們的好奇心沒多久就獲得滿足。僧侶抓起鏟子，毫不在意凱登的眼睛或耳朵，開始把土鏟回洞裡。

填洞花的時間不到凱登挖洞的十分之一。凱登伸手揉開眼睛裡的土，譚搖頭。

「雙手貼在身側。」他說，絲毫沒有放慢鏟土的節奏。

凱登在土逐漸埋到下巴時想開口抗議，一堆土湧入他的嘴裡，在他有機會把土咳乾淨之前，譚已經把土填到他鼻子下方了。他身上有十幾個部位被銳利的石頭頂住。土重得跟鉛塊差不多，這讓他心裡越來越慌。他沒辦法移動手腳，甚至不能吸滿一整口氣。他發現自己可能會死在這裡。如果他的烏米爾在他頭上多加兩鏟土，他就會在碎石土堆裡窒息而亡，無法呼吸、動彈不得、連慘叫都辦不到。

他閉上雙眼，任由心思漂流。恐懼是夢，他告訴自己。痛苦是夢。體內的恐懼浪潮消退了。他從鼻孔淺吸一口氣，專心想著空氣進入肺部的感覺。在眼睛依然閉著的情況下，保留那口空氣七下心跳的時間，然後緩緩吐出，趁空氣離體時放鬆身體。恐懼透過他的雙腳和指尖流失，滲入四周的土壤裡，直到他恢復冷靜。心靈會向身體學習，只要身體不動，拒絕掙扎，他的心靈就能維持平靜。

他睜開雙眼，發現譚瞇起眼睛打量他。凱登以為他的烏米爾有話要說，要來幾句挑釁或臨別格言什麼的。結果僧侶把鏟子扛在肩上，一言不發地轉身離去，留下嘴唇以下都被埋在堅硬土裡的徒弟不管。

凱登就被一個人丟在這裡。食堂裡越來越吵，接著又在僧侶用餐完畢前往冥思廳或自己房間後安靜下來。龐大的石造建築遮蔽了夕陽景色，天空漸漸從藍色變暗，最後夜風吹拂，冰冷刺骨，將山上的砂礫和塵土吹到他臉上。

很長一段時間裡，凱登唯一能想到的就是壓力，持續包覆在他身體外的壓力，每當他想要呼吸就會擠壓胸口的壓力。他沒辦法移動，連轉身都不行，小腿和後背的肌肉沒多久就開始抽搐，抗議遭受囚禁的感覺。隨著空氣和大地逐漸降溫，他難以克制地顫抖起來。

冷靜，他對自己說，淺淺吸了口氣。*這又不是肚子被捅一刀，或脖子套在絞繩上。這不是折磨。這只是土地。說不定瓦林每天受訓都要承受更淒慘的處境。*

當他終於成功讓身體不再顫抖後，換恐懼襲來。他已經有一段時間沒想起慘死的山羊了。殺害山羊的傢伙至今尚未進入修道院方圓數里的範圍內，儘管如此……山羊頭顱碎裂的沙曼恩清清楚楚浮現心頭。在此時此地，渾身動彈不得，嘴唇以下埋在地裡的情況下，凱登淪為遠比最衰老的山羊更容易得手的獵物。對方尚未攻擊過人，但譚和希歐·寧都堅信那東西可能會帶來危險，堅持侍僧和見習僧要結伴而行。

天色快要全黑時，凱登聽見後方傳來碎石滑動的聲響。他無法轉身，只是微微轉動頭部，立刻感到一股刺痛從頸部迅速蔓延至背脊。*有可能是譚。*他對自己說，努力相信是他的烏米爾決定回來挖他出去。但是話說回來，年長僧侶似乎不太可能在夜鐘響起前釋放他。凱登張口想叫，想問問是誰來了，嘴裡立刻湧入砂土，壓住他的舌頭，差點噎死他。心臟無視他想放慢節奏的想法，在土堆的壓力下劇烈跳動。

腳步聲越來越近，最終在他身後停止。凱登奮力吐出嘴裡的砂土，但還是無法說話。一隻手掌當頭抓下，把他的頭向後拉，再向後，直到能凝望夜空。有人蹲在他身後，他看到一頭鬈髮——

阿基爾。

凱登鬆了口氣，四肢放鬆到好像化為液體。當然了。他朋友聽說他受罰的事情，會跑來這裡幸災樂禍。

「你看起來好慘。」男孩打量凱登片刻後說道。

凱登想要回話，結果嘴裡又多了一口土。

阿基爾放開他的頭，走到凱登面前，壓低身形。「我想把你挖出來一點。」他指著已被填滿的地面。「但譚說只要我移動一塊石頭，他就會把我埋在你旁邊，而且會埋得比你還久。最英勇的做法應該是照樣把你挖出來，基於對朋友的忠誠，或之類的東西。」他在月光下聳肩。「但我早就學會不要逞英雄。」

他瞇眼，彷彿想看出凱登的表情。「你是在瞪我嗎？你看起來像在瞪我，但你那雙火眼實在很難看出有沒有在瞪人。或許你想尿尿。說起尿尿，你在裡面要怎麼尿？」

凱登暗自咒罵，他朋友竟然提醒他想起自己逐漸鼓脹的膀胱。看來譚打算從徒弟身上挖掉的東西也包括了他的尊嚴。

「不好意思提起這個。」阿基爾說。「不要生氣。我敢說他這麼搞你一定有很好的理由。想一想，有個如此為你著想的烏米爾，訓練肯定人有斬獲。」他鼓勵式地點頭。「總之，你會很高興聽到我們的命運緊緊相繫。譚說只要你還埋在這裡，我就要坐在你身後——以免有鳥想在你頭上拉屎或什麼的。」他皺眉。「事實上，譚沒有特別交代有鳥在你頭上拉屎的話該怎麼處理，但譚要我在這裡看著你。」

他拍拍凱登腦袋，隨即起身。「我敢說這樣令你欣慰。反正記住，不管你面對什麼情況，我都在這裡陪你。」

「阿基爾。」譚的聲音劃破黑暗而來。「你是來看著他，不是來講話的。如果你對我徒弟多說一個字，你就跟他一起埋到地下去。」

阿基爾再也沒有多說一個字。

之後七天，凱登就這麼埋在洞裡，承受正午的烈日灼曬，在日落西山、繁星隨著冰冷遙遠的天頂輪轉上天空時，在土石棺材裡發抖。他很高興得知自己不是一個人，但是有阿基爾陪伴，似乎也起不了什麼慰藉作用，如果那樣能算陪伴的話。在譚的要求下，他一言不發地坐在凱登的視線範圍外，第一天過後，凱登就差不多忘記他的存在了。

他心裡浮現上千件微不足道的小事，枝微末節的問題因為無法處理而膨脹到巨大無比。比方說，大腿癢，本來只要隨手抓抓就沒事了，但他因為這個被折磨了兩天。無法動彈的手臂抽筋引發的刺痛沿著肩膀一直延伸到頸部。譚挖土驚動了附近一個蟻丘，那些昆蟲爬到他臉上，進入耳朵和鼻孔裡，爬進他眼中，直到他覺得螞蟻無所不在，鑽入土裡，爬滿他全身。

每隔兩天，就會有人刷開他嘴巴上的土，在他嘴唇上倒一杯水。凱登貪婪地喝水，甚至在水都滲入土裡後還去舔土，雖然他總是會在幾小時後沒辦法吐出嘴裡的砂礫時後悔這麼做。每天夜晚他都會想辦法在夜深人靜時睡上幾個小時，但就連在夢中也遭人囚禁，並在隔天早上醒來時發現夢境是真的後更為心力交瘁。

第一天結束時，他以為自己會發瘋。到了第四天，他已經開始幻想水和自由——在清醒的情況下清楚看見自己在清涼的山澗中翩翩起舞，宛如瘋子般手舞足蹈，大口暢飲清水，呼吸著清新自然的空氣。當僧侶帶著他的水來時，他發現自己很難分辨他們的真實性，看他們的眼神宛如在看幻影或鬼魂。

第八天，他在寒冷的拂曉中醒來，天空灰茫茫的，宛如石板，東方山峰傳來黯淡微弱的晨曦。幾名僧侶已經起床晨間梳洗、穿越廣場，唯一聽得見的聲音就是他們赤腳踏在碎石路上的聲響。在幾下心跳的時間裡，凱登的心靈進入一種他自以為早在幾天前就失去的清澈境界。譚會把我留在這裡，如果我不悟出他要我在這裡悟出的道理，他就會把我永遠埋在這裡。這個想法理應令他沮喪絕望，但是想法早已失去任何急迫性，他覺得現實都已經脫離掌握，而既然他的現實就是一座用堅硬岩石和土壤所構成的棺材，他很樂意放棄現實。畢竟，凱登會受苦，但如果世間沒有凱登，那就不會有所謂的受苦了。

有一段時間，他就這麼凝望著一朵薄雲，輕若無物，遙不可及。當雲脫離他的視線範圍時，他便凝望一大片空蕩蕩的灰色天空。空無的天空，他呆呆地想。一片空無的天際。少了那塊空間，雲就不能飄過去；少了它，星星不能在軌道上運行；少了那一片廣袤的空無，樹木將凋零，光芒將黯淡，而在大地上行走或爬行的人類和動物，雖然能在天空下的虛無中自由穿梭，卻將在難以言喻的壓力中窒息，就像他此時此刻一樣，慢慢窒息。凱登凝望天際，直到他覺得自己快要向上墜落，從土裡直接摔入越來越稀薄的灰色天空，遁入空無。

兩天後，譚將他從恍神中拉回現實。自從處罰開始，凱登就沒見過他的烏米爾，他困惑地抬起頭，想看清楚面前這個穿僧袍的是什麼人。

「你感覺如何？」僧侶在一段沉默之後問道，蹲下來擦掉凱登嘴上的土。

凱登思考這個問題，彷彿把它當作圓滑的石頭在心裡翻轉。感覺。他知道這個詞的意思，卻忘了怎麼把它和自己連結在一起。「我不知道。」他回應。

「你生氣嗎？」

凱登輕輕動頭，表達否定的意思。他想到自己有理由生氣，但是遭受囚禁只是一項事實，四周的土石是事實，口渴是事實。對事實生氣毫無意義。

「我可以讓你在這裡待到新月。」

新月。凱登每天晚上都在看月亮，看著時間逐漸削減月亮的光芒。現在是凸月，剛過半圓月。這表示新月還要一個禮拜。要是在幾天前，這個想法會讓他驚恐不已，但他現在已經沒有力氣驚恐了。他甚至沒有力氣回應。

「你準備好讓我挖你出來了嗎？」譚繼續問。

凱登凝視這個男人，凝視著他頭皮上的疤痕。*那些疤是怎麼來的？*他愣愣地想著。這個僧侶的一切都是謎團。猜測這個問題的答案毫無意義。譚可能會釋放他，也可能不會，端看他心裡此刻浮現什麼神祕莫測的想法而定。

「我不知道。」凱登回答，喉嚨中的聲音十分嘶啞。

年長僧侶又打量了他一段時間，然後點頭。

「很好。」他說著朝阿基爾比手勢。「挖。」他補充，指向凱登四周的地面。

那種感覺一開始很奇特，也很令他不安。連日來壓他、輾他的壓力逐漸消失了，他覺得自己好像在墜落，永無止盡地墜落。碎石在鋼鐵下嘎啦作響時，凱登感到有東西慢慢回到體內，他發現是思緒和情緒。

「你要放我出去？」

「最好可以多埋一週，但是情況有變。」譚說。

凱登瞇眼，想要弄清楚是怎麼回事。「情況？」身旁是硬實的土地，上方是遼闊的天空，太陽在藍天上刻劃弧線。那些是所謂的情況。情況怎麼會變？

一朵雲飄過太陽之前，在僧侶的臉添上陰影。

「我想多埋你一陣子，但是這裡已經不安全了。」

22

浩爾試煉當天清晨天氣晴朗、氣溫涼爽。在看到熹微的晨光終於從地平線透出時，瓦林鬆了口氣。前天晚上他翻來覆去一整夜，一來他已經為了荷．林的事心煩一週了，二來是在擔心接下來要面對將會決定他一生走向的嚴苛試煉。小時候被凱卓部隊挑中是好事，在奎林群島上受訓半輩子是好事。但如果無法通過浩爾試煉，一切將會就此結束，多年努力就會像昨日微風一樣蕩然無存。

只要撐過這一週就好，他不斷告訴自己。你現在幫不了任何人，幫不了林，幫不了凱登，誰都幫不了——如果你不能撐過這一週的話。

這天對奎林群島而言有點寒冷，學員在大聖樹下的沿岸海角集合，北方的天際逐漸形成烏雲鋒面，遮蔽下方的海浪，將浪峰打成白色浪花。暴雨來襲只會讓試煉有個不好的開端，猛禽指揮部不會在乎風暴，也不會在乎風暴將會帶來的傷害。你在宣誓加入凱卓部隊時，就該知道自己會面對什麼情況了——有時候會下雨，有時候會受傷。你只能包紮傷口，扣好腰帶，然後繼續前進。

他在人群中尋找林的蹤跡，她站在遠方，盡可能離他最遠的位置。她和他短暫目光相接，眼神冷淡，毫無情緒。包蘭丁和姚爾則完全不同。姚爾站在數呎外，對著他一個跟班輕聲竊笑。他看到瓦林在看他，於是眨了眨眼。瓦林強迫自己呼吸，將雙手緊貼在身側，壓抑眼後波濤洶湧的怒血。一週前，他差點在林離開醫務室後去找這兩個傢伙算帳。他也不管肩膀的傷就要爬下病床，一心只想找出他們，打斷他們天殺的膝蓋。

奇怪的是，說服他不要這麼做的卻是姚爾和包蘭丁本身。正當他努力下床、在髒話中克制腹部噁心感時，他想起在格鬥場中打鬥的情況，包蘭丁挑釁林直到她吞下誘餌，接著姚爾開始攻擊她，誘使瓦林自行犯錯。他發現那兩個傢伙又在故技重施了，只不過這次規模更大也更殘暴。他們知道他會去找他們。在他們那樣對林之後，他怎麼可能不去？就跟在格鬥場時一樣，他們都準備好了，就等著他入局。

瓦林不知道他們究竟在打什麼主意，不清楚遊戲規則或目的，但有一件事很肯定——被他們牽著鼻子走很快就會輸。他不打算輸，至少這次不行。當暴風烏雲來到他們頭上時，他直視姚爾的目光，也眨了眨眼。姚爾臉上浮現一絲不安，接著他皺眉，偏過頭去。

開始下雨了。瓦許東北部任務指揮官妲文·夏利爾踏上小講台。她完全不說客套話。

「今天你們將會展開試煉。如果你選擇要參與試煉的話。」她說到這裡稍作暫停。夏利爾是位六十多歲的纖瘦女士，她威嚴的目光緩緩掃過所有學員，瓦林不得不強迫自己面對那道銳利目光。「我上台，是為了要勸你們放棄這項考驗。」她終於開口繼續說。

在場的學員驚訝地竊竊私語，疑惑地互看對方。他們為此準備了八年，現在這個女人竟然要來勸退他們？瓦林掃視其他人。塔拉爾神色警覺，小心翼翼；萊斯似乎認定這整件事情只是另外一個笑話；安妮克一副在思索繞過海角駕駛一艘小船時，船上棘手的繩索問題；葛雯娜皺眉摳著黏在黑衣上的東西。只有林面無表情。她雙眼空洞無神，那雙眼睛比接下來將會面對的考驗更令瓦林害怕。

「浩爾試煉，」夏利爾等騷動安靜下來後才繼續說道。「正如各位所知，是以浩爾，黑暗之王，貓頭鷹王，黑夜之王為名。儘管島上的士兵有著各式各樣的信仰，壓熄火焰的始終是浩爾，是浩爾將黑暗當作斗篷般遮蔽天空，也是浩爾創造陰影和黑暗，讓你們能偷溜到足夠近的距離將匕首插入目標體內。」

瓦林沒想到這個女人會來一段文情並茂的引言。大部分指揮官講話都很簡短，適合在戰場上發號司令，夏利爾也不例外。但今天，基於某種原因，她的語氣像在演說，而不是講話，彷彿她是在舉行宗教儀式，而不是在做任務簡報。或許她確實是在舉行宗教儀式——浩爾試煉，和其他儀式一樣，會用到祭品。

「對凱卓而言，浩爾的地位比其他神更高。」女人比向身後的聖樹，倒掛在樹枝上的蝙蝠隨著陣陣微風輕輕搖晃。「但是不要弄錯了，各位士兵，浩爾並不偏愛你們。」

瓦林看向人群另外一側。荷．林幾乎是站在他的正對面。他對上她的目光，但她不願多看他一眼。

「你們都聽過試煉的傳言，但你們沒有聽過真相。」女人接著說。「真相在於，未來一週的考驗將會傷害你們、碾碎你們，甚至擊潰你們。而那些都只是前奏而已。浩爾試煉，真正的浩爾試煉，要到一週後才會正式開始，如果你們蠢到堅持至那個時候的話。」

瓦林沒聽說過這種事情。據他所知，浩爾試煉應該只是一連串漫長的演習，肯定比一般訓練嚴苛，但基本上和他遭遇過的訓練沒多大差別。幾呎外的葛雯娜喃喃唸了句「神祕兮兮的馬糞」

之類的話，對著石頭吐口水。其他學員似乎也都同樣吃驚，不過反應不太一樣。安妮克緊握她的弓，彷彿隨時準備射擊，以老鷹凝望老鼠的目光瞪著指揮官。山米·姚爾說了個瓦林聽不見的笑話，包蘭丁點頭稱是。空氣中充滿了浮躁不安的情緒。

「試煉的詳情，只有成功通過第一週的人才能得知。」夏利爾又道。「但我可以告訴你們一件事——有些人會崩潰，徹底崩潰，一輩子都爬不起來。」她停頓一下，讓大家思考她所言代表的意義。「各位都受訓八年，沒人會質疑你們的勇氣。現在站出來，你的苦難就結束了。阿林島等著你，坐船一天就到了。」

阿林島。失敗之島。猛禽不允許受過凱卓訓練的士兵以傭兵或間諜的身分返回大陸，無法或不願意完成浩爾試煉的人會被遣往位於奎林群島西北方的阿林島。那裡是群島中最奢華的島嶼，環境比其他島更適合人居住，為蔚藍大海增添一抹翠綠。帝國十分照顧在浩爾試煉中被刷下來的男女，永久提供他們上好的住宅與食物，費用全由安努好心的公民納稅支付。他們會過著豐衣足食的生活，是大陸上數萬人渴望而不可得的生活，其代價就是自由，失敗的士兵會在阿林島這個熱帶天堂裡終老一生。

沒有人站出去。

夏利爾點頭，彷彿這在她的意料之中。她說：「接下來幾天裡記住這一點。當你在海面上苦撐、在沙地中掙扎、在遼闊的大海裡近乎溺斃時，隨時都可以退出。另外還要記住，接下來這一週還只是容易的部分，是溫柔的前戲。從開始到結束，你隨時都可以拋下這一切，可以決定凱卓的生活不是你想追求的目標。」

學員全部不動如山，不願意接觸其他人的目光。

「好吧。」夏利爾認命地搖頭說道。「試煉的前奏現在展開。」她轉向她的左側。「芬恩，席格利，接下來一週，他們就交給你們了。」

阿達曼．芬恩走上前。「你們這些蛆給我聽清楚了。」他開口，臉上浮現不懷好意的笑容。「除非一個男人嘔出他自己的血，不然我不認為他有資格成為凱卓士兵。」

「那女人呢？」葛雯娜回嘴。

芬恩笑。「這個嘛，妳們女人比較能夠忍痛，所以我們得更加嚴厲。」

接下來六天就在迷迷糊糊的痛苦和疲憊中度過。瓦林跟著其他學員一起跑步跑到水泡和傷口滲出血來，游泳游到覺得會溺斃在海灣裡，又拖著疼痛不堪的身軀上岸繼續跑。他在火刺和碎石堆上匍匐前進數里，扛著一整根樹幹穿越整座島，再扛回來。他和塔拉爾角力，直到兩人一起癱在格鬥場上，掙扎著多喘幾口氣，接著被人一腳踢在肋骨上，叫他起來繼續跑。他拿木板當槳，划艘漏水的小船繞島一周。接著他們拿走他的槳，要他再來一次。他徒手划水划了半個晚上，努力驅動小船前進。

每天中午左右，廚師會從淹死老鼠的鍋裡倒出幾隻濕淋淋的死老鼠到格鬥場外，那就是唯一的食物。瓦林努力嚥下老鼠肉，剔除膽和心，咬爛細細的骨頭吸食骨髓，髒兮兮的手指上沾滿老鼠的血和內臟。第一天，他把食物全部吐出來。當晚他咒罵自己一整夜，因為他的肚子憤怒無力地跟他抱怨。第二天，他把整隻老鼠都吃了，包括眼睛和軟軟油油的鼠腦，而且沒吐出來。

訓練官就像鬼魂或幻影一樣無所不在，挺立在跪地學員周圍，不停嘲笑他們的努力，並且伸出溫柔、背叛的解脫之手。

「你沒必要這樣。」第四天，當瓦林在海浪中奮力推著一個大沙桶時，跳蚤湊到他跟前說。「我告訴你，小子。你以為這樣已經夠糟了？接下來只會更糟。」

瓦林吃力地說了句就連他自己都聽不懂的話，然後繼續推桶子。

「身為皇帝之子，你有很多選擇。」跳蚤邊想邊說。「或許根本不必淪落到阿林島。我們可以為你破例。你何不就此放棄？我們會把你洗乾淨，用艘快艇送你回家。沒有什麼好丟臉的。」

「滾開。」瓦林大吼，使勁拉扯那個冥頑不靈的大沙桶，把它移出潮濕的沙灘，再用力把它推上沙丘。跳蚤輕聲竊笑著離開了。

不是所有學員都能拒絕誘惑。痛楚和疲憊每天、每小時、每分鐘都在累積，直到太陽似乎在天上停滯不前，而這難以承受的痛苦彷彿永遠不會消失，比永遠還要長久，乃是梅許坎特親自設計的永恆苦難。阿林島翠綠的海岸在對他們招手，只要……停止，只要放棄，就能在安逸舒適的天堂中享樂。瓦林終於瞭解這個提議的美妙之處在於讓人陷入絕境，他除了奮戰之外別無選擇。以二十歲前就能擁有這樣舒服的退休生活為誘餌，你就能得知誰才是真正一心想成為凱卓的人。瓦林痛苦疲憊地帶著妒意眼睜睜看著一個、兩個……六個學員離開試煉，在訓練官的輕聲哄騙下自我放棄。

想都不要想，他低聲對自己說，強迫自己再從海裡推出另外一個大沙桶。不管跳蚤怎麼誘惑，失敗就表示要去阿林島，而阿林島就表示永遠無法離開奎林群島，那就等於要他丟下凱登和艾黛兒不管，也不能幫安咪和荷·林報仇了。*作夢都不要想。*

第五天，他發現自己來到葛雯娜身旁，兩人戴上牛的挽具，身後拉著一輛裝滿小圓石的大拖車。學員主管賈卡伯．拉蘭坐在石堆上，右手拿著皮鞭。

葛雯娜轉頭看他一眼。她有半張臉腫得發青，但是那雙綠眼睛裡沒有任何放棄的意念。

「前進，騾子！」他嗓音尖銳地叫著，揮鞭甩在瓦林耳朵旁邊，劃出一道血痕。「前進。」「數到三？」她喘道，身體前傾，撐緊轡繩。

「妳覺得我們直接用他那條皮鞭勒死他怎麼樣？」瓦林問，邊將體重灌注在牛軛上，雙腳繃緊，直到整台拖車不情不願地開始移動為止。皮鞭再度甩下，這次劃破葛雯娜的臉頰。

「勒死不是我的風格。」她回應。她比瓦林矮一個頭，但她很強壯，在兩人一起拉車的情況下，拖車開始緩緩加速，在崎嶇的岩地上顛簸前行。

「丟顆甩芯彈到他床上如何？」瓦林上氣不接下氣，一邊吃力地拉車，一邊往筋疲力竭的肺裡灌注空氣。

「太痛快了。再說，像他這種懶人——我們得上天花板去刮掉他的肥油。」

瓦林雖然痛苦，還是忍不住微笑。「把他甩下車，再拉車去輾他呢？」

「你說動手就動手，噢，我的王子呀。」葛雯娜才說完，另一鞭就甩下來讓他們兩個閉嘴。

他偶爾可以看見荷．林的身影。第三天時，他想辦法抽了點時間看著她游泳拖著一艘駁船繞行港口，表情無比堅定。他很想張口招呼，但他要站著都很勉強，而她顯然除了耳邊的海浪聲外什麼都聽不見。他想要多待一會兒，等她抵達防坡堤再走，被訓練官一拳擊中腎臟，打得他滾落岩坡，又一次踏上海岸的痛苦循環之旅。

每天傍晚，炎熱的太陽染紅地平線時，瓦林都依然在黑暗中掙扎，在海浪中發抖打顫，心思萎縮成遲鈍的小瘤，身體疲憊到超越痛楚和苦難，進入死氣沉沉的麻痺境界。

在他認為應該是第六天的某一刻裡，他發現自己與萊斯並肩浮在海面上，齊心合力把一艘沉沒的小船拖出海面。

「拉。」瓦林催促他，同時扯緊繩索到腳筋都快裂開的地步。「拉！」

「再叫我拉一次，」萊斯用盡全力拉繩子，氣喘吁吁地說。「我就要放下這些繩子，把你的鼻子打進你的皇家臉孔裡。」

瓦林無從分辨他是不是在說笑。萊斯聽起來十分認真，但在吃了六天死老鼠、承受無止無盡的痛苦之後，瓦林不在乎他是不是在說笑。「拉！」他再度喊道，隨即忍不住哈哈大笑。他體內某個消失許久的部分隱約認出笑聲之中蘊藏的瘋狂，但他沒有能力制止。「拉，你這混蛋！」他吼道。

萊斯也對他大吼大叫，語氣就和他一樣瘋狂絕望，兩人費力地把船拉上沙灘，再奉命重新推船入海，調轉船頭，接著游向離岸一里外的泊錨船艦上。

瓦林在那次游泳的途中深信自己死定了。他的心臟從未跳得如此誇張，每一口氣都彷彿會帶出鮮血和肺臟。當他朝海面吐口水時，他在唾沫中看見粉紅色的斑點。他知道人的身體有可能自己崩潰。曾經就發生過學員死於心臟爆裂的事件，他們的身體會劇烈抽動，在超越極限後崩壞。很好，他對自己喘息道，拖著那艘桀敖不馴的小船穿越海浪，游向似乎怎麼游都不會變近的大船。死在這裡也不錯。

當他終於爬上甲板時，跳蚤和阿達曼．芬恩在船上面色不善地吼著一些瓦林聽不懂的句子。他們究竟在吼什麼？他神智不清地找尋可以拉動、擊打、傷害的東西，但附近什麼都沒有，只有一大片沖洗乾淨的甲板。就在他目瞪口呆時，訓練官的話開始滲入他的意識，就像雨水從破爛的茅草屋頂緩緩滲入他的耳中。

「……聽見了沒有，你這個白痴？」芬恩吼道，在數呎外朝他揮動粗指。「結束了，至少暫時告一段落。我建議你先躺在甲板上，睡幾個小時。」

瓦林瞪著他，下巴收不回來。接著雙腿一軟，整個人墜入暈眩絕望的黑暗之中。

23

三小時的睡眠其實不算多，即使以凱卓部隊的標準來看也一樣，但在經歷七天七夜冷酷無情的試煉之後，瓦林癱倒在這艘船的堅硬甲板上，前往奎林島鏈最偏僻的伊斯克島。木板似羽毛床墊般柔軟，他陷入不受夢境侵擾的沉睡中，最後在肋骨挨上一腳時醒來。他翻身爬起，迷迷糊糊的搞不清楚狀況，不過還是伸手握住腰帶匕首，努力回想自己身在何處，試圖在搖晃的甲板上站穩腳步，準備面對已經與他的人生融為一體的無盡苦難。

「靠岸前還有一個小時。」說話的是錢特・拉爾，一個體格壯如鬥犬的矮個子老鳥，個性也和鬥犬差不多。「我建議你利用這段時間下去船艙塞點食物。」

「食物？」瓦林愣愣覆誦，想要甩開腦中的迷霧。在他周圍的訓練官，正把像死人一樣睡倒在地的學員叫起床。船身隨著海浪輕輕搖晃，桅杆在船傾向左舷時嘎嘎作響，乘著恰到好處的南風前進。

「對，食物。」拉爾重複一次。「放到嘴裡的那種東西。好消息是，你們不用吃老鼠了。壞消息是，吃完這餐後，你可能就再也不用吃東西了。在『大洞』裡沒有多少東西可吃。」

瓦林不知道對方在說什麼，但是「大洞」聽起來很沉重，而且很險惡。

「什麼大洞？」

「你很快就會知道了。你要吃東西，還是聊天？」

瓦林的肚子咕嚕直響，於是他點頭。他不知道接下來會面對什麼情況，但是，正如韓德倫所寫：在策略和食物之間根本不必選擇。士兵不能單靠策略生存，他沒辦法隨機應變出食物。

這艘船的小廚房裡一片混亂，充滿了亂抓的手掌、喧譁的人聲，還有幾天沒洗澡的體臭。二十個餓壞了的學員爭先恐後地把熱騰騰的食物塞到嘴裡。不是什麼大餐，只是燉豆子和兩盤骰子肉而已——不過是熱的，更重要的是，不是老鼠。瓦林和其他人一樣，抓起一大把食物就往嘴裡塞，對這種明顯的好事抱持戒心，因為前一週裡其他的好事通常都是陷阱。

有人碰碰他的肩膀，他立刻轉身，舉起拳頭，結果發現是荷．林。她向來很瘦，但過去幾天的經歷讓她看起來更是骨瘦如柴。她有一隻眼睛腫到睜不開，旁邊瘀青消退，呈現黃疸般的顏色。有人或有樣東西在她額頭上劃了一道口子，深到足以留下難看的疤痕。

「厄拉慈悲為懷，林。」他驚呼一聲，被自己灌進去的水嗆到。

她皺眉。「夠了。大家都很慘。」

這話說得不假。光是走去抓一把吃的，瓦林就看到了斷指、歪鼻，還有剛斷的牙齒。他自己的第三根肋骨會在每一次呼吸時刺痛他，他懷疑肋骨斷了，卻想不起來是什麼時候斷的、怎麼斷的。他一直以為那些老鳥身上的疤痕都是出任務時弄傷的，但他已經開始懷疑他們最嚴重的傷或許是來自浩爾試煉。

「感覺如何？」他問，絞盡腦汁想要找一些不會出錯的話來說。「我是指這一週裡。」

「糟透了。」她語氣平淡地回應。「一切都在他們的計畫中。」

「妳還好吧?」

「我站在這裡了,不是嗎?你沒看到我搭上開往阿林島的船。」她的語氣裡又多了一點之前那種剛強。

「當然沒有。但妳看起來——」他伸手觸摸她的手臂,瘦得像木棍一樣。「妳還撐得住吧?」

「沒問題。」

「聽著……」他湊上前去,想在人潮洶湧、呼聲震天的情況下取得一點隱私。

「現在不要,瓦林。我不是來尋求安慰的。我希望你在接下來的試煉中小心一點。尤其是注意姚爾。」

「只要有機會,我不會只注意他。」這話聽起來像是在說大話,不過瓦林十分認真。訓練本身就很危險,浩爾試煉則更加危險。有可能發生意外,有可能被發生意外。

林凝視他,嘴角略帶笑意,然後又消失了。「這種想法是兩面刃。他會來找你,而他可沒有什麼要顧忌的。」她壓低音量,回頭看一眼,繼續說。「我有事要告訴你。在西峭壁上,當他們打得我屁滾尿流的時候,我也回敬了他們幾拳。如果你真的遇上姚爾,他的左腳踝——」她搖頭,突然有點遲疑。「我也不確定,他過去一週看起來都沒事。但我想我有感覺到有東西被拉扯了,一條肌腱。你記得四年前甘特在格鬥場上弄傷腳踝的事嗎?沒人注意到。他還是可以跑步作戰,但後來在沼澤撤退行動時,他拐錯方向……腳踝馬上就折了。」

瓦林點點頭。甘特當年對於腳傷耿耿於懷,好幾個月都拒絕休息養傷,堅持自己一點屁事都沒有。

「姚爾的腳踝或許是弱點。」林不太肯定地說。「我不知道。橫向移動不便，或許在某些角度會容易折斷……總之如果發現情況危急的話可以想辦法利用。」

瓦林打量他的朋友。韓德倫在士氣的章節裡寫道：士氣受挫和士氣潰散之間有道鴻溝。姚爾和包蘭丁在西峭壁上奪走了荷．林某樣東西——她的尊嚴、她的自信，但沒有擊垮她的士氣。想要擊垮她不是那麼容易的事情。

「他逃不掉的，林。」瓦林伸手搭她的肩。

「沒錯。」她同意，捏捏他的手臂，笑容擴大。「他逃不掉。」接著，在他有機會多說一個字前，她轉過身去，消失在人群裡。

♛

瓦林從未踏足伊斯克島，該島嚴禁學員進入。不過他在船上、飛行或桶降之類的訓練時在空中看過它。伊斯克島和島鏈中其他島嶼不同，其他島都有植物和清水，而伊斯克島是不毛之地，完全是由黑色石灰岩壁和崎嶇的海岸組成，宛如岩石巨拳般聳立在海面上。這座島直徑約莫半里，小到除了在峭壁上築巢的海鷗和燕鷗，難以養活任何生物。瓦林從未聽說過這座島在浩爾試煉中扮演任何角色。他走下小船，踏上充當天然碼頭的突出岩地，忐忑不安地環顧四周，跟著其他人往島內走去。

逐漸高聳的岩石間有條狹窄通道，盡頭是個小盆地，約有三十步寬，瓦林認為這裡應該是小島的中央。四周有一圈岩壁，宛如圓形劇場的牆壁般陡峭。海鷗盤旋於岩壁之上，因為遭人驅離鳥巢而憤怒叫囂。然而，瓦林和其他學員一樣，眼中只容得下盆地中央底部陷入下方岩石的牢固鋼籠。鋼籠旁邊站著一位老人，灰髮稀疏，身體因疲憊或是出於恐懼而微微顫抖。他有很多恐懼的理由。離他不到四呎的鋼籠裡關著兩隻瓦林只能用怪物形容的生物。

「那些是史朗獸。」妲文・夏利爾在所有人都到齊後上前指著籠子裡的野獸說道。「兩隻都是少女。大概六歲，體重是成獸的三分之一。」

瓦林瞪著史朗獸。所有人都瞪著牠們看。

用「少女」稱呼這種怪物感覺像個奇特玩笑。牠們看起來簡直是噩夢，擁有五呎左右凹凸不平的爬蟲類皮膚和鱗片，嘴裡還長滿了利齒。皮膚帶有一種類似碎蛋或腐爛死魚肚的噁心白色半透明光澤，表皮下布滿彎彎曲曲的藍紫色血管。這讓他聯想到幾年前，在某島上研究過一具慘遭剝皮的屍體，只不過這種生物活力十足，短小有力又長有利爪的四肢在小籠子裡四處遊盪。

「我一定是聽錯了。」萊斯開口。他站在瓦林身邊幾呎之外，一耳側向夏利爾，彷彿想更仔細聽她說話。「我以為妳說這兩隻只是小孩。」

「是的。」女人回應。「牠們可比成年的妻妾好處理多了。」

「牠們看起來，就跟大理石地上油膩的鰻魚糞一樣好處理。」萊斯沮喪地皺眉看著籠子。

「只要打得夠大力，牠們就跟其他生物一樣會死。」葛雯娜舉起一把短劍說。

「少女，妻，妾。」安妮克撫摸著她的弓冷冷問道。「雄性的呢？」

夏利爾搖頭。「沒有雄性。或者，明確地說，只有一隻雄性。就像數千隻兵蟻只有一隻蟻后一樣。一隻史朗獸王擁有數千隻妻、妾，以及少女。」

「這讓我重新審視我對後宮的正面看法。」萊斯說，以感興趣又厭惡的表情打量在籠子裡繞圈的怪物。「要管好這種後宮，獸王肯定是個又大又老又醜的傢伙。」

「不知道。」夏利爾回道。「我們從來沒有遭遇過獸王。」

「牠們從何而來？」瓦林左顧右盼問道。這座島看起來連一隻史朗獸都無法養活，更別說是數千隻了。

「這裡。」夏利爾一手向下指地。「伊斯克島下有一個洞穴系統，綿延數十里的洞穴。史朗獸住在裡面。浩爾試煉就是在底下進行。」

眾學員同時倒抽一口涼氣。他們都見過洞穴，凱卓訓練涵蓋了世界上所有地形。不過他們大部分時間都花在海面上和空中，努力穿越紅樹林或在夸希海灘上奔走。想到要走入一座深埋在數十萬噸的岩石和海水下的洞穴迷宮，通道裡還擠滿史朗獸之類的怪物，就讓他們感到非常惶恐。

「牠們沒有眼睛。」安妮克說。

瓦林凝神細看。他剛進小盆地時，兩隻史朗獸都沒有面向他，但現在他發現狙擊手說得沒錯。臉部正面理應有眼睛的地方只有一塊半透明的皮膚，如凝結的牛奶。

「黑暗中不需要眼睛。」瓦林大聲說出心裡的想法。

「我注意到牠們用牙齒去彌補眼睛的缺陷。」萊斯露出門牙諷刺道。「那些玩意兒跟我的腰帶匕首一樣長。」

「而且有毒，麻痺毒。」夏利爾說。

「致命嗎？」安妮克目不轉睛地盯著史朗獸。

「對人類不致命。史朗獸通常是獵食小型獵物，像晃進洞穴裡的海鳥，或其他地下生物。」

「恢復時間要多久？」

夏利爾陰沉地搖頭。「不會恢復。」

「卡爾，請上前。」女人指向在籠邊顫抖的灰髮男子，他在眾多史朗獸的疑問中遭人遺忘。

男人拖著腳向前一步，步伐不穩地站立，四肢持續抽搐。

「卡爾從前和你們一樣站在這裡。」

很難判斷卡爾有沒有點頭，因為他的頭，直抽動得很厲害。潮濕的黃眼睛在眼眶中不停轉動，嘴旁的皮膚鬆垮，露出鬆動的爛牙。他嘴角向上，可能是在笑，但是這個表情給人一種強擠出來的感覺，彷彿他的臉背叛了他的心。

「你記得當天發生的事情嗎，卡爾？」夏利爾語氣和緩地問。

「我記……記……記得……」男人結巴著說完後用力閉嘴，想把不守規矩的字夾在嘴裡。

「卡爾是個好學員。動作快、強壯、聰明。就跟你們所有人一樣。」她以凝重卻堅定的目光望向眾人。

「他看起來不太聰明。」姚爾笑道。他上前，對顫抖的男人虛晃一拳。卡爾步伐不穩地後退一步，踉踉蹌蹌差點摔倒。

姚爾一臉厭惡地搖頭轉身，結果發現跳蚤無聲無息地來到他面前。訓練官比姚爾矮一個頭，起碼年長二十歲，滿臉痘疤；姚爾則白白淨淨、相貌英俊。但跳蚤似乎不把這些放在心上，一手抓住姚爾的手肘，把他甩回學員堆裡。

「給我放尊重點。」他壓低音量，不過沒有低到其他人聽不到的地步。「不然你這輩子都會羨慕卡爾。」

姚爾用力掙脫。跳蚤則用一副疲憊農夫看著自家壁爐的眼神看著他，面無表情，不知道在想什麼。跳蚤外表毫不起眼，一點也不像冷血殺手，但在這些島嶼上，每個人都像釘子一樣硬派，敬畏之情近乎和無能一樣罕見，包括老鳥在內的所有士兵卻似乎都很敬佩跳蚤。氣氛一度十分緊張，接著姚爾閉上嘴巴，轉身走回去。

夏利爾微微皺眉旁觀這段插曲，然後點頭。「我正要問卡爾他今年幾歲。」她轉向前凱卓學員問道。「你幾歲，卡爾？」

「三三……三十……八。」男人奮力點頭，說話時身體不受控制地抽搐著。

瓦林仔細打量對方。卡爾是個空殼，身上都是肌腱和鬆垮的皮膚。臉上滿布皺紋，灰髮稀疏到幾乎蓋不住頭皮。他看起來比較像八十歲，而非四十歲。

「三十八歲。」夏利爾清楚地將卡爾的話重複一次。「任何三十八歲還在夸希島上服役的凱卓都能繞島跑足六圈，晚上再游個六圈。你們的訓練官大多超過三十八歲。然而，卡爾想爬樓梯上樓都很困難。我們當然有照顧他。他在阿林島上有棟美麗房子，俯瞰海灣，還有奴隸不分日夜照料他。他唯一缺乏的就是健康，很多年前被奪走的健康，而那就是他今天來此的原因。我們沒有請他來警告你們，是他自己要求的。」她看回卡爾。「說吧，告訴他們究竟發生了什麼。」

男人呆視著眾人，彷彿有點困惑，他的下巴徒勞無功地移動，嘴角流下唾沫。瓦林甚至不知道他有沒有聽見夏利爾的話，但接著他轉身舉起顫動的手掌，伸出彎曲的手指比向籠子的欄杆。

「史史……史朗……獸。」

現場陷入一片令人不寒而慄的死寂。

「所以我們要進入洞穴，對抗這些怪物。」安妮克終於說。「如果被咬到就會變成這樣。」

「重點就是不要被咬，對有能力的人來說應該不難。」姚爾刻意撩起垂在眼前的金髮。

夏利爾冷笑。「噢，你們一定會被咬。」她說。「所以芬恩和跳蚤才要大費周章地進入浩爾的大洞抓出這兩隻來。我們要確保牠們咬到你們，讓你們在還沒進洞前先中毒。那是你們要去大洞的原因。」

學員就這麼看著她一段時間。

「解藥。」瓦林終於說。洞穴裡肯定有種東西能夠解毒。

夏利爾點頭。「史朗獸妻在地洞裡有很多巢穴。某些巢穴裡有蛋，奶黃色的，約莫我拳頭大小。蛋裡的成分能讓剛孵化的幼獸不會受到母親的毒素影響。找一顆蛋，吃掉，然後出來——你就會痊癒。你就會成為凱卓。」

「如果失敗的話，我們就會變成卡爾。」萊斯說著，朝灰髮男一比。

「沒錯。你們中有些人終究是會淪落到阿林島。你可以自己決定是要現在就上船，趁你身心健全時離開；或是要進入大洞，搞不好變成廢人回來。」

她暫停片刻掃視人群。有幾個學員不安地變換站姿。包蘭丁張開嘴巴，彷彿想問什麼，接著搖頭閉嘴。安妮克一副開始上工的模樣，搭好弓弦，雖然瓦林不清楚弓箭在蜿蜒的洞穴中有什麼用。塔拉爾似乎在低聲禱告。沒有人上前。顯然過去一週的操練已經把意志不堅的人都刷掉了。

夏利爾點頭。「你們在被咬後還有一天左右的時間，超過就沒辦法解毒了。在這段時間內找出一顆蛋，想辦法返回地面。裡面的蛋應該夠所有人吃，但是有些蛋好找，有些難找。你們可以兩人一組、成群結隊，或是獨自行動。你們甚至可以嘗試阻止其他人，不過以大洞裡的天然環境而言，我不建議這麼做。芬恩會發給你們一人一支火把，可以提供十小時左右的照明。」

「十小時不到一天。」姚爾抗議。

「你還真機警。畢竟，這個試煉名叫浩爾試煉。」

學員都花了點時間消化這則消息。

「關於這座天殺的洞穴，還有什麼我們應該要知道的嗎？」葛雯娜問。她聽起來比較氣憤，而不是恐懼。

夏利爾嘴角上揚。「裡面很黑。」

24

說「黑」實在太輕描淡寫了。夜晚算是黑，地窖算是黑，船艙算是黑，而伊斯克島底下的洞穴，把所有的一切都完美融入漆黑之中，絕對漆黑，漆黑到瓦林完全可以相信世界已經消失了，眼前是一大片無止無盡、沒有上下、沒有開始與結束的虛無。難怪浩爾試煉會在這種地方舉行。如果黑暗之王本人想要挑選皇宮，為祂的盲目帝國選擇王座，大洞裡迂迴曲折的通道肯定是最佳首選。

除了黑暗之外，他還得忍受痛楚。上週留下的上百處刮傷、割傷、撕裂傷以無形小火烤炙著他，每踏出一步都會受到疲憊引發的肌肉痠痛困擾。他眼睛後方隱隱作痛，呼吸時胸腔也會痛，在這一切之下，是史朗獸咬出的傷口，冰寒酸液啃噬著他的前臂，灼傷皮膚並侵蝕下方的組織。訓練官一個一個把他們負責的學員喚來，大聲唱名，然後朝籠子輕輕點頭。每個學員都自己把手臂伸入欄杆，眼睜睜看著史朗獸張開大嘴，在怪物搖晃沒有眼睛的大頭咬下手臂時自行掙脫。根據夏利爾的說法，皮膚下的灼燒感會持續蔓延，越來越痛、越來越燙，最後蔓延到心臟。到時候就太遲了。

他進去不到一個小時就已經在迷宮中迷路了。他在地面上方向感很好，那是因為地面上有很多小提示：太陽、吹拂頭髮的微風、腳下的草皮。這底下除了轉角、濕滑的岩石，還有黑暗之外，什麼都沒有。他考慮要點燃火把上百次，也壓下那股衝動上百次。反正都已經迷路了，而且等一下找蛋會更需要火光。史朗獸的巢穴都在地底深處，先往深處走，等之後真的有需要再點燃火把，似乎才是明智之舉。

當然，在大洞裡要談「之後」有點困難。沒有太陽、星辰或時鐘報時，也沒有潮汐漲退可供觀察的情況下，根本無從判斷時光流逝的速度。他考慮計算自己的腳步，但再度敗於上週留下的疲憊裡，他最多數到一百就會亂掉，於是決定不再數下去。他唯一能仰賴的就是史朗獸傷口的痛楚沿著手臂蔓延到手肘，以及血液中充滿冰冷和酸蝕的感覺。這樣也好，他心想。畢竟，太陽已經無關緊要，潮汐也無關緊要，他所賴以維生的人類習性和規矩都與看不見的星辰一樣遙不可及。唯一重要的就是那股疼痛感與蔓延的程度。那股疼痛就是唯一的沙漏。

或許他們就是要我們學這個，他迷迷糊糊地想。兩個世界，一個屬於生命，一個屬於黑暗，人不能同時身處兩個世界。對凱卓來說，這似乎是不錯的一課，在地面上不可能學到的一課，就算練劍和桶降一千日都學不到，是必須深入骨頭的那種課。

「一個生命的世界，一個黑暗的世界。」瓦林自言自語，隱約察覺自己開始精神錯亂。他對這種狀況無能為力，只能繼續朝地底深處往下、再往下，永無止境地往下，通過岔路和分歧在地下水道涉水而過，翻過岩架和岩壁，有時候用走的，有時候用爬的，膝蓋和手掌早已血肉模糊。

直到史朗獸傷口的毒蔓延到肩膀，麻痺整條手臂，他才停下來，摸出燧石和火絨點燃火把。翻飛的火焰刺痛雙眼，他閉眼很長一段時間，然後緩緩睜開，小心透過眼皮間縫隙打量四周。

他站在狹窄的通道中，地面崎嶇，凹凸不平的頂部十分低矮。通道兩側都有蜿蜒的岔路，宛如通往地底的血盆大口。他本來以為牆壁濕濕滑滑是因為有水從洞頂流下的關係，但在發現那似乎是某種類似生蛋的白濁黏液後不禁打了個寒顫。黑暗很可怕，但是真正看清楚這底下景象的感覺，就像是從睡夢中醒來後發現有人趁你睡著時建造了座監獄。誰會想到，他疲憊地想，天殺的黑暗還不是最糟糕的部分？

他沒有看見其他學員。那些分支岔道讓他很可能走好幾天都遇不到任何人。只要能找到巢穴，那就無所謂。

「站在這裡凝視牆壁是找不到巢穴的。」他對自己喃喃說道，強迫雙腳再度移動。

他差點毫無所覺地路過第一座巢穴。那一大堆黏液和碎石看起來不像外界常見的任何巢穴，但是話說回來，史朗獸除了四周的岩石外，也沒有其他材料能拿來築巢。瓦林依稀記得有一種鳥會用自己的唾液或嘔吐物築巢。他想不起來是哪種鳥，不過一種生物為了保護後代而咳出自己身體的一部分似乎也很合理。合理，但是很嚇人。

他將火把伸入巢穴，在渴望、疲憊，和血管裡的毒液交互作用下渾身顫抖。他一開始以為自己找到蛋了，於是哈哈大笑，直到他發現那只是破掉的蛋殼。可能被人捷足先登，不然就是史朗獸孵化了，此刻正和上百隻夥伴一起成長、狩獵、在黑暗的通道中尋找食物。

他大弧度揮動火把，轉向身後。他沒看見任何史朗獸，並不表示附近沒有。他不知道這種怪物如何獵食。牠們是像狼群那樣追趕獵物直至對方筋疲力竭？還是像安卡斯山的大貓一樣安靜無聲，靜候時機，施展致命一擊？他將火光舉在頭上，另外一手拔出背上一把劍。就像葛雯娜說的，只要打得夠重，所有東西都會死。

接下來的四個巢穴全都一樣，空的，或殘留一些白蛋殼。每找到一個巢穴，瓦林就燃起希望，又被失望之情淹沒，加上濃濃的恐懼滋味。毒液的灼痛感已經蔓延到肩胛骨，他試圖思索那所代表的意義。夏利爾說毒液從手臂傷口蔓延到心臟需要一天的時間。假設移動的速度穩定，那就表示他已經在地底度過四分之三天了。他覺得才過不到一小時，又覺得好像已經過很多年了。

史朗獸在第五個巢穴過後找上門來。他忙著檢查巢穴，險些沒察覺三隻史朗獸迂迴無聲地衝出黑暗。瓦林透過眼角餘光瞥見牠們，立刻轉身，靠著身體本能伏低出劍，砍中第一隻史朗獸的腦袋。怪物尖聲慘叫，像是沾到鹽的蛞蝓一樣縮成一團，張開血盆大口盲目咬合空氣，退回黑暗之中。另外兩隻也後退，腦袋側向一邊，似乎感到遲疑。接著牠們兵分兩路，繞道兩旁，準備同時從左右夾攻。

瓦林對史朗獸一無所知，但格鬥場的經驗讓他知道此刻情況不妙。牠們看起來像是殘暴愚蠢的野獸，但會臨場合作，相互配合攻擊角度。他用火把對準一隻，短劍對準另外一隻。他知道如何應付兩個敵人，但這並不表示他喜歡一次應付兩個敵人。他小心翼翼地朝向低矮洞窟的穴壁退去。只要他能讓牠們兩個待在——

左手邊的史朗獸張牙舞爪撲上來，另外一隻在四分之一下心跳的時間內跟進，兩者的動作都快到肉眼幾乎無法察覺。瓦林大吼一聲，將自己交給多年的訓練，完全放棄思考或計畫，任由身體跟隨格鬥場內上千小時的訓練深深錘鍊到體內的戰鬥本能。他撲向右邊，滾過跳躍而來的史朗獸下方，同時向上出劍。短劍砍中史朗獸腹部，劍卡在裡面脫離他的握持。他鬆手，站起身來並用雙手緊握火把，以握持闊劍的姿勢舉在身前。

受傷的史朗獸發出尖銳恐怖的哭嚎，不停原地轉圈，又深又長的傷口外拖著糾結的腸子。另外一頭史朗獸轉向牠，狠狠一咬，咬穿牠的脖子，瞬間打斷了牠的動作和叫聲。牠搖頭甩開鮮血和毒液，轉過那張沒有眼睛的可怕面孔對著瓦林。

「原來你夠聰明。」他低聲說。「你是個生存者。」

史朗獸轉動不自然的長頸，腦袋移向右邊，然後又回到左邊，同時給人一種陰險又凶猛的感覺。如果是人類敵人在看到兩個夥伴短時間內慘死後，肯定會拔腿就跑，但他很難想像世界上有比史朗獸更不像人的生物。牠吐出舌頭，品嚐空氣，然後緩緩轉向左邊。牠在等待，在挑選時機。瓦林一點也不喜歡這種情況。

「不是只有你知道該怎麼攻擊。」他啐道，將火把直接甩向怪物的腦袋。他不知道目不視物的生物怎麼會發現火把來襲，更別說要如此迅速應變，但牠動作流暢地咬住火把，甩向一旁。瓦林沒料到事情會演變成這樣，不過話說回來，凱卓很少預設立場。*計畫你想要的情況，很容易把你害死。*跳蚤曾這麼說過。瓦林趁史朗獸將火把甩向旁邊的瞬間衝向前去，從倒地史朗獸的肚子上拔出他的劍。當怪物轉頭面對他時，他已經以一招曼加利刺擊狠狠插下明晃晃的利劍，貫穿頭骨，插中下顎，將牠整個腦袋釘入岩石中。

史朗獸抽搐一陣子，力道強到瓦林以為牠還活著，接著突然之間癱軟。瓦林筋疲力竭，從怪物頭中拔出劍刃，小心翼翼地在乳白色的屍體上擦拭。血液一如既往在戰鬥後於耳後鼓動，肺部彷彿被人用砂礫刷過一樣。他不知道這場架打了多久，但他胸口已經傳來毒液造成的痛楚，而即使他撿起火把，山洞裡看起來還是很暗。他隱約知道他打贏了這一仗，但試煉快要失敗了。找不到史朗獸蛋的話，不管殺死幾隻史朗獸都沒有意義。還有多少時間？一小時？或許兩小時？他高舉火把，劍持胸前，繼續深入地道。

一整群獵食隊在一座有條深水急流的大洞窟裡找到了他。他本來在一顆大尖石後面搜查，一轉身，就看見史朗獸擁入洞窟，三隻、五隻、至少十二隻，張開血盆大口，沒有眼睛的白臉在黑暗中反射光芒。瓦林心一沉，舉起他的劍。三隻就很麻煩了，十二隻……即使處於巔峰狀態都太多了，而他此刻絕對稱不上巔峰狀態。他的手掌開始顫抖，雙腳也軟到難以支撐身體。在這種情況下，他能打贏一隻都算走運。

他磕磕絆絆地退向漆黑的急流邊，直至退無可退，也無路可逃。他冒險回頭看了一眼，水面激流洶湧，沿著洞緣流動百步，然後流進一處漆黑的洞窟。洞內除了黑暗與死亡外什麼都沒有，但是史朗獸已經近在眼前。*面對必死無疑的情況，拖延。對必死無疑的人而言，任何未來都是朋友。*韓德倫寫道。

「好吧，浩爾。」瓦林插劍回鞘，牢牢抓住火把。「就來一場貨真價實的浩爾試煉吧。」他深吸一口氣，跳入河裡。

急流像是冰冷牢固的手指般抓住他，將他拖入水中，熄滅的火讓這裡陷入一片漆黑。他努力調整方向，接著發現這麼做毫無意義，於是雙手握住火把舉在面前，藉以保護他的臉。水流比外表看起來還要強勁，水聲轟然入耳，將他扯過光滑的石塊，威脅著要讓他撞上隱藏的岩石，同時不停帶他深入地底。

他眼中開始冒出金星，照亮理應沒有光線的視線。瓦林在一種奇特的寧靜感中瞭解到他的選擇是錯誤的，將自己導向寒冷漆黑的死亡，遠離所有他認識的人。這個想法理應讓他感到憤怒和恐懼，但是皮膚上的流水冷卻了他肺中的灼燒感，黑暗近乎溫柔地擁過來。他想再看荷・林一眼，告訴她，他很抱歉，讓她知道這些年來她的存在對他的心理狀態有多大的幫助，但她走了另外一條路。*我也該走另外一條路的。*他愣愣想著。

在他體內的空氣用完時，地下河道的石頂消失了。他破水而出，大口吸氣。得救的震撼宛如一巴掌般甩在他臉上，有一段時間裡，他唯一能做的就是奮力呼吸甜美潮濕的空氣，接著他筋疲力竭地漂浮在水面上，凝望著上方的黑暗。這裡就和地下水道另外一端的洞穴一樣什麼都看不見，但是水流趨緩，而當他伸手摸索兩旁的石壁時，他發現自己已經不在河道裡。他划了幾下水，然後再划幾下，膝蓋碰到水面下的礁石。濕衣服的重量差點把他拉回剛剛脫離的死亡險境中，他逼迫自己奮力爬出水池，來到一塊寬敞的岩架上。

呼吸順暢之後，他發現事情不大對勁。他能感受到毒液如纖細的利爪、無形的火焰般攫向他的心臟。

「不。」他輕哼一聲，翻向側面，伸出顫抖的手掌抓住他的火把。「還不行。」

他點了十幾次才點著火把。他的手臂重得像鉛塊，肺臟在胸腔中劇烈起伏，就連用燧石敲擊鋼鐵這麼簡單的動作都難以完成。火把濕透了，但即使燧石濕了還是能擦出火花，不過他就是沒辦法專心在這件事上。

「拜託，浩爾，再給我一點時間。」他終於點燃火把，在搖曳的火光照亮灰暗的石頭和閃耀的石英時哀求道。

他艱難地用膝蓋撐地，費勁喘氣爬起身。這座洞窟很大，比他之前見過的洞窟大上兩倍，就和安努的光明神殿一樣高。地上突起的巨大石牙，與洞頂垂下來的連結在一起，形成他雙臂無法環抱的大石柱。這個地方感覺像某種巨大怪物的食道般具壓迫感，不僅是因那難以估計的岩石重量，還有一股冰冷陰森的惡毒氣息。

瓦林視線模糊地環顧四周，朝一塊低矮岩架走幾步，被絆倒了，又命令自己爬起來。這裡有東西……像是……巢穴！比其他巢穴大，大很多，但是石頭和鈣化黏液的組合都和其他巢穴一樣。他噁心想吐，雙手顫抖，思緒混亂，蹣跚前行，將火把丟在裸岩上，跪倒在地。拜託，浩爾，他心裡還能思考的部分想著，千萬不要太遲。

他盲目地在巢穴裡摸索，感覺雙手捧住一顆蛋，一顆巨蛋。他舉起那顆蛋來檢視。和其他史朗獸蛋不同，這顆蛋是黑色的，漆黑一片，還和他的腦袋一樣大。

「什麼？」他喃喃說道，宛如飢腸轆轆之人抱著一塊腐肉般捧著蛋。「不是白的……」這是史朗獸蛋嗎？洞窟的岩壁好像開始收縮。他耳邊傳來一陣低沉刺耳的聲響。有那麼一瞬間，他彷彿來自另一個世界，過著另一種生活——活在陽光下，能控制自己的身體，有人關心或想幫助他。接著跳蚤的聲音在他腦中響起：當你只有一個選擇時，你可以自怨自艾，或是拔出劍來揮舞。

「好吧，浩爾。」瓦林低吼道，拔出他的腰帶匕首插入蛋殼中。蛋液噴濺而出，黏稠稠地流過指縫，散發石頭和膽汁的臭味。「我想是該喝點東西的時候了，就你跟我。」

他雙手捧起蛋殼，像酒杯般高舉過頭，接著拿到嘴前，傾斜，忍著噁心大口嚥下黏滑惡臭的液體，讓黑色的蛋液流過下巴，浸濕他的上衣，也流入他的喉嚨，沉重得像油一樣填滿他的胃。他停下來，喘著氣，努力壓抑把內臟都嘔出來的衝動，再度將蛋殼湊到唇邊，無意識地吞嚥，掙扎著吞下如骨髓般黏在喉嚨的液體。

全部都喝乾後，他向後仰倒，腦袋靠著巢穴，猛烈的心跳差點破體而出，皮膚滾燙，胸口劇痛。他耳中都是呻吟聲，一種可怕受傷的聲音。他想要隔絕那個聲音，結果卻發現是自己在呻吟。他縮成一團，膝蓋抵住胸口，內臟翻滾糾結。這就是死亡，他瞭解到這就是死亡的感覺，他緊閉雙眼，希望一切盡快結束。

也不知道過了多久，他發現呻吟聲消失了。他的腹部還在絞痛，但已經可以挺直身體坐起來了。他靠牆而坐，伸出一手，手上滿是蛋液所殘留的黑垢。他的火把掉了，躺在數呎外的冰冷地面上持續燃燒。他努力回想夏利爾叫他們下來大洞之前說過什麼，猜測自己找到蛋之前在黑暗中摸索了多久。他的手臂還是會痛，不過是傷口的疼痛，不是之前那種咬噬般的病態灼痛。他嘗試吸一口氣，再吸更大口。他的心臟似乎平靜下來了。他又一次打量自己黑黑黏黏的手掌。火把微弱的光芒灑在手臂和手指上，搖曳不定，難以捉摸。火光會閃爍，但是手掌卻很平穩。他覺得這是他有生以來第一次面露微笑。

「浩爾，」他說著，朝洞窟的陰影敬禮。「如果你在聽——下一輪酒錢算我的。」

接著，彷彿黑暗本身聽見他的話一樣，整座石窟轟然作響。

瓦林跌跌撞撞地爬起來，匆忙拾起火光急速消逝的火把，從劍鞘裡拔出一把短劍。史朗獸不會發出那種聲音，至少他遇過的史朗獸不會。沒有生物會發出那種聲音。吼叫聲再度襲來，在石壁間掀起憤怒與飢渴交織的回聲，衝擊瓦林的腦海，在頭顱裡不停迴響。他強迫自己移動腳步，朝十餘步外的一條地道走去。吼叫再度傳來。這一回更為接近。瓦林冒險回頭看了一眼，在石窟深處，火光照射邊緣，有頭彷彿直接從血腥黑暗的噩夢裡跑出來的怪物——有鱗有爪有利齒，全身漆黑似煙鋼，十幾處不自然的關節在黑暗中彎曲。至於牠的體型……相形之下，他在地道中對抗過的史朗獸只能算是幼獸。

史朗獸王，他突然意識到這件事，體內湧出強烈的恐懼感。地下河道帶他來到天殺的獸王巢穴。他不再遲疑，轉向地道，絕望地祈禱地道口小到牠擠不進去，開始在地下迷宮中盲目逃命。

♛

火把終於熄滅時，瓦林知道自己已經很接近地面了。他感覺自己爬了好幾個小時，遇上岔路就挑選向上那邊。空氣中隱約帶有海鹽的味道。他下去的時候沒注意，但現在，在他迎向太陽、天空，和自由的時刻，他伸出舌頭，嚐了嚐那股滋味。

少了火把，黑暗正如他之前所擔心的一樣再度吞噬他。然而，他很驚訝地發現完全漆黑的環境不再像之前那麼可怕了。漆黑不再是他會永遠遊盪其中的無盡虛無，更像是一條毯子，靜止、柔軟、熟悉。他停下腳步，試圖弄清楚方向，結果發現自己能在凝止的空氣中察覺細微的動靜，微風殘留下來的回聲，夢境之風的回憶，拂動他手臂和頸部的細毛。他繼續沿著地道前進，發現自己有能力預測岔路，幾乎能在心中看見它們，那些隱形的地道蜿蜒至虛無之中。

「在這底下待得夠久，搞不好會喜歡上這地方。」他對自己喃喃說道。

隨著他越往上爬，鼻孔內的鹽味就越來越重。他覺得自己甚至能聽見海浪化為碎浪的聲響，但那是不可能的。神聖的浩爾呀，他發現自己嘴角浮現微笑。你成功了。你現在是凱卓了。當然，還必須避開或殺死其他史朗獸，不過他現在已經解除了血管中的毒素，開始以穩定的速度朝大洞的穴口前進，而不是迎向黑暗深處，應付史朗獸感覺沒有那麼困難了。他不是已經殺了三隻混蛋了嗎？當時我可還處於半瘋狂的狀態。

空氣中傳來細微的擾動，他立刻停下腳步。地道中間倒了什麼東西，阻礙空氣自然流動。他小心蹲下，伸手摸索。在如此接近成功、接近勝利的時刻，他可不想被一堆石塊絆倒而摔斷手臂。他可以想像林笑他的模樣，還有萊斯，還有甘特。狗屎，在剛剛經歷的那些鳥事之後，他甚至會很高興看到葛雯娜。他們當然也都通過測試了。他們肯定也會想出辦法活下來。

他的手指摸到軟軟的東西，會下陷的東西。他意識到那是衣服，於是沿著衣服往上摸。接著，在逐漸不安的情緒下發現——那是人的身體。

沒過多久，他摸到脖子，以手指試探脈搏。皮膚冰冷濕黏，沒有脈搏。他心中湧現一陣恐慌，摸上對方的嘴巴，將自己的臉頰貼在對方嘴唇上，伴著劇烈心跳耐心等待。他可以感覺到海風的流向，可以感覺到十餘步外交叉口的細微對流，但是透過對方的嘴唇，他什麼都沒感覺到。

「狗屎。」他怒罵，趴到屍體上，想把耳朵貼上對方心口。「該死的夏爾！」

但安南夏爾已經來過了，他在一陣冰冷的悲哀之中瞭解到這一點。當他在底下的地道中奮力求生時，骸骨之王已經前來帶走了另外一名學員的靈魂，就在這裡，如此接近地面的地方。這實在殘酷到了極點。看來安南夏爾和浩爾都不提供慈悲，即使對他們的信徒也一樣。

他以顫抖的雙手輕輕摸索屍體，試圖透過四肢的姿勢或皮膚的觸感辨識對方身分。黑衣都是一樣的，當然，所有人都穿黑衣，但是布料下的軀體屬於女人所有。安妮克？葛雯娜？衣服破了十幾處，到處染滿鮮血。不管她是誰，總之都奮戰至死。拚命奮戰。他摸索對方的頭。葛雯娜是鬈髮，但屍體是直髮，很柔順。是黑髮，他發現，雖然眼前依然一片漆黑。他曾見過這頭黑髮上千次、上萬次，見過它讓鹽水浸濕的模樣，見過它在鳥爪上乘風飄盪的模樣。

他哭了，無聲地抽泣。他手指移到她臉上，拂過她臉頰的線條。

「浩爾慈悲為懷。」他哽咽道，將她抱起。但是浩爾毫不慈悲，慈悲的神不會舉行如此嚴厲的試煉。

「我很抱歉。」他輕聲道，將她擁入懷中。「我很抱歉，林。對不起。對不起。」

後來他們對他說，當他從大洞走出來時，大家首先注意到的就是荷．林的屍體，癱軟無力、死氣沉沉、遍體鱗傷、鮮血淋漓，躺在他發抖的雙臂上。他當時在哭，他們說，難以克制地哭泣，整個身體都隨著眼淚一起顫抖。但是凱卓對於死亡並不陌生，他們都曾見過屍體，也都經歷過悲痛。真正令人無法忘懷的是他的眼睛，一直以來都是焦木般的深棕色眼睛，不知道出於什麼原因——深藏在大地與海洋之下、埋葬在貓頭鷹王神廟裡的原因——燃燒得超越焦黑、超越灰燼、超越瀝青與焦油最漆黑的色調，變成兩顆深不可測的黑洞，從黑夜中挖鑿的正圓。

《未成形的王座1 帝王之刃》上．完

未成形的王座

CHRONICLE of the Unhewn Throne

未成形的王座

中英文名詞對照表

A

Acolyte 侍僧

Adaman Fane 阿達曼・芬恩

Adare 艾黛兒

Ae 阿伊（古神）

Aedolian 艾道林護衛軍

Ai 埃（城）

Akiil 阿基爾

Alial the Great 偉人阿利爾

Altaf 阿塔夫

Alther 阿爾瑟

Amie 安咪

Ananshael 安南夏爾（古神）

Ancaz 安卡斯（山）

Anders Saan 安德斯・山恩

Anlatun the Pious 虔誠者安拉頓

Annick Frencha 安妮克・富蘭察

Annur 安努（帝國）

Annurian 安努人

Anthera 安瑟拉

Aphorist 警語家

Arbalest 強弩

Arim Hua 艾利姆・華

Arin 阿林島（失敗之島）

Ashk'lan 阿希克蘭

Astar'ren 阿絲塔倫（古神）

Atmani 阿特曼尼

Atreps 貴族（城主）

Azran 阿斯倫顧問

B

Balendin Ainhoa 包蘭丁・安豪

Basc 巴斯克

Bastards of Night 黑夜私生子（軍）

Baxter Pane 巴克斯特・潘恩

Bedisa 貝迪莎（古神）

Bilkun Hellel 比爾庫・海勒爾

Black Boat 黑船酒館

Black Shore Shipping Guild 黑岸船運公會

Blackfeather Finn 黑羽蜚恩

Blerim Panno 布勒林・潘諾

Blood Cities 血腥城邦

Bone Mountains 骸骨山脈

Bowline 稱人結（繩結）

Broken Bay 破碎灣

Buzzard's Bay 巴薩德灣

C

Carl 卡爾

Chalenders 查蘭德花

Chalmer Oleki 查爾默・歐雷基

Channary 錢納利

Chent Rall 錢特・拉爾

Chief Censor 大監察官

Chief Priest 大祭司

Ciena 席娜（古神）

Circuit of Ravens 渡鴉環

Claranth 克拉倫斯

Commanding General 大元帥

Crag Cat 崖貓

Crenchan Xaw 葛倫強・蕭

Chronicler of Justice 司法編年史官

Csestriim 瑟斯特利姆人

D

Daveen Shaleel 妲文・夏利爾

Dawn Palace 黎明皇宮

Death Gates 死門

Deckblade 甲板刀

Demolition 爆破兵

Divine Right 君權神授

doran'se 朵蘭斯

E

Edishmen 伊迪許人

Edur Uriarte 伊度・烏利亞特

Eira 厄拉（新神）

Ellen Finch 艾倫・芬奇

Eridroa 伊利卓亞（大陸）

Eyrie 猛禽（凱卓指揮部）

F

Faith 費絲

Fallon Jorgun 法隆・裘剛

Fannar 方納

Ferron 費朗

Firespike 紅樓花

First Shield 第一護盾

Flame 芙蘭（安努貨幣）

Flash-and-bang 閃光彈

Flickwick 甩芯彈

Flier 飛行兵

Footsore Monk 腳痛僧

G

Gent Herren 甘特・赫倫

Georg the Tanner 喬格製革匠

Gird the Axe 斧頭葛德

Godsway 諸神道

Great Rift 大裂縫

Gwenna Sharpe 葛雯娜・夏普

H

Ha Lin Cha 荷・林・察

Hagonine Purges 哈剛寧大肅清

Hall of a Thousand Trees 千樹大殿

Halter Fremmen 豪爾特・弗雷曼

Hannan 哈南

Henderson Jakes 韓德森・傑克斯

Hendran's Tactics 《韓德倫兵法》

Heqet 黑奎特（新神）

Hethen 海森

Hook 虎克島

hui'Malkeenian 修馬金尼恩（姓氏）

Hull the Bat 蝙蝠浩爾

Hull's Trial 浩爾試煉

Huy Heng 胡・亨

I

Intarra 英塔拉（古神）

Intarra's Spear 英塔拉之矛

Iris Pavilion 虹彩閣

Iron Sea 鐵海

Irsk 伊斯克島

Ishien 伊辛恩（第一代辛恩）

J

Jackals 豺狼軍

Jakin Lakatur 賈金・拉卡圖

Jakob Rallen 賈卡伯・拉蘭

Jared 傑瑞德

Jarl Genner 加爾・詹納

Jerrick the Elder 長老傑利克

Jesser 傑瑟

Jordan Arbert 喬丹・阿伯特

Juren 祖倫

K

Kaden 凱登

Karst Peak 水蝕石灰岩峰

Kaveraa 卡維拉（新神）

Keeper of the Gates 守門人

kenarang 肯拿倫

kenta 坎它

Kettral 凱卓部隊

Kindred of the Dark 黑暗親屬派

Kreshkan 克拉希坎人

L

Laith Atenkor 萊斯・阿坦可

Lance 長槍彈

Leach 吸魔師

Lem Hellen 蘭姆・黑蘭

Li 利國

Liran 利國製

Long Eye 長眼軍

Lord of Bones 骸骨之王

M

Maarten Henke 馬爾坦・漢克

Maat 麥特（新神）

Manjari 曼加利

Manker's 曼克酒館

Master of Cadets 學員主管

Meshkent 梅許坎特（古神）

Micijah Ut 密希賈・烏特

Minister of Custom 海關大臣

Ministerial Council 朝政議會

Mizran Councillor 密斯倫顧問

Mole 鼴鼠彈

N

Neck 內克

Nevariim 內瓦利姆人

Newt 紐特

Night's Edge 夜緣號

Nish 尼許

Novice 見習僧

Nun's Blossom 修女花

O

Olannon 歐蘭農

Orella 奧雷拉（新神）

Orilon 奧利龍（新神）

Ouma 烏瑪

P

Pater 帕特

Phirum Prumm 法朗・普魯姆

Plenchen Zee 普蘭辰・亦

Pta 普塔（古神）

Pta's gems 普塔寶石（星星）

Q

Qarn 夸恩（凱卓訓練）

Qarsh 夸希島

Qirin Islands 奎林群島

R

Raaltans 拉爾特人

Raalte 拉爾特

Rampuri Tan 倫普利・譚

Ran il Tornja 朗・伊爾・同恩佳

Rassambur 拉桑伯

Rebbin 瑞賓

Regent 攝政王

Rennon Pierce 倫朗・皮爾斯

Rianne 莉安娜

Rift Wall 裂口牆

Robert 羅伯特

Rock 岩石軍

Rot 腐化

S

saama'an 沙曼恩（刻劃之心）

Salia 莎莉雅

Sami Yurl 山米・姚爾

Sanlitun 桑利頓

Santun 山頓

Scial Nin 希歐・寧

Semptis Hodd 山普提斯・霍德

Sendra 珊德拉

Serkhan Kundashi 瑟克漢・庫達西

Shin 辛恩（教派）

Sia 席亞

Sigrid sa'Karnya 席格利・沙坎亞

Si'ite 席特

Skullsworn 顱誓祭司

slarn 史朗獸

Soldier's Creed 士兵信條

Starshatter 碎星彈

Stone of the Fallen 亡者之石

Stunner 擊暈箭

Sun 陽幣（安努貨幣）

T

ta 塔茶

Talal M'hirith 塔拉爾・姆希利斯

Tan'is 坦尼斯

Temple of Light 光明神殿

Tenebral 聖樹

Terial 特利爾

The Bend 大彎

the Blank God 空無之神（古神）

the Flea 跳蚤

the hole 大洞

the Lady of Light 光明女神

the Seven 七大身分

the Sons of Flame 火焰之子（軍）

the Talon 禽爪岩

Tremmel 傳梅爾

U

Uinian 烏英尼恩

Umber's Pool 昂伯池

umial 烏米爾

Urghul 厄古爾

Ussleton the Bald 禿頭烏斯雷頓

V

Valley of Eternal Repose 永眠之谷

Valyn 瓦林

vaniate 空無境界

Varren 瓦倫

Vash 瓦許

W

Waist 魏斯特

well 魔力源

Werren 威倫

West Bluffs 西峭壁

White faith knots 白信仰結

White Pool 白池

Wilton Ren 威爾頓·倫

Y

Yen Harval 嚴·哈沃

Yenten 嚴頓

Yerrin 亞林

Yuel 優爾

國家圖書館出版品預行編目資料

未成形的王座1 帝王之刃 上 / 布萊恩．史戴華利（Brian Staveley）作；
戚建邦 譯——初版．——台北市：蓋亞文化，2023.09
冊；　公分. --（Fever；FR085）
譯自：Chronicle of the Unhewn Throne 1 The Emperor's Blades
978-986-319-840-6（上冊：平裝）

874.57　　112007681

Fever 085

未成形的王座〔1〕帝王之刃 The Emperor's Blades 上

作　　者　布萊恩．史戴華利（Brian Staveley）
譯　　者　戚建邦
封面設計　莊謹銘
總 編 輯　沈育如
發 行 人　陳常智
出 版 社　蓋亞文化有限公司
　　　　　地址：台北市 103 承德路二段 75 巷 35 號 1 樓
　　　　　電話：02-2558-5438　　傳真：02-2558-5439
　　　　　電子信箱：gaea@gaeabooks.com.tw
　　　　　投稿信箱：editor@gaeabooks.com.tw
　　　　　郵撥帳號 19769541　戶名：蓋亞文化有限公司
法律顧問　宇達經貿法律事務所
總 經 銷　聯合發行股份有限公司
　　　　　地址：新北市新店區寶橋路二三五巷六弄六號二樓
　　　　　電話：02-2917-8022　　傳真：02-2915-6275
港澳地區　一代匯集
　　　　　地址：九龍旺角塘尾道 64 號龍駒企業大廈 10 樓 B&D 室
　　　　　電話：+852-2783-8102　　傳真：+852-2396-0050
初版一刷　2023年09月
定　　價　新台幣 320 元
Published and printed in Taiwan

ISBN　978-986-319-840-6